45

GASTON LEROUX

CHÉRI-BIBI

LES CAGES FLOTTANTES

ILLUSTRÉ PAR FRANÇOIS SAN MILLAN

Pier Export

DELCOURT

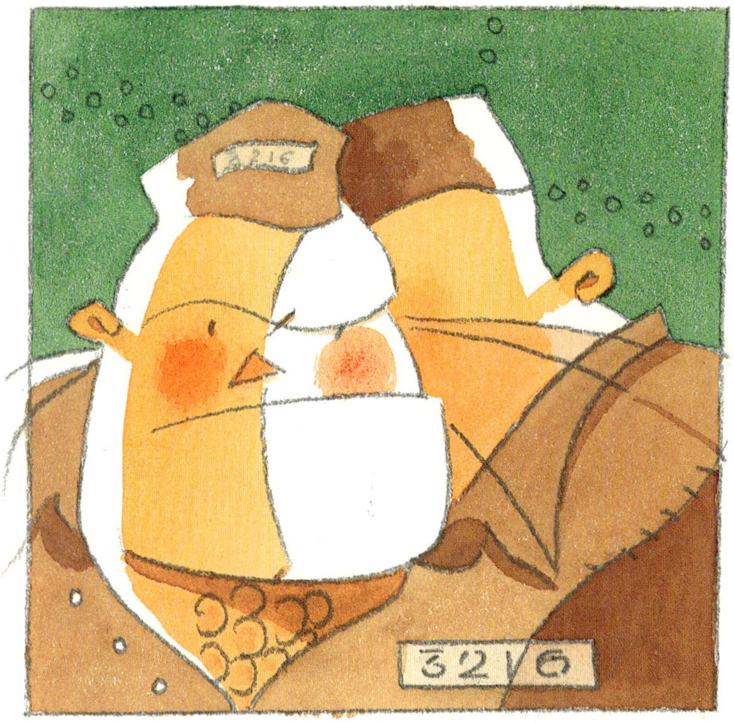

Texte intégral

Dépôt légal : mai 1993. I.S.B.N. : 2-84055.012.1

Conception graphique : TRAIT POUR TRAIT
P.A.O. : François Fourrier

Achevé d'imprimer en avril 1993
sur les presses de l'imprimerie LESAFFRE à Tournai, Belgique.
Relié par AGM à Forges-les-Eaux.

I

LE NUMÉRO 3216

« Mon rêve, à moi, a toujours été d'être un honnête homme ! fit Petit-Bon-Dieu en jetant un coup d'œil du côté des garde-chiourme qui, revolver au poing, se promenaient entre les cages.

– Pour quoi faire ? demanda Gueule-de-Bois.

– Pour quoi faire ? Pour m'établir marchand de vin, donc !

– Tout le monde peut pas être marchand de vin, philosopha Gueule-de-Bois. Ça serait trop commode ! Chacun a son lot en venant au monde. Ainsi, toi, Petit-Bon-Dieu, t'étais bien sûr destiné à arracher ton copeau à Cayenne. Comme dit Chéri-Bibi : *Fatalitas* ! Ce qui est écrit est écrit. On peut pas y faire à la Providence ! A propos de Chéri-Bibi, savez-vous ce que m'dit l'Rouquin ?

– C'est point ce que te dit l'Rouquin qui m'occupe, répliqua Petit-Bon-Dieu, en baissant la voix, mais le moment est venu de causer sérieusement. Voyons, c'est-y pour aujourd'hui ? C'est-y pour demain ? »

Et les autres bandits, sur le même ton, répétèrent autour de Petit-Bon-Dieu :

« Il a raison ! C'est-y pour aujourd'hui ? C'est-y pour demain ?

– Vos plombs ! gronda Gueule-de-Bois, c'est pour quand Chéri-Bibi voudra ! mais vos plombs, tonnerre de D... ! »

Et comme un garde se glissait sournoisement le long des barreaux de la cage, les jambes en arc pour contrebalancer le roulis qui, ce jour-là, était assez dur, il répéta tout haut :

« Non mais t'as pas entendu l'Rouquin ? Faut-y qui soye bestiau pour parler comme un ménistre ! Mossieu fait sa patagueule ! La seule chose qui reproche à Chéri-Bibi, c'est d'avoir barboté l'macchabée de la marquise ! Y dit qu'les cimetières, c'est sacré !

– Mossieu nous fait gonfler ! ricana béatement Petit-Bon Dieu, assis sur son sac. Les riches n'ont pas besoin d'emporter leur broquille dans la tombe !

– Tu vois, cette main, répliqua le Rouquin, elle a fait autant de victimes qu'elle a de doigts ; eh bien, al'n'aurait pas fait ça ! Ça lui répugne !

– Chéri-Bibi a fait c'qu'il a voulu. S'il n'était pas aux fers, tu bouclerais ta cassolette !

– *Por sûr* !

– Demande donc au Kanak s'il faisait le dégoûté à l'amphithéâtre ? »

Le Rouquin secoua le front, têtu ; que Chéri-Bibi eût fait ce qu'il avait voulu, chouriné, cambriolé – et comment ! – sauté le gerbier et tous les enjuponnés, étripé le bourgeois, mais avoir fait ça, il ne l'admettait pas ! Ça portait malheur ! On lui sortait le Kanak, un ancien médecin qui avait été condamné à dix ans de travaux forcés, pour n'avoir pas voulu dire à quoi lui servaient les lanières de chair qu'il venait de découper sur un de ses clients encore vivant, retenu de force chez lui et attaché sur son canapé de cuir... Eh bien, le Kanak travaillait dans son métier. Carne morte ou chair vivante, tous les marchands de mort subite la tripotent ; ça ne leur fait pas peur ! Et, tourné vers le Kanak, le Rouquin ajouta, avec un rire infâme :

« Ils en font ce qu'ils en veulent, et ce n'est pas encore pour rien qu'on appelle celui-là le Kanak ! »

A cette allusion, terrible, à une anthropophagie bien connue chez les indigènes de la Nouvelle, le Kanak, qui était jaune, devint vert. L'autre continuait, suivant son idée fixe :

« J'vous le dis ! Chéri-Bibi n'était pas né pour ça ! Il avait mieux que ça à faire ! Il a manqué de délicatesse !

– Chéri-Bibi est un géant, et vous n'êtes que des Aztèques ! jeta le Kanak avec mépris, en leur tournant le dos.

– C'est vrai ! il volait les morts, fit Petit-Bon-Dieu, mais c'était pour les pauvres !

– J'veux bien ! s'entêtait le Rouquin mais ça jette du discrédit sur la corporation. C'est pas encore ça qui fera avancer la société. Je n'ai jamais lu qui fallait faire ça, dans Karl Marx ou dans Kropotkine ! »

(Le Rouquin n'avait rien lu du tout. Seulement, il ne manquait jamais l'occasion de citer ces grands noms qu'on lui avait jetés souvent dans les réunions publiques, comme appartenant à des personnages importants, qui partageaient son avis sur la mauvaise constitution de la

Membres de club

société.)

« Chéri-Bibi a tout fait, dans la vie ! expliqua encore Petit-Bon-Dieu. Même, il a débuté dans la carrière par être victime de son innocence ! »

(Petit-Bon-Dieu s'exprimait, le plus souvent, en termes choisis, sous prétexte qu'il avait été clerc d'huissier. On l'appelait Petit-Bon-Dieu, parce que rond comme une barrique, tassé, court sur pattes, le cou dans les épaules et toujours les mains croisées sur le ventre, il ressemblait aux petits dieux d'Asie, qu'on trouve dans la brocante.)

Il soupira :

« Oui, innocent, du moins c'est lui qui le dit, et je cite son exemple dans le livre que j'écris sur la réforme de la magistrature. Ah ! les v... ! »

(Ici, Petit-Bon-Dieu soupira, en songeant à la perpétuité de la peine à laquelle « elles » venaient de le condamner, pour avoir, « dans une crise nerveuse » (avait affirmé ce lymphatique), donné dix-huit coups de couteau à une vieille dame un peu avare, qui lui avait refusé les clefs de son coffre-fort.)

« C'est comme ça, maintenant, dans la vie de ce monde, gémit le Rouquin. Il suffit qu'on n' « ait » rien fait pour qu'on vous « envoie » au bagne. J'en ai « zigouillé » cinq, parole d'honneur ! pas un de plus, pas un de moins ; eh bien, c'est pour le sixième, que je n'ai jamais vu, que vous avez le plaisir de ma compagnie. J'vous le dis comme je le pense, j'ai jamais commis de meurtre inutile : j'ai toujours eu de la conscience ; j'suis un misérable, c'est vrai ! un voleur, c'est vrai ! un assassin ! c'est encore vrai ! mais c'est pas une raison pour qu'on condamne un innocent !

– C'est tout ce que la société aura jamais fait pour toi ! déclara Petit-Bon-Dieu, philosophe.

– Tandis que Chéri-Bibi a toujours fait quéque chose pour la société, interrompit Gueule-de-Bois qui, d'un œil inquiet, suivait tous les mouvements des gardechiourme. Avez-vous vu comme il a craché su'la bobinasse du commandant ? Encore un qui me « débecte » , avec ses airs plaintifs. Z'avez vu, comme il disait à Chéri-Bibi :

"Vous n'avez besoin de rien, Chéri-Bibi ? Vous n'êtes pas malade, Chéri-Bibi ? "

« Et v'lan, Chéri-Bibi z'y a soufflé du miel sur la « musette » ! Et qu'il a bien fait ! N'avons besoin de la pitié de personne, nous autres, c'est la justice qui nous faut !

– C'est-y pour aujourd'hui ? C'est-y pour demain ? » murmurèrent encore des voix rauques au fond de la cage.

Gueule-de-Bois gronda plus fort, comme pour couvrir les murmures.

« Si le commandant filait si doux avec Chéri-Bibi, c'est qu'il avait le « taf », comme ont eu le taf les jurés qui n'ont pas osé le condamner à mort, par peur des représailles. Tout le monde avait le taf de Chéri-Bibi ! »

A ces mots, les ombres qui étaient penchées au fond de la cage sur les sacs et les hamacs roulés à l'ordonnance se redressèrent et un murmure prudent et rythmé, mais qui allait bientôt s'élargissant, commença dans l'entrepont :

Dans l'raisiné, qui qui trimarde ?
Qui qu'a fait jacter la bavarde
Qui qui fout l'taf à Tout-Paris ?
C'est Chéri !
La Républiqu'nous emberluche !
Du Bois de Boulogne à Pantruche,
Qui qui fait sauter tout l'fourbi ?
C'est Chéri-Bibi !
C'est Chéri-Bibi !

Ils se turent sous les coups de poing et les coups de gueule de Gueule-de-Bois, qui leur jetait, de sa voix sourde :

« Vingt-deux ! v'là les artoupans !

« Chouïa ! chouïa ! » (silence) commanda aussitôt l'Africain, célèbre pour avoir versé du plomb fondu dans l'oreille de sa maîtresse.

Les surveillants accouraient. Ils étaient furieux. Des clefs grincèrent dans les serrures. On apercevait à travers les barreaux, grâce à la lumière diffuse, pauvrement versée par les hublots grillés, les gardiens, revolver au poing, qui entouraient des porteurs de baquets.

« Fixe ! »

La cage ou se trouvaient Gueule-de-Bois, Petit-Bon-Dieu, le Rouquin et le Kanak était la première de la batterie haute du côté de la poulaine du Bayard, vieux navire de guerre, devenu transport et affrété nouvellement pour conduire les forçats et les relégués de l'île de Ré à Cayenne depuis que la *Loire* ne suffisait plus à la besogne.

C'est par cette cage que commençait la distribution

des fricots. Au commandement de « fixe ! » les cinquante bandits qui se trouvaient entassés dans cette cage se levèrent d'un bond : masques tragiques, les uns blêmes, les autres verdâtres, joues creuses et yeux brillants, tête et face rasées, tous vêtus du même bonnet carré, veston et pantalon de grossière étoffe brunâtre, épaisses chaussures jaunes. Au bras, l'écharpe avec le numéro, car ils n'ont plus de nom pour l'administration. Et ils s'alignent en se bousculant, ayant aperçu le second du bord, qui est terrible, envoyant aux cachots, faisant mettre aux fers pour des riens !... Les garde-chiourme sont des âmes damnées, injuriant et frappant, le « rigolo » toujours prêt à partir comme s'il étouffait des balles qui lui bouchaient la gueule, comme s'il avait besoin de se soulager de sa poudre et de ses « éclairs rentrés ». Elle se grouille un peu la pègre, sous la bousculade des garde-chiourme.

Les gardes entrent dans les cages comme le dompteur chez les fauves. L'arme prête, le cou tendu vers les bêtes, ils font *le tour des regards*, pour y lire la colère, les révoltes, la rage impuissante, et faire reculer tout cela sous le canon d'acier. « Fixe ! » Ceux qui ne vont pas assez vite à leur place, devant leur sac matriculé, les talons joints, les mains dans le rang, sont secoués, bourrés d'importance.

M. de Vilène, lieutenant de vaisseau, le second du *Bayard*, a de petits yeux perçants auxquels rien n'échappe. Un hamac mal roulé, une baille qui n'est pas à sa place, une de ces brutes qui hausse les épaules, il voit tout ! Il n'a qu'un mot à la bouche : cachot ! Ah ! c'est lui qui aurait cassé la « gueule » à Chéri-Bibi s'il avait été à la place du commandant ! Et on n'aurait plus entendu parler du monstre ! Et le commandant et lui n'auraient plus à garder un homme qui s'était enfui déjà une fois du bagne, deux fois du dépôt, trois fois d'une maison centrale, et pour qui les portes semblaient n'avoir été faites que pour s'ouvrir et les barreaux pour soutenir la corde ou le drap de lit libérateurs ! Ah ! on se serait bien passé d'une pareille commission ! Ils vivaient tous deux dans l'épouvante de relâcher cette terreur sur le monde !

Enfin Chéri-Bibi était aux fers ! C'était toujours cela ! Et jusqu'à la fin de la traversée ! De Vilène l'avait fait jurer au commandant Barrachon, qui ne revenait pas de l'ignoble affront qu'on lui avait fait subir à lui, toujours si poli avec les condamnés, et professant des théories humanitaires.

« Ça vous apprendra ! » lui avait dit de Vilène.

Croisières Parquet

Le lieutenant de vaisseau entra dans la cage, rageur, derrière les gardes, et suivi du surveillant général inspecteur, accouru, lui aussi, au bruit insolite de l'entrepont.

« Si on vous privait de fricot ! Vous savez bien qu'il est défendu de chanter ! dit l'inspecteur.

– Celui qui veut aller rejoindre à fond de cale le 3216, qu'il le dise ! cria M. de Vilène. Deux jours de cachot au chef d'escouade pour ne pas avoir roulé le hamac de Chéri-Bibi ! »

Le chef d'escouade, c'était justement l'Africain, qui était en train de prendre livraison des trois baquets qui revenaient à sa cage pour le repas de ses cent cinquante hommes et de suspendre les plats au pont supérieur par le truchement de la ficelle. A l'annonce du châtiment qui le frappait, il dit, comme un écolier :

« Chic !

– Quatre jours ! »

Il se tut : M. de Vilène le fusillait des yeux.

M. de Vilène ne comprenait pas qu'un homme qui avait versé du plomb fondu dans l'oreille de sa maîtresse pût répondre « Chic ! » ou tout autre chose à un lieutenant de vaisseau. Cela le mettait hors de lui. Sa colère immobilisait toute la cage. Les poitrines de forçats, autour de lui ne respiraient plus. C'est que les punitions encourues pendant la traversée avaient une répercussion terrible sur la vie qu'on leur accorderait de mener à Cayenne.

« On chante ! on est joyeux ici ! continuait de gronder l'officier : sans doute parce que le 3216 vous a fait de la place ! »

C'était exact que le départ de Chéri-Bibi avait fait de la place dans cette cage où ils étaient entassés comme harengs en caque.

En même temps que Chéri-Bibi, on avait descendu aux fers les deux gardiens qui ne le quittaient jamais, car, bien entendu, on lui faisait l'honneur d'une surveillance spéciale. D'abord, les garde-chiourme avaient été doublés dans le couloir où était sa cage ; ensuite, dans sa cage même, deux gardiens avaient l'œil sur lui, nuit et jour. Et au bout du couloir, aux écoutilles, à toutes les ouvertures qui permettaient de descendre aux cages des entreponts, il y avait des soldats, prêts à tirer à la moindre alerte.

Le second, comme s'il flairait quelque surprise, quelque méchant coup préparé dans l'ombre horrible de ce coin de l'enfer, faisait le tour de la cage, bousculait les sacs. Il en ouvrit un, au hasard. Il savait bien qu'il ne pouvait trouver là-dedans que les objets réglementaires, après la fouille totale des hommes au départ ; mais quand même, avec ces démons, on n'était jamais tranquille, jamais sûr de rien ! N'ayant rien trouvé d'extraordinaire dans le sac, il passa sa bile sur le plancher, qu'il trouvait mal lavé.

« Qu'est-ce qui m'a fauberdé ça ? » hurla-t-il.

Et se retournant sur son escorte :

« Désormais, le lavage des cages sera fait par une série désignée à cet effet ! Le surveillant chargé de la série qui se trouve de corvé devra, après la propreté, s'assurer qu'elle a été bien faite et en rendre compte au surveillant général qui m'en informera ou à l'officier adjoint ! »

Puis, pivotant sur les talons, il se retrouva en face des condamnés.

« Et vous, écoutez-moi bien ceci : les hommes de corvée, gardant ce service pendant vingt-quatre heures, ne seront autorisés à suivre les autres sur le pont pendant la promenade d'une demi-heure quotidienne, qu'après leur besogne accomplie ! On vous délivrera, pour cela, en plus des fauberts que vous ne mouillez pas assez, des raclettes ! Je veux que vos cages soient propres comme le salon du commandant, nom de D... ! C't entendu ! Vous avez compris, vous, l'Chouïa, l'chef d'escouade ?

– Le commandant a dit..., murmura dans un soupir l'Africain.

– Le commandant, le voilà ! »

Et le second lui mit sous le nez son revolver.

Les gardes étaient dans un état jubilatoire énorme. Ah ! ça ne traînait pas avec celui-là ! Mais l'un d'eux se prit à rire trop haut pour son malheur. Le second lui colla vingt-quatre heures de cachot ; ça lui apprendrait à être sérieux dans le service. Ce fut le tour de joie des bandits, dont l'un cria dans l'ombre :

« Bravo ! »

En entendant cette apostrophe approbatrice, M. de Vilène, qui avait décidément mauvais caractère, ordonna qu'on remportât l'un des trois baquets (plats) destinés à la cage. Ça, c'était un fameux rationné ! Ça leur apprendrait à donner leur avis quand on ne leur demandait rien.

Il sortit dans un silence effrayant.

Les garde-chiourme partis, les grilles cadenassées, alors les dents grincèrent, les mâchoires claquèrent ; on avait encore rogné sur leur faim ! Et le groupe formidable des colères roula autour de Gueule-de-Bois :

« C'est-y pour aujourd'hui ? C'est-y pour demain ?

– C'est pour quand Chéri-Bibi voudra. »

A cause du roulis, les « plats » – les deux baquets – étaient suspendus à la ficelle. Le chef d'escouade commanda les deux premières équipes de dix qui, rangées autour de chaque baquet, commencèrent à puiser dans le mélange immonde qui roulait là-dedans. Les chefs de plat surveillaient les coups de cuiller de bois s'enfonçant dans ce brouet à la colle où finissaient de pourrir des morceaux de carotte, de navet, de poireau, ou plutôt des détritus de tout cela accompagnés de fayots qui, eux, en raison d'une solidité à toute épreuve, avaient conservé leur forme et leur identité que rien ne pouvait leur faire perdre. Ce jour-là, un baquet devait contenter la faim de soixante-quinze au lieu de cinquante, à cause du « rationné ». Heureusement que quelques-uns, incommodés par le roulis, restèrent vautrés dans les coins, près des bailles, et avaient refuse de répondre à l'appel. Les mufles penchés au-dessus des baquets comme les cochons sur l'auge, les forçats mangeaient. Ils man-

Suite royale

8

geaient en grognant encore contre le second, contre les garde-chiourme, les « artoupans », comme ils continuaient à les appeler, bien que ceux-ci eussent titre maintenant de « surveillants militaires ». Ces surveillants ne cessaient de passer et repasser devant les grilles avec des jurons, des menaces, des ricanements atroces. Un moment, il y eut, au fond de la batterie, venant d'une cage lointaine, un bruit retentissant de grille claquée et un hurlement de douleur. Les forçats, en train de manger, ne levèrent même pas la tête. Ils savaient ce que c'était. Encore un « relingue » (bagnard) qui avait fini son temps de cachot et qu'on ramenait dans sa bauge et qui n'était pas rentré assez vite. Alors on lui avait claqué la grille sur les doigts.

Ça, c'est l'amusement des garde-chiourme, les doigts écrasés ! Ah ! les salauds d' « artoupans » ! Le jour où ils en tiendraient un ! « Ce serait-y pour aujourd'hui ? Ce serait-y pour demain ? » Ce sera pour quand Chéri-Bibi voudra ! Tout de même qu'il se presse !

Les équipes succèdent aux équipes autour des « plats ». Ceux qui ne mangent plus regardent manger les autres. On laisse à chacun sa part. On est juste. Et on se frotte le ventre.

Le roulis ne fait qu'augmenter. Il y a des glissades, des heurts, des cris parce qu'on s'écrase les pieds. Un imbécile s'accroche au plat, et voilà le baquet qui commence la danse de la « chaloupe en détresse » ! On l'arrête trop brusquement. Une clameur. Les fayots ont fichu le camp ! Ça, c'est du « boni » pour ceux qui ont fini avec le « plat ». Ils se ruent, se jettent sur cette chose abominable qui englue le plancher.

Fichu temps ! Les sacs roulent les uns sur les autres ! Et on entend le chambardement des objets déplacés dans les entreponts. Un « artoupan », s'étale sur le ventre, entre les cages, et son revolver part. On rit, comme savent rire les forçats. La balle n'a tué ni blessé personne.

« J'aurais voulu qu'a vous crève ! » grinça l' « artoupan » en se relevant. Dans une cage, un forçat proteste parce qu'il prétend que l'eau qu'on lui donne à boire est salée. Eh la houle toujours augmente... La mer bat les flancs du navire, et le choc des vagues sur la poulaine produit des détonations semblables a celles d'une batterie de pièces de 12.

C'est le moment où ceux qui mangent maintenant « à la ficelle » avec Gueule-de-Bois, l'écoutent de toutes leurs oreilles. Le Rouquin, le Kanak, Petit-Bon-Dieu et l'Africain lui-même en oublient de savourer la soupe. Mais ils font semblant d'être uniquement préoccupés par leur gloutonnerie.

« Gémissez pas ! souffle Gueule-de-Bois. Comme disait not'curé : les temps sont proches ! ... C'est pas pour rien que Chéri-Bibi s'a fait mettre aux fers. S'il a craché à la musette du méquard (le commandant), c'est qu'y voulait pas y couper. Il a son plan. Y a du bon !

– Eh ! comment qu'on fera maintenant qu'il est aux fers, susurra Petit-Bon-Dieu ; moi, j'fais rien sans lui. J'ai confiance qu'en lui !

– Ça le regarde ! Y connaît son affaire ! Y avait pas moyen de s'entendre tant que les « artoupans » qui le gardaient étaient dans la cage ; c'est pour ça qu'il s'est fait fiche aux fers ! Comprenez-vous maintenant ? On peut causer !

– Moi, d'main, j'prends le cachot, dit l'Africain. Dépêche-toi, que je sache à quoi m'en tenir ! C'est-y vrai qu'on « soye » tous d'accord pour bouleverser (se révolter) ?

– *Por* sûr ! affirme Gueule-de-Bois en hochant la tête.

– Tous d'accord pour s'emparer du bâtiment ?

– *Por* sûr !

– La batterie basse en est ?

– La batterie basse comme la batterie haute.

– Et n'y aura pas de casseroles ?

– Non ! pas de roussis ! Tous d'accord, le cœur sur la main. Se faire crever s'il le faut ! Vaincre ou mourir, quoi !

– Mais, après qu'on sera les maîtres, quoi qu'on fera ?

– Ah ! bien, Chéri-Bibi nous le dira ! Paraît qu'on pourra faire les corsaires ! On pourra faire ce qu'on voudra, quoi ! pisqu'on sera les singes (les maîtres) à nous tout seuls ! Avec tout c'qu'y a dans la cambuse et tout le fourbi, et le bateau et l'argent du gouvernement.

– Nous serons les rois de l'Océan ! Gare à ceux qui nous tomberont dessus ! annonça Petit-Bon-Dieu. Mais quel temps de chien ! (il affectait de parler bourgeois) qué bousculade ! Tu me marches sur les pieds, Gueule-de-Bois. C'qu'on est tassé ici ! On se croirait sur le boul'vard, l'jour du 14 juillet. »

Et il fredonna en grattant le fond du *plat* :

Et dans Paris gorgé d'troupiers...

« Chante ! Chante ! ordonna Gueule-de-Bois. V'là l'artoupan ! Qui n'croie pas qu'on cause… »

Petit-Bon-Dieu, en s'essuyant la bouche de la manche de sa veste, acheva :

Et dans Paris gorgé d'troupiers,
Où faut ben que j'mène ma vadrouille
G'n'aura ben vingt millions d'petsouilles
Qui viendront m'piler les doigts de pied !

Le garde-chiourme est passé. Gueule-de-Bois dit :

« Non ! mais ça s'pourrait bien qu'on aille à Caracas où qui n'y a une révolution. On offrirait ses services à l'armée révolutionnaire, et pis c'est nous qui deviendraient l'gouvernement.

– Ça, c'est une idée ! approuva Petit-Bon-Dieu. Tu seras ministre de la Justice et moi ministre de l'instruction publique. Tu verras comme j'éduquerai le peuple. Y *aura pus besoin d'assassins* !

– Et maintenant que vous avez dit assez de bêtises, fit le Kanak qui ne se déridait jamais, pourriez-vous nous expliquer, monsieur Gueule-de-Bois, comment, sans armes, enfermés dans des cages et entourés de gardes et de soldats toujours prêts a nous fouiller, nous pourrions nous emparer du *Bayard* ?

– Toi, t'es trop curieux ! déclara le Rouquin.

– C'est vrai, mossieu est fouinard, appuya Gueule-de-Bois, Chéri-Bibi n'aime pas ça ! J'vous dis qu'il a son plan.

– Et moi, j'vous dis que, sans armes, nous ne pourrons rien faire.

– J'suis de l'avis du Kanak, déclara l'Africain.

– Qui qui vous dit qu'on n'aura pas d'armes ?

– Où que tu les prendras ?

– N'y en a-t-il pas à bord ?

– Oui, mais c'est pas *por* nous !

– « Le plan est bien simple », finit par laisser échapper Gueule-de-Bois, énervé.

Et se baissant vers ses compagnons du plat :

« On aura des armes… autant qu'il faudra pour nous rendre maîtres de l'entrepont. Le reste viendra après. Comprenez-vous ? On aura des armes, des couteaux, des rigolos… Parfaitement. Le moment venu, à la première ouverture de cage, on se jette sur la chiourme, le surveillant général, l'inspecteur, le second, enfin tout ce qui se trouve là, et on leur fait passer le goût du pain. On ouvre les autres cages avant qu'en haut on sache seulement de quoi y retourne !

– Mais les sentinelles tireront, les soldats, les matelots accourront ! C'est nous qui serons massacrés !

– Gros malin ! fit Gueule-de-Bois avec mépris, *por* sûr que n'y en a qui trinqueront ! Plus d'un qui n'avalera des dragées. Mais on fait pas d'omelette sans casser des avergots, pas ? L'tout est de pas frousser et d'courir au pus pressé. Sommes huit cents zigs à bord qu'aurons des armes… On courra aux écoutilles, et c'est les sentinelles qui trinqueront… Et pis, aux écoutilles, dans les couloirs, on fera des barricades avec les sacs, tout l'fourbi qu'on trouvera dans la cale. J'vous dis : un chambard du diable ! On se battra comme au temps d'la Révolution, quoi ! Tant pis pour les foies blancs ! Moi j'aime mieux crever comme ça que de m'éteindre au Pré en arrachant des copeaux *por* le gouvernement. »

Un murmure d'assentiment accueillit les dernières paroles de l'orateur. Cependant le Kanak ne paraissait pas tout à fait convaincu. Ce découpeur de lanières

Pain Bagna

humaines était un scientifique. Il se méfiait de l'enthousiasme de Gueule-de-Bois, nature spontanée et peu réfléchie. Toutefois il comprenait que Chéri-Bibi l'eût choisi pour ses confidences, car Gueule-de-Bois avait, à cause de sa force herculéenne, de sa brutalité et de ses exploits, une réelle influence sur la pègre, avec laquelle Chéri-Bibi était sûr qu'il ne le trahirait point et qu'il aurait tôt fait d'exécuter le faux frère qui, ayant connaissance de ses projets, ne les trouverait pas admirables.

« La preuve que nous aurons des armes quand *il* voudra, déclara Gueule-de-Bois en se levant (mouvement suivi par tous les yeux des bagnards qui louchaient depuis un instant du côté de la « conversation » du lieutenant de Chéri-Bibi), la preuve c'est qu'il a voulu aujourd'hui qu'on fasse guindal (boire en chœur) à sa santé ! Nous avons assez grenouillé comme ça (bu de l'eau) ; allons, toi, le Rouquin, fouille tout au fond de ton flac (sac). »

Le Rouquin obéit et faillit mourir sur-le-champ de stupéfaction en sentant sous ses doigts le froid sympathique du verre d'une bouteille qu'il attira à lui, tout tremblant. Tout le monde le regardait, à l'exception de l'innocent (il y a toujours au moins un innocent par cage qui ne veut rien savoir de ce qui se passe autour de lui et qu'on laisse faire sa nitouche, à cause que, le plus souvent, son désespoir ne lui permet pas de manger et qu'il abandonne volontiers sa ration) à l'exception donc de l'innocent et de Gueule-de-Bois qui s'en était allé faire un tour du côté de la grille, histoire de surveiller les « sous-cornes » , tous avaient les yeux sur lui, même les malades qui se soulevaient pour voir, pour comprendre... C'était-y bien possible ? Une bouteille ! Eune vraie grande « fille ! » au ventre bien dodu ! Eune belle « chandelle » ! Eune « cholette » comme ils n'en avaient pas aperçu depuis longtemps, car ils n'avaient pas le droit de se payer des douceurs à la cantine comme les « relingués » qui, eux, pouvaient avoir des sous et tout le bonheur qui s'achète avec. Tous furent debout, malgré le roulis, malgré le tangage, malgré la maladie... Accrochés les uns aux autres, les doigts frémissants, les yeux hors de la tête, ils regardaient la bouteille !

Le Rouquin, qui avait peur de la laisser tomber, tant il tremblait, l'avait serrée dans ses bras, sur sa poitrine, et maintenant il la débouchait, les yeux fermés, les narines palpitantes, avec une figure d'extase. C'était du rhum. On allait pouvoir boire « un pape » ! L'idée seule en enflammait déjà les gosiers. N'avoir plus le droit à rien de rien, qu'à recevoir des coups de pied dans le derrière, comme des bêtes, et à crever de faim, et tout à coup apercevoir la lueur de ça ! Une bouteille de rhum ! Quel miracle et quel mystère ! C'était Chéri-Bibi qui l'avait voulu ! Lui seul pouvait une chose pareille. Lui seul aurait pu expliquer l'inexplicable : comment cette chose prodigieuse, malgré une surveillance effarante de tous les instants et des fouilles continuelles, avait pu venir là ! Celui qui avait fait venir cette bouteille de rhum ferait aussi bien venir des armes. C'était sûr ! Il n'y avait plus à douter. Toutes les férocités qui étaient là se donnèrent à lui, goulûment.

« Heureusement, dit Petit-Bon-Dieu, que le seg (second) n'est pas tombé sur le sac du Rouquin.

– C'qui prouve bien que le Grand-Dab est avec nous ! fit remarquer Gueule-de-Bois. Allons ! une lampée pour tous ! N'y en aura pour tous ! »

Et il sortit à son tour quatre litres de rhum de son sac, dans le moment où il sentait bien que l'on allait se tuer autour de la bouteille du Rouquin, insuffisante pour une pareille chambrée. Alors, ce fut un sombre et silencieux délire. Ils buvaient, glougloutaient, râlaient de bonheur, se renversaient la gorge, pâmés sous la brûlante coulée de l'alcool. Ceux qui n'avaient pas encore bu attendaient, les mains en avant, les doigts crochus, avec des grognements impatients, un halètement douloureux de la poitrine. Gueule-de-Bois maintenait l'ordre et, quand les « artoupans » passaient dans le couloir, faisait disparaître les bouteilles. Et puis, à nouveau, on se ruait sur elles. Quand le baiser immonde se prolongeait trop sur le goulot, des voix sourdes et menaçantes criaient : « Assez ! Assez ! » et l'homme rendait la bouteille, les yeux en flammes. Quand ce fut fini, il y eut d'abord un silence, une espèce de prostration où ils s'abîmèrent en une ardente communion. Et puis, tout à coup, un même acte de reconnaissance jaillit de toutes les poitrines ; l'hymne rauque éclata :

La Républiqu ' nous emberluche !
Du bois de Boulogne à Pantruche !
Qui f'ra sauter tout l'fourbi ?
C'est Chéri-Bibi ! C'est Chéri-Bibi !

La galopade de la garde, les revolvers braqués à travers les barreaux, le commandant et le second qui accouraient avec un peloton de soldats, il fallut tout cela pour les faire taire. La cage, maintenant silencieuse, était condamnée à la boule de son et à l'eau pour trois jours. Un « artoupan » découvrit les litres vides. M. de Vilène en pâlit de colère :

« Qui est-ce qui vous a fait ce cadeau-là ? »

Silence.

« Qui est-ce qui vous a fait ce cadeau-là ? »

Alors les bandits, en chœur, repartirent :

« C'est Chéri-Bibi ! C'est Chéri-Bibi ! »

Voyant leur exaltation due à l'alcool dont ils avaient perdu l'habitude, le commandant qui, autant que possible, ne voulait pas avoir d'histoire, ordonna la retraite.

« Vous ferez une enquête, dit-il au second quand ils furent dans le couloir, et s'il y a faute des gardes, punissez sévèrement. Des bouteilles dans les cages ! Mais c'est des armes, cela ! Oh ! il faut savoir absolument... C'est inimaginable !

– Absolument ! Mais ce qui est plus inimaginable que tout, commandant, répliqua le second, c'est que les jurés n'aient pas condamné tous ces bandits à la peine de mort ! S'ils les voyaient comme nous les voyons, il est probable qu'ils regretteraient leur faiblesse... je dirai même leur lâcheté. Quand on pense qu'ils n'ont pas osé toucher à ce Chéri-Bibi !

– Oui, c'est abominable ! »

Ce qui s'était passé au moment du dernier procès de Chéri-Bibi était en effet abominable. D'abord, deux des jurés, dont le nom était sorti de l'urne et qui, malgré leurs efforts, n'avaient pas été récusés, s'étaient simplement évanouis et il avait fallu les frictionner pour les faire revenir au sentiment de leur devoir social. Tous avaient exigé du président des assises que des agents les accompagnassent après le procès jusque chez eux, et que la Sûreté continuât à veiller sur leurs précieuses personnes ; enfin ils avaient accordé des circonstances atténuantes, trouvant à Chéri-Bibi une responsabilité mitigée, lui sauvant ainsi la tête. L'affaire avait, du reste, été menée avec une douceur remarquable par un président poli qui semblait demander pardon à l'accusé de la liberté grande qu'il prenait de le juger. Pour mieux apprécier l'état d'âme de la cour d'assises de la Seine, à cette époque, peut-être n'est-il point inutile de rappeler que, le matin même du procès, l'immeuble où se trouvait le débit de vin où ser-

Carrée d'agneaux

vait le garçon qui avait dénoncé et livré son client Chéri-Bibi, avait sauté comme une boîte d'artifice : avertissement retentissant que MM. les jurés avaient entendu.

« Allons le voir, dit le commandant qui se mit à descendre l'escalier conduisant à la batterie basse, en avouant : Ce Chéri-Bibi m'empêche de dormir ! »

Ils traversèrent la batterie basse, entre les cages. En haut, on y voyait encore à peu près clair, grâce aux hublots, mais dans le second entrepont, c'était la nuit avec quelques lueurs blafardes ou sanglantes tombées des falots que balançait la houle. Seul brillait le fer des barreaux derrière lesquels des figures de démons apparaissaient, surgies des ténèbres, faces hideuses de cauchemar, qui regardaient passer les « artoupans », la mort dans la main. Les deux chefs ne firent que passer et quittèrent le second entrepont pour le troisième. Au fur et à mesure qu'ils s'enfonçaient dans cet enfer flottant, les ténèbres devenaient plus opaques. Il y avait des coins où l'on marchait à tâtons, en s'appuyant contre des murailles de fer, derrière lesquelles on entendait des plaintes, ou des malédictions. Ils arrivaient dans le couloir des cachots toujours gardé militairement. A l'extrémité de ce couloir, tout au fond de cette géhenne, un garde leur ouvrit une porte. Et ils entrèrent suivis d'un matelot, un falot à la main. Deux « sous-comes » , gardes que les forçats mettaient encore au-dessous de l' « artoupan » , se levèrent sur le seuil du cachot et firent le salut militaire.

Il y avait quelque chose d'accroupi au fond de l'ombre.

Les deux chefs considérèrent quelques instants cette chose qui ne remuait pas. Était-elle morte ? Était-elle vivante ? Le commandant, un gros homme, très impressionné, résolut de s'en assurer :

« Vous n'êtes pas honteux, Chéri-Bibi, lui dit-il, d'avoir craché à la figure de votre commandant ? »

La chose, toujours immobile, avait une voix, une voix enrouée qui dit : « *Vous avez eu tort de prendre ça pour une injure personnelle* ! »

Ce brave homme de commandant Barrachon, qui ne demandait qu'à vivre tranquille et à qui, par un affreux coup du sort, avait échu le devoir de conduire à destination une pareille cargaison de monstres, reçut la réplique de Chéri-Bibi en s'affalant : « Vous avez eu tort de prendre ça pour une injure personnelle ! » Oui, il dut se retenir à la cloison tant il était ému. C'était trop fort, à la fin ! Chéri-Bibi, certainement, se moquait de lui. Le peu d'énergie qu'avait laissé à l'excellent commandant la mise en pratique, vis-à-vis de ses subordonnés, de ses théories sociales et humanitaires en fut comme secouée. Il trouvait décidément que c'était de Vilène qui avait raison en traitant tous ces bandits comme des bêtes qui n'avaient plus rien à faire avec l'humanité. Et ce que les crimes, le passé, la sanglante gloire de Chéri-Bibi n'avaient pu faire, c'est-à-dire lui faire oublier qu'un homme, si bas fût-il tombé, appartient toujours à la famille humaine, la blague du bandit l'accomplit en une seconde. Il détesta tous ces misérables, rageusement, ne leur pardonnant pas qu'il eût pu croire un instant qu'avec de bons procédés, il allait les amadouer, les tourner vers le meilleur. Comment ! il n'avait pas manqué une occasion, depuis le commencement de la traversée, de montrer à Chéri-Bibi que son cœur n'était point fermé aux misères de la question sociale en apportant aux forçats quelque adoucissement à la rigueur des terribles règlements, en améliorant leur ordinaire et en s'occupant activement de leur état sanitaire ! Il leur avait permis de temps en temps une petite promenade supplémentaire sur le pont, à seule fin qu'ils ne mourussent point tout à fait étouffés dans les entreponts ! Et voilà comment il était récompensé ! On lui crachait à la figure et on le priait de ne pas considérer cela comme une injure personnelle ! Oui, oui, de Vilène avait raison ! Ça lui apprendrait ! ça lui apprendrait ! Désormais, il serait terrible, et il commença :

« Cheri-Bibi, vous êtes une mauvaise tête ! »

La chose accroupie au fond de l'ombre ricana :

« Imaginez, dit-elle, que c'est comme si j'avais craché à la figure de la société ! Ça n'a rien de personnellement vexant pour vous, mon commandant ! »

Ah ! cette voix rauque, cette voix enrouée, cette voix sinistre, sa façon de dire : « Mon commandant ! » Comment pouvait-on avoir pitié de pareils misérables ? Pourvu qu'il ne s'échappe point ! Il serait capable de tout ! de tout ! Chéri-Bibi avait déjà prouvé qu'il était capable de tout, mais quand le commandant Barrachon s'exprimait ainsi, il comprenait : de tout contre le commandant Barrachon, c'est-à-dire de lui procurer tous les ennuis résultant d'une pareille évasion, sans compter les forfaits qu'il était capable d'accomplir à son bord. Un homme qui avait osé imaginer de faire sauter le Palais de justice, ne verrait certainement aucun inconvénient à brûler la cervelle du commandant Barrachon !

Allons ! il fallait être prudent ! Chéri-Bibi resterait aux fers jusqu'au bout de la traversée ! Et il le lui annonça.

« Tant mieux ! fit la voix de l'autre, j'vous aime mieux comme ça. Vous me dégoûtez moins !

– Approche ton falot ! » hurla le commandant à son matelot.

Et il examina minutieusement les fers appelés barres de justice. C'est une longue tringle de trente millimètres de diamètre avec des maillons pour tenir les jambes croisées et, au besoin, les bras (avec Chéri-Bibi, on avait besoin de croiser les bras). Les maillons, une fois remplis par les membres, on les enfile à la tringle et on les fait glisser à la place qu'ils doivent occuper. Ensuite on ferme le bout de cette tringle au moyen d'un gros cadenas qui sert de boulon. L'autre extrémité de la barre est terminée par un bourrelet en fer qui ne permet pas aux maillons de glisser.

L'excellent commandant Barrachon constata que barres et maillons étaient en place, et les membres de Chéri-Bibi aussi. Le falot n'éclairait que la partie basse de la chose, accroupie dans l'ombre, la chose dont on entendait maintenant la sifflante et haineuse respiration sans en voir la tête. Le commandant avait pris des mains du matelot le falot et n'avait garde d'éclairer la tête, car la tête de Chéri-Bibi lui faisait toujours peur ! Les mains, les pieds enchaînés, il pouvait voir cela ; mais la tête, l'horrible tête qui avait craché, non, non ! Il ne pouvait plus la revoir ! Il frissonnait à la seule idée de la physionomie terrible que devait avoir cette tête depuis qu'il avait annoncé « les fers pour toute la traversée » , car enfin c'était comme s'il avait annoncé la mort !

Le falot se sauva au bout de la tringle pour examiner le cadenas qui était bien fermé comme il fallait, le bon, lourd, épais, solide, honnête cadenas dont le commandant gardait la clef, l'unique clef, dans sa poche ! Et Barrachon se releva avec un soupir. Il était plus tranquille d'avoir vu cela !

« J'ai toujours regretté, dit-il au lieutenant de Vilène, que ces instructions, qui rappellent la honteuse Inquisition et le triste Moyen Age, fussent encore en pratique dans notre marine, pour punir les plus légères infractions à la discipline et aux règlements. Mais vraiment je ne regrette plus que nous disposions encore de ces derniers vestiges de la barbarie, quand nous avons à nous assurer d'un pareil forcené !

– Poil au nez ! fit la voix de l'ombre.

– L'entendez-vous ! C'est le crime lui-même qui parle ! reprit Barrachon exaspéré. Le crime dans tout son cynisme et dans toute son horreur ! Le crime sans nom !

– Si, puisqu'il s'appelle Chéri-Bibi ! glapit l'orgueilleuse voix de l'ombre.

– Ce misérable ne respecte rien ! Il a peut-être des parents qui pleurent ses crimes, mais il a oublié ses parents comme il oublie ses crimes eux-mêmes !

– J'ai la mémoire si fatiguée, répliqua la voix ; j'ai beaucoup abusé des femmes !

Sauvons-nous ! fit le commandant, je le tuerais ! Et je me le reprocherais toute ma vie !

– Et moi, je vous en féliciterais toute la mienne » , dit M. de Vilène.

Le commandant se tourna vers les deux hommes qui ne quittaient pas Chéri-Bibi :

« J'ai donné l'ordre qu'on relevât la garde toutes les heures. Ce sera moins fatigant. Vous connaissez la consigne ? Ne pas parler, ne pas répondre au 3216, jamais ! »

A ce moment, un sinistre sanglot se fit entendre au fond de l'ombre. C'était si affreux et si douloureux que les deux officiers en furent singulièrement émus. Le commandant n'y tint plus. Il leva son falot à hauteur de la tête de cette chose qui avait pleuré. Et tous les cinq, les officiers, les deux gardes et le matelot, reculèrent d'épouvante : ils avaient en face d'eux, l'*homme qui rit* ! Ceux qui avaient vu cela ne devaient jamais oublier l'abominable vision, ce rire sanglant sous la lueur rouge du falot, cette grimace monstrueuse de l'homme qui les insultait de son rire élargi jusqu'aux deux oreilles, parce qu'ils avaient cru à son gémissement et avaient eu, une seconde, pitié de sa douleur. Le commandant en laissa tomber son falot, qui se brisa et s'éteignit, et l'horrible chose disparut à nouveau dans la ténèbre. Barrachon, étouffant, titubant, poussa la porte du cachot, se rejeta dans le couloir.

« Il rit ! murmura l'excellent homme, secoué de frissons. Ce monstre devait rire quand il découpait « la petite bonne » en dix-sept morceaux ! »

La porte n'était pas encore refermée. L'autre avait entendu. Et la voix enrouée rattrapa la fuite de Barrachon :

« V'z'avez tort de croire que ça ne m'a pas fait d'l'effet ! L'soir même, fallait que je prenne un bain de pieds de moutarde ! »

Barrachon et de Vilène se laissèrent retomber de tout leur poids sur la porte pour ne plus entendre.

Puis ils remontèrent les degrés de l'enfer qui, autour d'eux, au-dessus d'eux, au-dessous d'eux, semblaient à nouveau s'emplir de clameurs. Quand ils n'apercevaient pas un gradé, un chef, on ne pouvait faire taire les bandits. Ils se renvoyaient de cage en cage, de cachot en cachot, de la batterie basse à la batterie haute, des chants immondes, des injures, des malédictions, des défis, des obscénités. Mais le commandant et le second ne pensaient qu'à Chéri-Bibi.

« Heureusement pour tout le monde qu'il crèvera avant la fin de la traversée, fit de Vilène.

– Comment cela ? demanda Barrachon, en s'arrêtant, un pied sur la dernière marche de l'échelle qui débouchait dans le second entrepont. Pourquoi voulez-vous qu'il meure ?

– Il ne pourra pas subir les fers jusqu'au bout. Ses pieds et ses mains sont déjà en sang.

– Diable ! Diable ! réfléchit tout haut le commandant, voilà une « question de conscience » !

– Allez-vous avoir de la conscience avec ces gens-là ? Il faut avoir plus de courage que les jurés, mon commandant, voilà tout ! Écoutez-les ! »

Le vaisseau résonnait lugubrement du chant de la chiourme.

« Rien à faire avec la canaille ! reprit le lieutenant. Ah ! si on voulait ! Une bonne saignée les mettrait vite à la raison ! »

Le commandant n'eut pas le temps de répondre. Un grand long corps blanc lui roulait dans les jambes, s'agrippait à lui au passage, le faisait légèrement basculer, continuait sa descente rapide « les quatre fers en l'air » , dans l'échelle, et aurait roulé jusqu'au fond de la cale aux cachots si le second ne l'avait arrêté tranquillement au passage... Les officiers avaient reconnu l'aide-cuisinier, le second du maître coq, qui décidément n'avait pas le pied marin. Le roulis et le tangage faisaient de lui, depuis le commencement de la traversée, à peu près ce qu'ils voulaient. Le malheureux ne pouvait pas se tenir debout. A cause de cela et de sa maigreur, il était la joie des « artoupans » et des matelots qui l'avaient surnommé « la Ficelle ». Il se releva en s'excusant.

« Qu'est-ce que tu fais ici ? demanda le commandant.

– Vous voyez bien, commandant, répondit sérieusement la Ficelle, je ramassais mes plats ! »

En effet, des hommes le suivaient avec les baquets des forçats. Il s'agrippa à la corde de l'escalier et ajouta :

« Vous savez, mon commandant, que le « chef » a fait son compte dans la cambuse devant l'inspecteur. Il ne manque pas une bouteille de rhum ! »

Ayant dit, une secousse plus brusque lui fit lâcher sa corde, et il continua son chemin sur le dos dans la batterie basse.

« Cette affaire est inouïe ! gémit le commandant.

– Oh ! je vous jure bien que je l'aurai tirée au clair avant la fin de la journée ! fit de Vilène. Ce doivent être des bouteilles qui leur auront été vendues par les surveillants. »

A l'annonce, faite militairement, du retour des deux officiers dans la batterie basse, les chants se turent, pour reprendre, aussitôt que le commandant et le second furent passés. Et ce fut au tour de la batterie haute d'éteindre momentanément ses clameurs.

« V'là le méquard et le seg ! »

Le mot d'ordre courut de cage en cage. Les deux officiers s'arrêtèrent un instant devant la « cage des financiers » ; non point que l'on eût réservé un compartiment spécial à ces messieurs de la banque, mais cette cage devait son nom à la majorité de banqueroutes frauduleuses et d'escroqueries compliquées d'abus de confiance qui s'y trouvait mêlée aux éléments ordinaires de vulgaire banditisme. Les uns et les autres, du reste, étaient vêtus de même sorte. On n'eût pu discerner des « pégriots » , l'escroc du grand monde, le notaire qui était naguère l'honneur du canton, le banquier véreux qui avait étonné le chef-lieu de son luxe, ni tous ces beaux messieurs gouailleurs qu'admiraient devant les juges ou les jurés de jeunes personnes faciles à émouvoir. Humbles, affaissés, terrassés par la promiscuité du crime en sabots ou en savates, ils ne se faisaient plus guère remarquer, à l'exception toutefois de « Boule-de-Gomme » , qui avait, de temps à autre et au moment où on s'y attendait le moins, un petit ricanement aigu et sec, grelottant comme une roulette de sifflet, et qui avait le don de mettre toutes les surveillances en fureur.

Les officiers passèrent ensuite dans un autre compartiment, devant la cage des femmes, une quarantaine de malheureuses reléguées qui, apercevant le commandant, se mirent à se lamenter, à gémir à fendre l'âme.

« Avez-vous fini de chigner ! » grinça l'une d'elles, dont la figure pâle aux yeux de flamme noire vint se coller à la grille.

Ah ! ce n'est pas elle qui pleurnichait, la Comtesse ! Toujours en rage, toujours en révolte, elle ne cessait de tourner dans sa cage comme une hyène furieuse écartant de solides coups de patte tout ce qui gênait sa promenade circulaire. Les autres la redoutaient, car elle était forte et cruelle et elle mordait. Elle était étrangement, fatalement belle. Elles l'avaient tout de suite appelée la Comtesse à cause des grands airs avec lesquels elle avait débuté devant la chiourme.

Et puis, un jour, elle s'était mise tout à coup a parler argot comme si elle n'avait fait que ça toute sa vie et les avait dominées par son incroyable cynisme. La Comtesse avait été maîtresse du Kanak et condamnée en même temps que ce singulier médecin pour des choses que l'acte d'accusation lui-même n'avait pas osé dire. Enfin on les soupçonnait tous deux de manger de la chair humaine.

Barrachon et Vilène étaient arrêtés devant cette bête de proie accrochée aux barreaux.

« Qu'est-ce que tu veux, méquard ? Veux-tu que je te fasse la barbe ? »

Et aussitôt le commandant poussa un cri de douleur, car la Comtesse, allongeant brusquement sa griffe, lui avait accroché le menton.

« J'tiens son foin ! J'tiens son foin ! »

Il fallut un coup de crosse de revolver, asséné par le second, pour qu'elle lâchât prise. Elle se jeta en arrière, en piaulant, comme le fauve vaincu par l'épieu des gardiens de cage, au fond des ménageries.

Le second donna des ordres pour qu'elle fût conduite au cachot tout de suite.

« Oh ! soupira le commandant... Sauvons-nous ! Remontons vite à la lumière du jour ! Quittons ces lieux maudits ! »

De Vilène le suivit en haussant les épaules. La pusillanimité du commandant et sa façon prudhommesque de s'exprimer avaient le don de l'exaspérer. Ce brave Barrachon était au bout de son courage et de son dégoût. Il glissa entre les dernières cages, comme s'il fuyait, et poussa un soupir de délivrance, en remettant le pied sur le pont, cependant qu'au-dessous de lui l'enfer grondait à nouveau de ses terribles chants.

« Mais qu'est-ce qu'ils ont à chanter comme ça ? Nous n'avons jamais entendu ça ! dit-il à M. Vilène. Il se passe quelque chose que nous ne savons pas !

– La chiourme a toujours aimé chanter, répondit de Vilène avec un froid sourire. Savez-vous, mon commandant, d'où vient ce mot « chiourme » ? Il vient de l'italien *ciurma*, dérivé du grec *keleusma*, et il veut dire le chant des rameurs. Qu'y a-t-il de plus doux au monde que le chant des rameurs ? »

Le commandant s'enfuit. Il s'enferma dans sa cabine. Les plus sinistres pressentiments l'assiégeaient. Particulièrement le mystère des bouteilles de rhum trouvées aux mains des forçats l'inquiétait. Heureusement qu'il disposait d'une force armée sérieuse. Mais de cette force avait-il jusqu'ici suffisamment usé ? Sa faiblesse n'avait-elle pas peu à peu engendré l'état de révolte dans lequel se trouvait son exceptionnelle cargaison ? S'il avait osé laisser faire aux armes une ou deux fois seulement, comme c'était son droit, on ne chanterait plus dans les cages. Mais aussitôt il se demandait : « Après tout, pourquoi les empêcher de chanter ? Pourquoi ? »

Et il savait bien que ce n'était pas cela qui le gênait, mais autre chose qui était au fond de tout cela, tout au fond du navire, et qui était ni plus ni moins que Chéri-Bibi. Il l'avait avoué à son second ; celui-là seul l'empêchait de dormir. Comme il en était là de ses réflexions, on frappa brutalement à la porte, et il vit entrer M. de Vilène, qui était d'une pâleur de mort.

« Qu'y a-t-il ? lui demanda le commandant d'une voix mal assurée, car il était déjà persuadé qu'il allait apprendre un affreux malheur.

– Il y a, fit rapidement M. de Vilène, que le numéro 3216 s'est sauvé !

– Chéri-Bibi ?

– Oui, Chéri-Bibi n'est plus dans son cachot. »

Le commandant Barrachon fit un demi-tour sur lui-même et s'affala sur son canapé.

« Mais enfin, s'écria le commandant, en sursautant, ça n'est pas possible ! Et les gardiens ?

– Les deux gardiens sont morts. La relève de garde vient de les trouver étranglés derrière la porte du cachot. Les fers sont toujours cadenassés et Chéri-Bibi a disparu ! »

Il n'y a pas d'abonné au numéro que vous avez demandé

II

A FOND DE CALE

A ces paroles du second, le commandant, qui venait de constater la présence, dans sa poche, de la clef du cadenas, se dirigea vers la porte de sa cabine, comme un fou ! De Vilène l'arrêta.

« Mon commandant, lui dit-il, prenez garde ! Ne sortez pas dans cet état. Nous avons le plus grand intérêt à cacher l'événement autant que possible. Chéri-Bibi ne saurait être loin ; il ne peut nous échapper : nous le rattraperons toujours bien, mais tâchons de remettre la main dessus sans qu'on se doute de rien. Comme vous le disiez tout à l'heure, il se passe des choses « que nous ne savons pas » ! L'inspecteur, auquel je n'ai encore rien dit, vient de me faire un rapport des plus alarmants sur l'état d'esprit des entreponts. On prépare quelque chose, et la disparition de Chéri-Bibi n'est peut-être que le commencement ou le signal de cette chose-là. J'ai consigné le sergent et les deux gardiens qui savent, seuls, la vérité, et ils m'ont juré de n'en souffler mot à personne. Faisons notre enquête nous-mêmes, sans avoir l'air de rien. Après, nous prendrons une résolution. Agir autrement serait encourager la chiourme et affoler peut-être le personnel du bord, qui a la terreur de Chéri-Bibi.

– Vous avez raison ! acquiesça Barrachon. Du calme ! Mais c'est épouvantable !

– Redescendons tranquillement au cachot, fit le lieutenant, et nous verrons bien ! J'ai, dans ma poche, ma petite lanterne sourde. Chéri-Bibi doit être dans la cale. Voyons par où il s'est enfui.

– Et les cadavres des gardiens ?

– Ils sont restés dans le cachot. Mon avis est qu'on ne les transporte à l'infirmerie que cette nuit.

– Ah ! gémit Barrachon, hors de lui, c'est affreux ! Comment une chose pareille a-t-elle pu arriver ? Allons ! »

Ils sortirent du carré en affectant autant que possible un air indifférent.

« J'ai doublé les sentinelles, sous prétexte du mauvais esprit de la chiourme, et mis à tout hasard des surveillants près de chaque embarcation, annonça le second.

– Vous avez bien fait ; mais il ne se risquerait pas sur le pont en plein jour.

– On ne sait jamais, avec un homme comme ça ! Maintenant il est armé, il a pris les revolvers et les cartouches des gardiens assassinés. Il faut s'attendre à tout. »

Ils descendirent à nouveau dans les entreponts. Chose extraordinaire et qui leur parut de mauvais augure : un silence incroyable régnait dans les cages. On n'entendait pas une voix, pas un mot. Et on ne remuait plus une patte depuis que le bâtiment avait repris son parfait équilibre, le vent subitement tombé. Derrière les barreaux, les forçats, immobiles, les regardaient passer. Cependant, en traversant la batterie basse, il y eut un étrange ricanement derrière la cage des « financiers ». De Vilène se retourna. Le ricanement cessa. Derrière eux, un garde-chiourme cria, à travers les barreaux de la cage :

« Vous avez fini de vous ficher du monde, vous, Boule-de-Gomme ! Je ne sais pas ce qu'ils ont aujourd'hui, ajouta le surveillant. Tout à l'heure, ils faisaient un chambard de tous les diables, maintenant on n'entend plus rien que le rire de cet imbécile ! »

Les officiers descendirent encore.

Pour bien comprendre les événements qui vont se dérouler dans ce cadre spécial d'un transport de guerre affrété pour le service de Cayenne, il est utile d'imaginer dans ses grandes lignes la disposition de ce bâtiment. Cinq lignes parallèles le divisent dans sa longueur : ce sont les ponts, espacés l'un de l'autre de 1, 80 m. Au-dessus de la première ligne, nous avons toute la superstructure des cabines, des passerelles, des mâts, des cheminées, enfin de tout ce qui est nécessaire extérieurement à la vie et à la marche du vaisseau. Au-dessus de la seconde, nous voyons les cabines des officiers supérieurs, les carrés, l'installation du haut personnel du bord, les salles à manger, les cabines des passagers, des fonctionnaires, etc. Au-dessus de la troisième, en dehors des postes de l'équipage et des surveillants on n'aperçoit que des hommes entassés, empilés dans des cages, et ne disposant chacun que de 50 centimètres carrés pour se mouvoir ; de lourdes grilles de fer contre lesquelles des hommes pâles sont assis, ramassant furieusement des miettes de pain qui suffisent à peine à endormir une faim inassouvie par des légumes secs ou détériorés, par une viande immangeable. Au-dessus de la quatrième, même tableau, mais avec des figures livides, des hommes qui n'ont plus faim pour la plupart, car ils ont la fièvre que leur donne l'absorption continue d'un air vicié qui ne se renouvelle qu'en passant, en haut, par la poulaine ; ceux-là souffrent non pas seulement de la privation d'aliments, mais encore du manque absolu d'air et de lumière. A la ligne du dessous, les cachots, puis des cales noires pleines de tonneaux, des provisions, parmi lesquelles se meuvent les commis, les riz-pain-sel de la navigation. Au-dessous, les soutes.

« S'il a trouvé le moyen de ficher son camp dans les cales ou dans les soutes, nous ne sommes pas près de l'avoir ! murmura le commandant.

– On le traquera ! Mais il ne doit pas être bien loin, déclara de Vilène. Le tout est de savoir le chemin qu'il a pris. Il n'a pas pu faire dix pas sans rencontrer un garde. Tenons-nous prêts à toute éventualité. »

Ils armèrent leurs revolvers ; le second fit jouer sa petite lanterne sourde et ils ouvrirent la porte du cachot qu'ils repoussèrent immédiatement derrière eux.

Les deux cadavres étaient là, la langue pendante et les yeux désorbités, chacun un lacet de soulier autour du cou. Après les avoir examinés un instant, Barrachon se releva en frissonnant :

« Ah ! le bandit ! s'il me tombe sous la main, je le tue comme un chien enragé ! »

De Vilène examinait les fers. Barrachon se pencha à côté de lui. C'était un grand mystère... la chose absolument incompréhensible. La barre était encore fermée. Les maillons sanglants, la barre, le cadenas, tout était en place comme le commandant l'avait constaté un peu plus d'une heure auparavant. Et Barrachon ne s'était pas dessaisi de la clef un instant ! Mais ceci encore n'était rien à côté de la stupéfaction qui les attendait. Rien, dans le cachot, ne pouvait expliquer la fuite. Par où Chéri-Bibi était-il sorti ? Bien malin eût été celui qui aurait pu le soupçonner ! Les murs n'étaient percés nulle part. Les ponts, en haut et en bas, étaient intacts. Les lourdes fermetures de la porte, en dehors et en dedans, n'étaient nullement forcées. Et l'homme n'avait pu sortir par une porte devant laquelle passait et repassait le surveillant militaire ; enfin il n'eût pu se glisser dans le couloir fermé où il se serait heurté à une demi-douzaine d'autres surveillants. Comment s'était-il évadé ?

« C'est à s'en arracher les cheveux ! grondait le commandant. Tout bandit qu'il est, ça n'est pourtant pas le diable !

– Si, c'est le diable, affirma de Vilène. Mais nous n'en sommes pas plus avancés ! »

Ils se résolurent à interroger le surveillant et ils lui firent signe d'entrer dans le cachot.

Le garde-chiourme, tout de suite, heurta du pied les cadavres Il recula épouvanté.

« Ce sont vos camarades. Chéri-Bibi les a tués, dit le commandant.

– Les malheureux ! râla l'autre. Ils s'y attendaient !

– Comment ! Ils s'y attendaient ?

– Quand ils sont arrivés pour la garde, l'autre leur a dit : "Ah ! c'est vous ! Tant pis pour vous !"

« Et avant que je les enferme, ils m'ont dit : "Qu'est-ce qu'il va nous faire ? Il nous réserve un sale coup ! "

« Je me suis moqué d'eux, j'ai regardé les fers, et leur montrant leurs revolvers, je leur ai dit : "Qu'est-ce que vous craignez ? Il a les pattes prises, et vous êtes deux contre un ! "

« Et, là-dessus, j'ai refermé la porte.

– Et vous n'avez rien entendu ?

– Rien ! On n'a pas bougé. Ils n'ont pas crié ! Ils n'ont pas soufflé ! Ah ! les pauvres bougres ! Mais par où l'autre est-il passé ?

– Écoutez, Pascaud, j'ai confiance en vous, fit le commandant. Si ça n'était pas vous, je croirais que vous êtes complice.

– Complice de quoi, mon commandant ? Il n'y a pas à être complice, ici ! Nous nous surveillons tous les uns les autres. Nous sommes tous les uns sur les autres ! Je n'ai pas quitté le couloir ; les camarades peuvent vous le dire. Et puis j'aurais ouvert à Chéri-Bibi que ça n'expliquerait encore rien. Je n'ai pas la clef des fers ! Et comment a-t-il assassiné les deux autres qui étaient armés ? Et qui le surveillaient, je vous prie de croire ! C'est-y moi qui aurais assassiné les camarades ? Faudrait le dire !

– Silence, Pascaud ! vous savez bien que c'est une façon de parler ! On ne sait pas par où il est parti !

– Oui, fit le garde... et il faut bien dire quelque chose. Mais il ne s'est pas envolé, quoi ! Ah ! bien, en voilà une histoire, nom de D... ! »

Il chercha, lui aussi, une issue, un trou, quelque chose... et, comme ses chefs, ne trouva rien.

Virée nocturne

« Ça c'est pas croyable ! fit-il, plus étonné encore qu'épouvanté. Eh bien ! voulez-vous que je vous dise ? Ils le savaient, là-haut, dans les cages ! Oui, ils se doutaient de quelque chose ! Ils attendaient ça, foi de Pascaud ! Ils étaient trop contents, trop à la rigolade depuis quarante-huit heures. Et je le disais encore ce matin : c'est pas naturel, on manigance quelque chose ! Ouvrons l'œil ! Et je vais vous donner, mon commandant, si vous le permettez, un bon conseil. C'est encore par eux qu'on saura quelque chose ! Faut les écouter, v'là !

– Ils ne disent plus rien, là-haut ! fit le commandant de sa voix sourde et menaçante.

– Oh ! sans avoir l'air de rien, laissez-leur faire la promenade sur le pont. Croyez-moi, c'est là qu'est la Bourse aux secrets ! J'ai idée que c'est à ce moment-là qu'ils communiquent tous les uns avec les autres... En tout cas, il s'échange là de la correspondance, vous savez ! Et ce n'est pas notre faute, le plus souvent, je vous le jure, mon commandant. C'est la faute aux matelots !

– Comment ça ? Expliquez-vous, voyons, Pascaud. C'est grave ce vous dites là.

– Et la mort des camarades, c'est-y grave, oui ou non ? Je vous dis que c'est la faute aux matelots et aux femmes ! Là, vous y êtes, mon commandant ? J'vous dis qu'ils échangent tout le temps entre eux, les hommes et les femmes, des petits billets doux. Ils se font les yeux doux sur le pont et s'écrivent en dessous, quand je vous le dis. Et le facteur, c'est le matelot ! Un morceau de papier, c'est vite jeté, vite glissé entre deux barreaux, vous savez ! Et c'est les femmes qui payent !

– Comment ça ? demanda Vilène, qui s'était toujours douté de quelque chose, mais qui, malgré sa surveillance active, n'avait pu rien surprendre.

– Comment ça ! Mais les cachots sont là pour quelque chose donc !

– Les cachots ?

– Oui, les cachots de femmes ! Y en a des femmes qui se font mettre au cachot rien que pour causer plus à leur aise !

– Expliquez-vous ! Expliquez-vous !

– Eh bien, voilà ! c'est pas bien malin, mais ils ont usé de ce truc-là à notre barbe ! Quand le matelot et la femme se sont entendus entre eux, grâce aux petits papiers, la femme sait ce qu'elle doit faire : se faire descendre pour insubordination, tout simplement ! Or le cachot reste ouvert quand il n'y a personne dedans. Eh bien ! le matelot s'y est introduit et s'est blotti dans le coin formant lit de camp ou plutôt sous l'appui qui sert à reposer la tête. L'obscurité est complète. On amène la femme et on l'enferme avec le matelot ! C'est pas plus difficile que ça !

– Vous savez ça, vous, Pascaud ! Et vous ne l'avez pas dit ? Vous mériteriez huit jours de fers ! » gronda le commandant.

Mais Vilène l'arrêta dans son accès de sévérité :

« Ce que dit cet homme est tout à fait intéressant. Comment avez-vous découvert cela, vous ?

– Ah ! je l'ai vu de mes propres yeux ! et je n'en ai pas été bien fier, dans le moment, je vous assure, mon commandant ! C'était il y a trois jours. J'étais chargé du service de propreté, qui ne se fait justement que tous les trois jours ; je suis venu avec mes hommes dans les cachots. Et j'ai pincé un délinquant qui était encore dans son coin.

– Comment ne me l'avez-vous pas amené ? interrogea Barrachon, outré.

– Ah bien ! mon commandant, parce que cette fois-là, c'était par hasard un surveillant militaire !

– Un surveillant militaire ! Raison de plus ! Vous êtes gradé ! Vous mériteriez qu'on vous dégrade ! Vous allez me dire son nom, tout de suite !

– Oui, mon commandant. Il s'appelle Francesco, et il était né à Porto-Vecchio.

– Francesco ? Vous connaissez ça, de Vilène ?

– Oui, mon commandant, répondit le second, je le connais. Et le voici ! »

Ce disant, M. de Vilène poussa du pied l'un des cadavres étendus dans le cachot.

« Il a fait sa peine, gémit Pascaud. Maintenant, le malheureux, je peux le dénoncer ! Mais il n'aurait jamais fait ça si les matelots ne lui avaient pas montré le chemin, bien sûr ! Il a voulu profiter, lui aussi ! Ah ! c'est épouvantable ! Comment une chose pareille a-t-elle pu arriver ? Et maintenant, le voilà bien puni. Je lui disais : "Prends garde, Francesco, ça te portera malheur d'avoir affaire avec les condamnés. " Mais il était très porté pour ce qui est de la chose et il faisait toujours le beau quand son service l'appelait du côté de la cage des femmes. Tenez ! il y en avait une à laquelle il ne manquait jamais de dire un mot aimable ou de faire quelque gâterie. On peut bien le dire maintenant qu'il est mort... C'était c'te louve aux yeux noirs, vous savez, la femme du Kanak ? Non, non, vous ne savez pas. Eh bien, on l'appelle ici la Comtesse, quoi !

Tournée Générale

Justement celle qu'on a descendue tout à l'heure.

– La femme qui s'était accrochée à vous, commandant, fit Vilène.

– Ah ! oui, une vraie louve !

– Eh mais ! s'écria Pascaud, elle a bien dû entendre quelque chose, celle-là. Elle est enfermée dans le cachot à côté ! »

Sur l'ordre du commandant, ils quittèrent immédiatement le cachot de Chéri-Bibi et ouvrirent celui de la Comtesse. Un silence régnait là-dedans et la prisonnière ne donnait point signe de vie. Étonnés, et de plus en plus inquiets, ils éclairèrent le cachot dans tous les coins. La Comtesse n'y était plus !

« Ça, c'est encore plus fort que tout ! » s'exclama le garde-chiourme.

Le lieutenant ne répondit pas, mais il avait repoussé avec précaution la planche qui servait de lit de camp, et le jet de lumière de sa petite lanterne sourde dirigé vers le pont, il montrait au commandant un trou assez large pour qu'on s'y pût glisser.

Barrachon et le sergent allaient s'exclamer, mais le geste énergique du second les fit se taire.

De Vilène avait immédiatement éteint sa lumière et ils ressortirent tous les trois sur la pointe des pieds. Tout doucement, ils refermèrent la porte. Les garde-chiourme qui avaient leur service dans ce couloir, très intrigués par ces allées et venues, s'étaient arrêtés dans leur éternelle promenade.

« Marchez donc ! Qu'est-ce que vous attendez ? » leur souffla le second.

Ils se reprirent à marteler le pont de leurs lourds souliers.

Barrachon avait compris. Autant que possible, il ne fallait pas que ceux d'en bas se crussent déjà découverts. C'était bien leur avis à tous trois qu'ils s'étaient échappés par là.

Ils ne pouvaient encore concevoir comment Chéri-Bibi s'était délivré de ses gardiens et comment il avait rejoint la Comtesse ; mais ils ne doutaient point que les deux condamnés eussent pris ce chemin. Et tout de suite ils ne pensaient plus qu'à les rattraper. On descendait par ce trou dans d'anciennes soutes à munitions transformées en cales à marchandises et à peu près remplies de ballots destinés au commerce de Cayenne. S'ils pouvaient trouver là des coins où se cacher, les évadés, en tout cas, ne tiendraient pas le coup bien longtemps, car ils seraient fatalement traqués, découverts.

On allait tenter de les surprendre par l'échelle qui descendait à la soute, car, descendre par le trou, il n'y fallait pas songer. Tout l'équipage y « passerait » et les hommes seraient assassinés un à un. Chéri-Bibi n'avait pas l'habitude de cracher sur la besogne.

N'écoutant que son courage, le commandant voulait se faire ouvrir l'échelle immédiatement, mais de Vilène lui fit entendre raison et un peloton de dix surveillants militaires fut commandé et amené là avec le moins de mystère possible par Pascaud qui était allé les chercher comme pour une besogne ordinaire.

Il leur avait simplement recommandé de descendre avec leurs fusils, ce qui ne pouvait étonner personne, tout le monde étant armé dans cette caserne flottante. Les forçats avaient regardé passer ces hommes comme ils en voyaient tous les jours, à toute heure, sans manifester le moindre étonnement, la plus petite curiosité. Seul, dans la cage des financiers, le nommé Boule-de-Gomme, de caractère hilare et banquier banqueroutier de son état, avait encore eu ce petit ricanement bizarre et insupportable qui rendait enragés les garde-chiourme. A ces hommes, le commandant dévoila la vérité. Ils se regardèrent tous avec terreur. Ils allaient avoir à combattre Chéri-Bibi qui était armé et qui s'était réfugié dans l'ancienne soute à munitions de l'avant, après avoir assassiné deux des leurs ! Sans doute, ils brûlaient de les venger, mais quelle besogne ! Comment allait-on s'y prendre ? Le plan très simple, trop simple que leur exposa le commandant, leur fit faire la grimace : si, Chéri-Bibi découvert, l'homme se livrait sans résistance, il fallait l'épargner. On le jugerait selon les règlements et il serait exécuté selon la loi. S'il se défendait, bien entendu, point de quartier ! On le tuerait sur place.

« Avez-vous quelque chose d'autre à proposer, mon cher de Vilène ? » fit le commandant en se tournant du côté de son second, suivant une habitude et un système qui lui faisaient toujours consulter les moindres officiers sur les mesures à prendre en commun, même les plus graves.

Ce n'était point que le brave homme manquât d'initiative ou redoutât les responsabilités, mais il tenait à ce qu'à son bord tout se passât comme il disait, « en famille » , entre ses subordonnés et lui « sous l'égide d'une discipline toute paternelle ».

De Vilène bouillait. Il trouvait avec raison qu'on perdait du temps, mais puisqu'on lui demandait son avis, il allait le donner :

« Chéri-Bibi ne se défendra pas probablement, il se défendra sûrement. Qu'a-t-il à gagner à nous épargner ? Absolument rien. Il est sûr de son affaire. C'est une bête féroce ; avant de mourir, il ne tiendra qu'à une chose : en descendre le plus grand nombre. N'entrons donc point dans son jeu en nous exposant à ses coups. Dès qu'on aura ouvert l'échelle, je suis d'avis qu'on commence à déblayer le terrain. Une décharge générale autour de l'échelle et aussi brusque que possible, et puis nous sautons dans la soute ! »

Le commandant répliqua :

« C'est moi qui descendrai le premier en le sommant de se rendre et vous me suivrez.

– Bien, commandant. »

Quant aux garde-chiourme ils étaient littéralement tremblants de l'aventure, tant Chéri-Bibi répandait la terreur.

Mais de Vilène déjà avait demandé des falots, des lanternes, car chaque homme devait pouvoir s'éclairer.

Le lieutenant, prenant Pascaud à part, lui dit :

« Vous êtes de service ici, vous y resterez. Surveillez le trou en silence avec deux de vos hommes. Si Chéri-Bibi et sa compagne essayent de sortir par là, faites-en votre affaire. »

Pascaud répondit, la voix sombre, qu'on pouvait compter sur lui.

Au moment où l'on allait découvrir l'échelle, le commandant apprit aux hommes que Chéri-Bibi n'était pas seul, mais se trouvait là avec une femme qu'il fallait, autant que possible, épargner.

« Penses-tu, grognèrent les garde-chiourme quand ils surent qu'il s'agissait de la Comtesse. Elle est peut-être plus terrible que l'autre ! »

Au milieu d'un grand silence, on ouvrit le trou de l'échelle. Le commandant descendit rapidement les premiers échelons, se maintenant d'une main et tenant son revolver de l'autre.

« Rendez-vous, le 3216 ! » cria-t-il d'une voix terne.

La lumière des falots n'éclairait qu'une très petite partie de la cale, où l'on apercevait des montagnes de ballots entassés, arrimés avec soin de chaque côté du petit chemin de bois appelé plate-forme de cale, qui aboutissait au bas de l'échelle. A quelques mètres de là, c'étaient les ténèbres les plus opaques et partout régnait le plus effrayant silence. Rien ne venait le troubler, pas même le bruit de la respiration des hommes, au haut de l'échelle. La vie de tous paraissait comme suspendue au-dessus de ce trou noir, de ce gouffre mystérieux où la mort préparait ses coups.

Et le commandant restait là, exposé, la poitrine offerte aux balles du terrible Chéri-Bibi et de la Louve, sa compagne.

« Prenez garde ! fit tout à coup le second ; prenez garde, commandant ! J'ai vu remuer quelque chose, là-bas, derrière ce ballot ! »

Il n'eut même pas besoin de commander le feu. Une détonation infernale éclata dans la cale. C'étaient les surveillants militaires qui tiraient au-dessus de leurs deux chefs dans la direction du ballot indiqué.

Le commandant et le second avaient sauté. Les hommes dégringolèrent à leur tour. Et ils restèrent tous un instant, en groupe, derrière le commandant, qui les arrêtait, de ses deux bras étendus.

Les falots, aux poings des hommes, avaient fait reculer

les ténèbres de quelques mètres sur ce petit chemin central, au-dessus des planches.

Et les ténèbres (le bruit et l'écho sourd de l'explosion eteints) étaient redevenues aussi muettes, aussi mystérieuses, aussi menaçantes.

Alors Barrachon recommença à faire entendre sa sommation :

« Le 3216, voulez-vous vous rendre ? »

Mais soit qu'il ne voulût pas se rendre, soit qu'il n'entendît pas, le 3216 ne répondit point.

« En avant ! commanda Barrachon, et fouillez tout ! »

Sur les traces de leurs chefs, les surveillants militaires se précipitèrent.

Au fond, cet examen de cale n'était pas aussi compliqué qu'on eût pu le croire au premier abord. Tout était tassé là-dedans à ne point pouvoir, entre deux ballots ou deux caisses, glisser un doigt. L'arrimage avait été scientifiquement établi de telle sorte qu'aucun accident ne pût survenir dans la marchandise.

Sur l'ordre de Vilène qui, lui, resta debout, les hommes s'étaient glissés, à genoux, sur les plates-formes de cales, grouillant à quatre pattes, comme des bêtes, sur les panneaux de bois établis au-dessus des petits fonds. Le chemin se partageait en croix, deux branches traversant de bord en bord le vaisseau et les deux autres suivant sa ligne d'avant-arrière. Ils eurent tôt fait de parcourir tout l'espace laissé libre dans cette cale d'avant. Ils ne virent rien, ne furent arrêtés par rien.

« Ils sont pourtant ici ! gronda le commandant. Ils ne peuvent être sortis d'ici, à moins qu'ils ne soient ressortis par leur trou !

– Impossible ! déclara Vilène, Pascaud veille là-haut, avec deux hommes.

– Donc ils n'ont pu s'échapper ! Cherchons encore ! La soute n'a plus d'autre ouverture. Tout est clos, ils sont ici ! »

On remua quelques ballots qui paraissaient dépasser la ligne d'arrimage, mais on ne découvrit rien, et il fallut les recaler. Des fûts furent déplacés lourdement. Il n'y avait rien derrière.

De Vilène était le plus actif et fouillait l'ombre méthodiquement. Ses investigations ne furent pas plus heureuses que celles des autres.

Tout à coup un coup de revolver retentit et une balle vint siffler aux oreilles du commandant. Tous tirèrent. Ce fut encore un vacarme épouvantable.

Cache-cache

Sur quoi avait-on tiré ? De quel côté ? Un vrai miracle qu'on ne se fût pas tué à bout portant !

Cependant un homme, étendu là-bas, tout au fond de la cale, poussait des gémissements. On se précipitait. Il avait une balle dans le bras : une balle envoyée par un camarade. Il expliqua que c'était lui qui avait tiré le premier ; sa balle avait dû ricocher aux oreilles du commandant, mais sur quoi avait-il tiré ? Il ne s'en rendait pas compte exactement ; sans doute sur une ombre qui lui avait filé entre les jambes, sur un rat énorme qui avait disparu là, sous cette planche. Alors, on découvrit que cette planche, soulevée, donnait accès au grand drain.

« Malheur ! s'exclama le commandant. Ils ont eu le culot de ficher le camp par là ! »

Ce grand drain, la sentine du navire, était la dernière chose qui fût au fond du bâtiment, un étroit boyau dans lequel venaient se déverser toutes les eaux du bord. Quand il était plein, on le vidait avec les pompes. Dans le moment, il ne l'était qu'à moitié. Pour oser prendre un chemin pareil, même quand on s'appelle Chéri-Bibi, il faut sentir la mort à ses trousses. Le commandant était au désespoir.

« Maintenant, ils sont où ils veulent ! fit-il à de Vilène sur le ton le plus lugubre. Avec ce drain, des démons comme eux peuvent communiquer partout. Ce ne sont pas les panneaux à soulever qui les gêneront longtemps et ils entreront où il leur plaira. Où irons-nous les chercher ? Cale arrière, cale avant, dans les soutes ? Des anciennes soutes à munitions, ils gagneront les soutes à charbon. Ils se promèneront chez nous comme chez eux et nous n'y verrons que du feu !

– S'ils sont dans le drain, ce qui n'est pas encore prouvé, répondit de Vilène, on peut à tout hasard leur envoyer quelques coups de revolver. »

Couché au-dessus du panneau, il déchargea son arme puis attendit, l'oreille au guet. Il ne perçut que le clapotis des eaux, se releva et dit :

« C'est bien simple, il faut vider toute la cale pour retrouver ce couple-là ! »

Et il rassembla ses hommes près de l'échelle. Celui qui avait une balle dans le bras se plaignait comme un enfant. Le commandant le fit taire.

« Vous allez aller à l'infirmerie, mon garçon. On vous questionnera. Du reste tout le monde, en ce moment, doit déjà être au courant des faits. A ceux qui vous en parleront, vous annoncerez que Chéri-Bibi est mort ! Vous avez compris, vous autres ?

– Oui, oui, répondirent les garde-chiourme, vous pouvez compter sur nous, mon commandant ! Les bagnards seraient trop contents ! »

III

SŒUR SAINTE-MARIE-DES-ANGES

Barrachon laissa six hommes dans la cale, dont deux ne devaient pas quitter le panneau du drain.

« S'ils ne sont pas déjà morts, ils vont se noyer là-dedans, fit un garde-chiourme qui avait examiné de plus près le niveau de l'eau. Il n'y a pas seulement de quoi se tenir la tête droite pour respirer.

– Pour moi, ils n'en sortiront pas, ajouta un autre. Qu'est-ce que vous voulez qu'ils fassent ? Ils ne vont pourtant pas remonter par le tuyau des pompes ? »

Le commandant et le second allèrent rejoindre Pascaud dans le cachot abandonné par la Comtesse.

« Eh bien, demanda le sergent, c'est fait ?

– Rien ! nous ne l'avons pas trouvé, lui répondit Barrachon quand il eut congédié ses hommes. Seulement les surveillants répandent la nouvelle de la mort de Chéri-Bibi pour que personne ne s'affole. »

Pascaud aussi exprima qu'on avait raison, à cause des forçats.

« Et vous n'avez rien découvert ? » interrogea de Vilène.

Le sergent secoua la tête.

« Qu'elle se soit enfuie, dit-il, c'est compréhensible, puisqu'il y a un trou ; mais c'est l'autre « qu'il faudrait savoir par où qu'il est passé » ! Ça, vous savez, tenez, j'ai cherché partout ! Eh bien, il n'y a pas de communication, n'y en a pas ! Le cachot de Chéri-Bibi reste aussi fermé que quand il y était ! Alors ? C'est de la prestidigitation, ça ! ou bien de la sorcellerie, n'y a pas à sortir de là ! »

Dans le cachot de Chéri-Bibi, ils se retrouvèrent en face des cadavres et du même problème. Et ils n'en furent pas plus avancés. Après avoir fait jeter sur les deux corps une bâche et avoir laissé près d'eux deux falots, qui avaient mission de brûler là comme cierges mortuaires, le commandant et de Vilène remontèrent sur le pont. Tout le *Bayard* ne parlait déjà que du formidable événement : la mort de Chéri-Bibi ! On l'avait fusillé à bout portant dans la cale, où il avait tenté de s'enfuir avec une reléguée, la femme du Kanak. Celle-ci était blessée, on donnait des détails. Elle s'était défendue comme une lionne. Suivant les circonstances, la Comtesse, en effet, dans l'imagination du bord, changeait de personnalité animale : tantôt c'était une louve (pour la sauvagerie), une tigresse (pour la férocité) et une lionne (pour le courage).

C'était surtout dans les groupes de fonctionnaires qui allaient rejoindre leurs postes et dans les familles de surveillants qui se tenaient dans la journée cantonnés tout à l'arrière du bâtiment, sur la dunette, que les potins du bord prenaient une ampleur démesurée. Ce jour-là, les jeunes femmes avaient cessé de chanter, les enfants de jouer, et le nom de Chéri-Bibi était dans toutes les bouches. C'était, à l'ordinaire, le seul coin gai de cette citadelle flottante où, par ailleurs, les yeux n'apercevaient que grilles, fusils, uniformes, revolvers, képis plus ou moins galonnés. La nouvelle de la mort de Chéri-Bibi y fut

Cache-tampon

accueillie avec une allégresse particulière. On en avait tant raconté sur le bandit, que ces dames étaient tout à fait heureuses d'en être débarrassées, pour elles et pour leurs maris.

Elles étaient au courant des moindres particularités concernant les forçats, pour les avoir examinés avec curiosité quand ceux-ci venaient, par séries, respirer l'air du large, en tournant en rond sur la « plage » d'avant, sous la menace éternelle des fusils. Elles n'auraient certes pas confondu Boule-de-Gomme et Petit-Bon-Dieu, bien qu'ils fussent ronds tous deux comme des toupies et portassent le même costume, et elles étaient « renseignées » sur le « casier judiciaire » de chacun. Elles tiraient vanité de faire le voyage « avec des noms célèbres qui avaient été dans tous les journaux ». Elles échangeaient leurs impressions sur la mine des plus redoutables ou des plus affalés. Gueule-de-Bois et le Kanak les avaient longtemps intéressées, et puis tout s'use. Il n'y avait que Chéri-Bibi qui ne s'usait pas. Pourquoi ? Parce qu'on ne le voyait pas !

Chéri-Bibi avait toujours refusé de « profiter de la promenade sur le pont » , et avec tant d'obstination qu'on avait fini par le laisser tranquille. Chéri-Bibi repoussait les faveurs du commandant. Chéri-Bibi restait vautré dans sa cage ou dans son cachot et ne voulait pas se montrer. Et maintenant elles ne le verraient plus jamais, malgré le désir aigu qu'elles en avaient eu ; il était mort !

Quand le commandant et le second traversèrent le pont pour se rendre à la chambre de veille où se trouvait l'officier de route, le jeune enseigne de vaisseau de Kerrosgouët, elles les auraient volontiers acclamés. Mais elles aussi avaient leur discipline et elles se tinrent tranquilles. Elles auraient bien voulu savoir ce que disaient les forçats, en bas, dans les bagnes (ainsi appelaient-elles les cages, selon le langage administratif) ; mais les forçats ne disaient rien du tout. Le silence continuait.

Et c'est ce curieux silence qui était l'objet des discussions du commandant, du second, de l'officier de route, de l'inspecteur et du surveillant général dans la chambre de veille où ils s'étaient réunis pour tenir une sorte de conseil de guerre. Barrachon avait choisi cet endroit de préférence à tout autre à cause que, de là-haut, il dominait tout le bâtiment, et par les hublots pouvait facilement voir ce qui se passait sur le pont.

L'officier de route, l'inspecteur et le surveillant général avaient appris la vérité avec consternation. Chéri-Bibi n'était pas mort ! Chéri-Bibi était quelque part dans le bâtiment ! Il était trop tard maintenant pour faire ouvrir, comme le proposait le commandant, toutes les écoutilles, tous les panneaux de cale et faire descendre, en même temps et par toutes les ouvertures, tous les surveillants militaires disponibles et tous les matelots armés, et pour se livrer à une chasse rapide et générale qui n'aurait pu manquer finalement de donner un résultat. Ce plan fut adopté pour le lendemain, à la première heure. En attendant, il fut décidé que, devant toutes les ouvertures, devant chaque échelle, dans chaque couloir, même ceux conduisant aux logements des passagers et des officiers, des sentinelles veilleraient toute la nuit, et que cinquante garde-chiourme, revolver au poing, ne cesseraient, jusqu'au matin, de passer devant les cages, dans la batterie basse et dans la batterie haute.

« S'il y a encore des forçats qui doutent de la mort de Chéri-Bibi, voilà une mesure qui les tranquillisera, fit le jeune de Kerrosgouët.

– Oh ! nous ne leur apprendrons rien ! déclara l'inspecteur. Ils savent à quoi s'en tenir dès maintenant pour la simple raison qu'ils savent tout ce qui se passe à bord avant nous ! Et pour moi, ils attendent quelque chose, en silence, quelque chose que nous ne savons pas, nous !

C'est l'impression qu'ils me donnent également, approuva le surveillant général. Je ne les ai jamais vus ainsi. Ils se sont donné le mot d'ordre dans toutes les cages. On dirait qu'ils redoutent de provoquer un incident qui ferait éclater trop tôt cette chose que nous ne savons pas...

– Que peuvent-ils faire ? demanda de Vilène ; nous les fusillerons comme des lapins !

– Ce serait bien de l'ennui, après, fit entendre l'inspecteur.

– Eh ! monsieur, grogna Barrachon. Il eût certainement été préférable de les surveiller mieux avant ! »

Et, sans nommer Pascaud, il lui dévoila le truc de la correspondance des plus actives à laquelle tout ce beau monde se livrait par le truchement des matelots, des femmes et de l'amour. Il fut heureux de lui servir l'affaire du cachot dans laquelle on avait surpris ce pauvre Francesco de Porto-Vecchio.

« Ça, fit l'inspecteur écarlate sous « le savon » qu'on lui servait, ça ! on ne les empêchera jamais d'écrire aux femmes ! Je ne sais pas comment ils font ! Ils n'ont ni encre, ni plume, ni crayon, ni papier, ni rien ! Enfin on les fouille et on les refouille… et cela ne les empêche pas d'écrire ! et rien ne les empêche de se payer des litres de rhum ! Nous l'avons vu tantôt ! Mon commandant, ce n'est pas la première fois que j'y perds mon latin. Vous ne savez pas comment Chéri-Bibi est sorti ? Moi je ne sais pas comment les bouteilles sont entrées ! Tenez, regardez-les, en ce moment, on leur donnerait le bon Dieu sans confession ! »

Et il montrait, par le hublot, la promenade dolente des quelques bagnards dont c'était le tour de venir prendre l'air.

Justement il y avait là Gueule-de-Bois, le Kanak, Petit-Bon-Dieu et le Rouquin. Pendant les quelques minutes où il leur fut permis de s'étaler sur le pont, sous le regard vigilant des gardiens, ils bâillèrent d'abord à se décrocher les mâchoires et puis parlèrent « philosophie ». Avaient-ils la sensation qu'on espionnait tout ce qu'ils disaient ? Il n'était point possible que la nouvelle de la mort de Chéri-Bibi criée de batterie en batterie par les garde-chiourme les laissât à ce point indifférents ; et cependant le Kanak disait avec nonchalance :

« Quelle tristesse ça a dû être pour notre pauvre Chéri-Bibi d'être mort sans avoir revu le bagne ! Il m'en parlait il y a quelques jours encore, et me disait sa joie de retrouver un pays où il avait goûté, pour la première fois de sa vie, un peu de tranquillité !

– S'il y était si chanceux que ça, fit le Rouquin, j'vois pas pourquoi qu'il en serait parti !

– C'est la faute de l'or ! expliqua le Kanak. Oui, il m'a raconté ça et je vais vous le rapporter parce qu'après tout, pour ceux qui aiment ce métal-là, ça pourra leur mettre un peu de cœur au ventre ! A ce qu'il paraît que là-bas, à la Guyane, il y a une mine d'or qui n'est connue que des bagnards. L'administration a tout fait pour la découvrir, mais ç'a été comme des nèfles ! Pendant ce temps-là, les relingues exploitent la mine en commun. Chacun s'évade à tour de rôle, va travailler au « placer » , revient avec de l'or et fait faire la fête à la communauté ! Bien entendu que lorsque le bagnard revient, il n'y coupe pas de quelques jours de prison. Mais qu'est-ce que ça fait, s'il est riche ? Eh bien, un jour, Chéri-Bibi est revenu trop riche, si riche qu'il a pu acheter un canot et la conscience de deux artoupans. Avec ça, il a gagné le Maroni et a pu revenir en France où, dit-il, il s'est bien embêté. Il voulait redevenir honnête et il n'a pas pu ! Et puis, il n'avait plus le sou. Alors il a travaillé pour revoir les aminches. Mais c'est fini, il ne les reverra plus ! Pauvre Chéri-Bibi ! »

Les autres reprirent en chœur, avec un même soupir :

« Pauvre Chéri-Bibi !

– Ce que c'est que nous ! reprit Petit-Bon-Dieu, après un moment de silence, donné sans doute à la mémoire du défunt. Il était dans la force de l'âge !

– Et costaud ! avança gueule-de-bois.

– Et costaud ! Mais voilà, il n'a pas su commander à son tempérament !

– Nous sommes tous victimes de notre tempérament ! conférencia l'ex-marchand de mort subite. Toi, Gueule-de-Bois, t'es bilieux. C'est le tempérament des êtres sublimes et dangereux, qui accomplissent de grands travaux sur la Terre. Tes travaux ont été des crimes, Gueule-de-Bois, c'est pas de ta faute ! tu diras ça de ma part au Grand Dab, quand le moment sera venu de lui rendre tes comptes. Toi, Petit-Bon-Dieu, t'es lymphatique ! C'est-à-dire que tu es né paresseux et découragé. Il n'y avait rien à faire pour toi, pauvre enfant, avec une pareille malchance, car tu sais aussi bien que le Kanak que la paresse est la mère de tous les vices. Quant au Rouquin, c'est un sanguin : passions vives, instantanées, fougueuses, caractère difficile. Enfin, quoi ! il n'y a qu'une chose qui plaide en sa faveur : c'est sa mauvaise nature.

– Comme il jacte bien ! fit le Rouquin. Mais dis donc, mon vieil Ipeca, tu sais pas ce qu'on raconte ? On dit que ta Comtesse s'est défilée avec le dab !

– Si ça lui chante, exprima le Kanak, indifférent. Il y a longtemps que madame et moi nous sommes en froid. »

A ce moment Gueule-de-Bois s'était entièrement allongé sur le pont, dans une somnolence apparente, et la main sous le bonnet jeté à côté de lui s'occupait sérieusement à glisser, dans une fente qu'il avait trouvée entre deux lattes du pont, un petit billet qui ne tenait pas plus de place qu'un timbre. L'opération terminée, il se releva le plus naturellement du monde, et sous la poussée des garde-chiourme qui les chassaient devant eux comme du bétail, les « bagnards » reprirent le chemin des entreponts.

Ils étaient d'une douceur extraordinaire, sous les coups de gueule et les coups de crosse des « artoupans ». Petit-Bon-Dieu devenait même idyllique. Il dit à une jeune volaille qui allongeait son bec entre les barreaux de la cage à poules :

– Tu es bien heureuse, toi, tu peux voir tous les jours le

Veillée

lever du soleil !

– Tâche que ça dure ! » crut devoir ajouter le Kanak.

Et comme, à la descente, l'ancien médecin et l'ex-clerc d'huissier se faisaient des politesses « à qui passerait le premier », ils reçurent tous les deux un bon coup de pied dans le derrière.

« Pour vous mettre d'accord, fit l'artoupan en leur poussant sous le nez son revolver, car ils s'étaient retournés furieux d'un aussi grossier outrage. Ben quoi ! continua le garde-chiourme, ces messieurs vont m'envoyer leurs témoins ? »

Toute « la série » se mit à rire.

« Vous voyez comme ils sont gentils depuis que Chéri-Bibi est mort ! » fit remarquer un surveillant.

Et il lança à toute volée la porte de la cage sur les doigts de Petit-Bon-Dieu, qui se « gonflait » , les yeux au ciel. Malin, Petit-Bon-Dieu avait retiré sa patte ; mais il était temps !

– A une autre fois, cher ami ! fit Petit-Bon-Dieu au garde-chiourme. Bonne nuit, cher ami ! Ne faites pas de mauvais rêves ! »

Et il accrocha son hamac en suppliant son voisin de ne pas lui « donner la cale » , car il tenait à voir la couleur du lendemain sans détérioration.

Pendant ce temps, il se passait sur le pont, à l'endroit même que venaient de quitter les bagnards, quelque chose de fort intéressant. L'officier de route, M. de Kerrosgouët, se promenait d'un air pensif autour des cages à poules et du réduit du bétail vivant, tantôt levant les yeux au ciel comme s'il voulait consulter le temps, et tantôt ramenant son regard à ses pieds, dans l'attitude d'une personne qui réfléchit profondément. La brise était bonne encore, bien que, malheureusement, elle halât encore le nord-ouest, mais ce n'était point ce détail qui eût pu donner à l'officier quelque inquiétude. Enfin pourquoi était-il là ? Il eût dû se trouver dans la chambre de veille. Tout à coup, ses préoccupations semblèrent cesser ; l'enseigne suspendit sa promenade et, tout doucement, négligemment, après s'être arrêté une seconde devant un groupe de matelots qui mettaient à mort un bœuf, coupable de s'être cassé deux pattes au moment du gros temps, il regagna la chambre de veille que les officiers supérieurs n'avaient pas quittée, examinant les allées et venues du jeune officier par les hublots.

« Eh bien ? demanda le commandant.

– Eh bien, ça y est ! J'avais raison. Le nommé Gueule-de-Bois a glissé un petit papier entre deux lattes du pont.

– Pourquoi ne nous l'apportez-vous pas ?

– Parce qu'il sera toujours temps de le prendre sur celui qui viendra le chercher.

– Parfaitement ! acquiesça le second. Dispersons-nous, que chacun aille à ses affaires, comme si Chéri-Bibi était toujours dans son cachot ou comme s'il n'existait plus.

– Moi, je reste à mon poste, à surveiller le dernier acte de la comédie », fit Kerrosgouët.

Mais comme ils étaient sur le point de se séparer, leur attention fut retenue par l'apparition d'un nouveau personnage qui se promenait sur le pont comme l'avait fait tout à l'heure de Kerrosgouët, avec des manières pensives, et cependant, de temps à autre, investigatrices. L'étonnement de tous était sans bornes car ce personnage avait une cornette, la large cornette aux ailes relevées des sœurs de Saint-Vincent-de-Paul, et sous cette cornette ils pouvaient apercevoir le doux et pâle et triste et honnête visage de sœur Sainte-Marie-des-Anges.

Cette religieuse – que l'administration avait fait embarquer à destination de l'hôpital de Cayenne, où sœur Sainte-Marie avait demandé héroïquement à servir, pour être plus près des plus malheureux des hommes – était aimée de tout le monde à bord : de l'équipage, des passagers et des forçats.

Son aimable caractère, en dépit d'un fond de tristesse qui ne la quittait jamais, les petits services qu'elle ne cessait de rendre aux familles et aux enfants des surveillants, son intercession auprès des autorités en faveur des bandits qui mouraient de chaleur, de faim et de soif au fond des cachots ou des bagnes, enfin sa douce beauté avaient eu vite fait de la rendre populaire. Cependant, quand sœur Sainte-Marie ne parvenait point à faire fléchir la discipline, elle était la première à s'incliner devant elle, si dure fût-elle pour les misérables qui paraissaient avoir la pitié de cette sainte fille. Était-il possible que, dans ces conditions et avec ces vertus, sœur Sainte-Marie-des-Anges entrât sournoisement en correspondance avec cet abominable Gueule-de-Bois ? Et cela au moment où le besoin se faisait sentir d'être plus sévère que jamais avec la chiourme ?

C'était si bien inimaginable qu'il fallut que les officiers vissent la chose de leurs propres yeux pour y croire.

La sœur, après un dernier coup d'œil jeté autour d'elle,

sur cette partie du pont désert, se baissa rapidement, en feignant de ramasser un objet qu'elle aurait laissé tomber de ses larges manches. Or ces manches, comme la casquette de Gueule-de-Bois tout à l'heure, restèrent un temps suffisant sur le pont pour que les petites mains qui étaient dessous pussent travailler à leur aise.

Quand sœur Sainte-Marie-des-Anges se releva, elle n'avait plus cette belle pâleur qui lui donnait tant de charme sous la cornette ; elle était toute rouge. Elle s'assura vivement que personne ne l'avait vue se baisser, et elle s'en alla, glissant sur le pont, avec une légèreté qui semblait être aidée encore par les palpitantes ailes blanches de sa cornette.

Cependant, elle dut, un moment, se détourner, car elle entendit un pas derrière elle. Elle reconnut le commandant, le salua et continua hâtivement son chemin.

Jamais sœur Sainte-Marie n'avait marché si vite, mais le pas la suivait toujours. Ainsi arriva-t-elle légèrement essoufflée à sa cabine qui était sur l'arrière du bâtiment. Elle en poussa la porte et, sans se détourner, voulut la refermer, mais une main s'y opposa et une voix dit :

« Pardon, ma sœur ! »

La religieuse avait encore changé de couleur. Elle était maintenant d'une pâleur mortelle. Elle regardait le commandant avec des yeux hagards et parvenait difficilement à balbutier :

« Que me voulez-vous ?

– Le billet que vous venez de ramasser sur le pont !

– Je n'ai... je n'ai rien ramassé, fit-elle, toute prête à défaillir... Je vous assure, commandant, que je ne sais ce que vous voulez dire...

– Si, ma sœur, et je suis effrayé de vous entendre commettre un pareil mensonge... »

Elle recula comme si elle allait s'enfermer chez elle... Le commandant fit encore un pas.

« Mon Dieu ! s'écria-t-elle... vous n'allez pas entrer chez moi !

– Je n'y entrerai pas si vous me donnez le billet. »

Elle recula encore, et, dans ses grandes manches, le commandant ne voyait plus ce que faisaient ses mains ; alors, il prit une grave résolution : il entra carrément dans la cabine, mais il en laissa la porte ouverte.

La sœur, pour ne point tomber, s'appuyait à la muraille.

« Écoutez ! fit le commandant, si vous ne faites pas ce que je vous demande, si vous ne me donnez pas ce mot écrit par un forçat, je vais être obligé d'appeler une sœur et de vous le faire prendre de force. »

Elle ne répondit pas. L'autre continua :

« Ce n'est point cela que vous désirez, n'est-ce pas ? Mais que désirez-vous, en somme, pour communiquer ainsi avec les forçats, en dehors de nous et malgré nous ? Savez-vous bien que c'est une chose terrible qui pourrait entraîner pour vous les conséquences les plus regrettables ? »

Ses yeux, d'abord brillants de colère, s'adoucirent.

« Je sais ce que je dois à votre caractère, à la mission que vous vous êtes donnée ici-bas... mais sœur Marie, comprenez bien qu'il y a des choses que je ne puis permettre ! Il ne faut pas, je ne veux pas, je n'admettrai pas, par exemple, que l'indiscipline prenne le visage de la charité ! Pourquoi vous obstinez-vous ? Prenez garde ! Je me verrai bientôt obligé de croire à autre chose qu'à une inconséquence de votre zèle chrétien, ma sœur ! Car enfin, vous avez menti ! Il faut appeler les choses par leur nom ! Et pour que vous ayez menti, vous ! il faut que vous ayez des motifs bien graves... Donnez-moi ce billet !

– Je ne l'ai pas... Je... je ne l'ai pas ! Monsieur... je vous supplie... croyez-moi... et quittez-moi... »

Elle tomba à ses pieds, d'un bloc. Ses genoux heurtèrent brutalement le pont. Mais le commandant n'était pas, dans le moment, disposé à la pitié.

« Vous cachez vos mains ! Montrez-moi vos mains ! Mais vous ne savez donc pas que votre attitude va nous donner le droit de tout croire ! Depuis quelques jours nous cherchons comment les forçats savent tout ce qui se passe ici, tout ce qui a été décidé contre eux, pour la sécurité de tous ; nous cherchons, de notre côté, comment ils communiquent entre eux, de cage à cage, de batterie à batterie, et arrivent ainsi à former un mystérieux complot dont nous ignorons la nature, mais que nous pressentons menaçant ! Qui les renseigne ? Qui est leur instrument ? Serait-ce vous, par hasard, sœur Sainte-Marie-des-Anges ? Oh ! inconsciemment, je veux le croire, et encore pour que je le croie, il me faut ce papier ! »

Il lui saisit brusquement les mains et le lui arracha.

C'était un petit bout de papier de rien du tout, sur lequel étaient simplement écrits ces mots : « Chéri-Bibi n'est pas mort ! »

Le commandant, stupéfait plus qu'on ne saurait le dire, lut la courte phrase tout haut. Aussitôt la sœur poussa un

Mauvais numéro

léger soupir, glissa sur le plancher de sa cabine et s'évanouit.

« Qu'est-ce que peut bien lui faire Chéri-Bibi ? se demanda Barrachon. Voilà qui est tout à fait étrange ! »

Il appela les femmes qui accoururent et se mirent en mesure de faire revenir à elle sœur Sainte-Marie-des-Anges. Affolées, elles avaient demandé au commandant ce qui lui était arrivé, mais celui-ci, pensif, s'était éloigné sans répondre.

Non ! Chéri-Bibi n'était pas mort. Tout le monde le savait maintenant à bord. Nul n'ignorait plus l'épouvantable drame, et lorsque, le soir venu, une funèbre civière, sur laquelle on avait jeté un drap, fut montée mystérieusement des profondeurs du faux pont, chacun savait à quoi s'en tenir sur ce qu'il y avait dessous. Les deux gardes assassinés avaient femmes et enfants auxquels on n'essaya du reste point de cacher plus longtemps le malheur, et leurs gémissements et leur désespoir ne tardèrent point à gagner toute la petite colonie des familles des surveillants militaires.

Ce furent des malédictions contre Chéri-Bibi et ce fut aussi de la terreur pour tous ! Les ombres de la nuit ajoutèrent à l'épouvante. Ceux qui le pouvaient s'enfermèrent chez eux, mais personne ne dormit et hommes et femmes restèrent armés jusqu'au jour.

Où était-il, le bandit ? Pour disparaître ainsi, il lui était loisible d'apparaître quand il voudrait. Tout lui était possible. On le redoutait comme un fantôme pour qui il n'y a plus de lois naturelles ni humaines, et qui peut errer partout sans connaître les obstacles qui s'opposent à la marche des autres hommes vivants.

Les matelots eux-mêmes n'étaient pas plus rassurés. Dans tous les postes, à l'heure de la soupe, on ne parla que de ce singulier prisonnier qui avait réussi à s'envoler de ses fers. L'esprit superstitieux des marins, dont beaucoup étaient bretons, s'en mêla, et puisque « chrétiennement » on ne pouvait s'expliquer son évasion, il fallait bien qu'il eût le diable avec lui !

On avait beau avoir doublé tous les services des gardes, avoir mis des sentinelles partout, on craignait à chaque instant qu'il ne lui prît la fantaisie de commettre quelque nouveau crime et puis de disparaître. C'était le mal sur la terre que ce Chéri-Bibi, et voilà qu'il se promenait maintenant en liberté à bord du Bayard, avec cette femme qui avait les yeux noirs de l'enfer !

Quand une porte s'ouvrait, chacun regardait peureusement de ce côté-là, les conversations cessaient, les respirations restaient suspendues.

Et puis un soupir s'échappait de toutes les poitrines ; c'était la Ficelle qui apportait le fricot.

La Ficelle était, du reste, le plus peureux de tous (se faisant accompagner dans les entreponts par des amis armés jusqu'aux dents), contant des histoires à donner le frisson aux plus braves. Et puis, il croyait voir Chéri-Bibi partout, et il poussait des cris d'enfant devant son ombre à lui, qu'allongeait subitement l'allumage d'un falot. Il arrivait, essoufflé, se laissait tomber sur un banc, se mettait une main sur son cœur battant :

« Ah ! mes enfants ! mes enfants ! pour sûr c'était lui ! J'ai reconnu ses yeux, là, tout à l'heure, dans la batterie, et puis plus rien ! pfft ! il a disparu ! »

En haut, sur le pont, on n'était pas plus rassuré... loin de là... Ceux qui étaient de service ou de veille reconnaissaient également Chéri-Bibi dans les formes les plus naturelles surgies dans la nuit claire, au coin des escaliers, des dunettes, des passerelles, et jusque sous les bossoirs des embarcations. De vieux matelots, se grisant de leur propre effroi, passèrent le quart à se raconter les histoires de revenants les plus épouvantables. L'ombre du vaisseau fantôme dansait sur la mer et celle du Hollandais volant glissait sous la lune.

Il n'y avait que dans les bagnes que l'on dormait en toute paix et tranquillité.

Le Bayard se trouvait alors par 32° 20' de latitude nord et 24° 50' de longitude à l'ouest du méridien de Paris. Il avait dépassé l'escale de Madère, laissé sur sa gauche le pic de Téneriffe et, abandonnant les parages africains, mettait le cap sur le plein Atlantique.

IV

LA TERREUR A BORD

Que Chéri-Bibi eût trouvé des complicités à bord, le commandant Barrachon était bien obligé de l'admettre ; mais que sœur Sainte-Marie-des-Anges se trouvât mêlée à l'évasion criminelle du forçat, voila qui le dépassait ! Bien que cette dernière question le tourmentât singulièrement, il ne voulut point perdre de temps à l'élucider sur l'heure. Ce qu'il fallait tout d'abord, c'était reprendre le bandit coûte que coûte, mort ou vivant, et l'on verrait après « à s'expliquer l'inexplicable ». Barrachon, pour arriver à ses fins, était décidé à « chambarder tout le bâtiment, tout son vieux sabot » !

Nous n'entrerons point dans les détails d'une expédition qui ne donna aucun résultat. C'est en vain que l'on fouilla et visita le navire de la pointe des mâts à la quille, et que les petites troupes armées des surveillants militaires et des matelots se ruèrent à fond de cale, avec, comme on dit, le courage du désespoir et la soif de la vengeance. On ne trouva rien !

Le grand drain lui-même avait été entièrement vidé. On nourrissait finalement l'espoir que le bandit et l'horrible femelle qui l'avait suivi dans sa farouche aventure étaient morts noyés là-dedans. Hélas ! on fut bientôt détrompé. Un mousse héroïque revint de cette excursion dangereuse sans avoir découvert quoi que ce fût. Chéri-Bibi et la Comtesse restaient introuvables !

« Je ferai vider les soutes à charbon ! Vider les cales, remonter et replacer toute la marchandise ! Mais je vous jure bien qu'on les retrouvera ! » hurlait Barrachon, qui avait perdu toute son aménité. Il renouvela son serment sur les corps des deux malheureux gardiens, qu'il fallut « jeter aux requins », dans un sac, après une cérémonie émouvante, où tout le monde vint pleurer et prier, à l'exclusion de sœur Sainte-Marie-des-Anges, qui ne se montra pas.

Au déjeuner qui suivit cette triste cérémonie, et qui devait réunir, sous la présidence du commandant, tout le haut personnel du bord, il fut question de cette absence, et les gradés qui avaient assisté à la petite scène de la veille, du haut de la cabine qui dominait le pont, en exprimèrent leur surprise.

Le commandant, qui ne leur avait point fait part de son entrevue avec sœur Sainte-Marie-des-Anges et qui avait gardé pour lui seul le texte de Gueule-de-Bois, mit sur le compte de l'état maladif de la religieuse son éloignement de la cérémonie. L'attitude de sœur Marie, du reste, l'intriguait autant que quiconque, mais il ne voulait rien en laisser voir, trouvant qu'il y avait déjà assez de mystères dont on parlait à bord.

Et puis il avait résolu d'aller de nouveau interroger la sœur après le déjeuner, et cette fois il pensait bien lui « tirer les vers du nez ».

Bien décidé à ne plus ménager personne, le commandant, effrayé de la responsabilité qu'il encourait s'il ne retrouvait pas Chéri-Bibi, ne répondait plus guère que par des grognements aux questions des uns et des autres.

Il s'étonna que son second ne fût pas encore à table. On lui répondit qu'il devait être retenu par quelque détail de service. Après quoi il y eut un silence pesant. Toutes les pensées étaient à Chéri-Bibi et à la Comtesse.

« Ils finiront bien tous les deux par crever de faim ou de soif, s'ils ne se montrent pas ! gémit le surveillant général.

– Pense pas ! fit l'inspecteur. S'ils sont restés dans les cales, ils trouveront bien le moyen de se nourrir de n'importe quoi ! Il y a des provisions là-dedans, des douceurs ! Et pour moi, ils doivent avoir assez d'amis à bord pour pouvoir se procurer de l'eau !

– Leur compte sera bon à ceux-là, déclara Barrachon. Quels qu'ils soient, il faut que l'on sache bien qu'ils seront exécutés en même temps que Chéri-Bibi. Ceux qui auront apporté une aide quelconque au bandit seront traités comme lui.

– Et la femme, si on la trouve, la fusillera-t-on, commandant ? demanda un autre.

– Je me gênerai ! Fusillés ou pendus, leur affaire est bonne ! Mais où est M. de Vilène ? fit-il encore. Est-ce qu'il est arrivé de nouveau quelque chose ? Allez donc voir, Kerrosgouët. »

L'enseigne se leva et revint au bout de quelques instants. Il n'avait pas rencontré le second, mais on lui avait dit qu'il était descendu aux bagnes.

« Il se livre sans doute à une inspection supplémentaire, dit Barrachon, à une fouille des sacs, peut-être. L'histoire des bouteilles de rhum lui trotte toujours dans la tête. Il m'en parlait encore ce matin et me disait qu'il ne serait pas tranquille du côté des cages tant qu'il n'aurait pas éclairci cette affaire-là ! »

Kerrosgouët se rassit. Les plats circulèrent, mais la conversation, de nouveau, tomba.

Au dessert, le commandant cassa un verre en déclarant que Chéri-Bibi devait bien être quelque part. Ce fut l'avis de tout le monde. Cependant le surveillant général dit :

« Après tout, il est peut-être bien quelque part, mais pas à bord ! »

Et il émit timidement cette hypothèse que le hideux couple avait quitté le Bayard.

« Comment ? demanda Barrachon en haussant les épaules ; il ne manque pas une embarcation... et on les aurait bien vus !

– Ils se sont peut-être tout simplement jetés à l'eau.

– Par où ? éclata encore Barrachon. Ça se saurait ! En bas tout est grillé, et s'ils étaient montés sur le pont, avec le luxe de sentinelles qui s'y trouvent, on les aurait encore aperçus peut-être ! Allons ! tâchons de raisonner, mais ne disons pas de bêtises ! »

Le surveillant général s'excusa ; mais il eut tort d'ajouter :

« C'est bien dommage !

– Quoi ? c'est bien dommage ? interrogea le commandant, de plus en plus hirsute.

– Eh bien oui ! C'est dommage qu'ils ne soient pas partis. On serait bien débarrassé ! »

Le commandant sursauta :

« Ah ! vous trouvez cela, vous ? Eh bien, permettez-moi de vous dire que vous avez une singulière conception de votre devoir ! Quant à moi, on m'a confié Chéri-Bibi ! Si je ne le revois pas mort ou vivant, je sais ce qui me reste à faire ! »

Ceci fut dit d'un tel ton que les autres en furent bien désagréablement remués. Ils en eurent froid dans les moelles. Ils voyaient déjà l'excellent Barrachon se faisant sauter la cervelle. Et pour eux, après, que d'histoires ! quelle responsabilité ! Ah ! ils s'en souviendraient longtemps du numéro 3216 !

En attendant M. de Vilène n'apparaissait toujours point. Comme on servait le café, Barrachon, inquiet, n'y tint plus. Il sortit pour aller chercher lui-même son lieutenant. De Vilène avait peut-être découvert quelque chose de nouveau !

Mais, sur le pont et dans les entreponts, l'inquiétude du commandant ne fit que grandir. Il ne trouvait de Vilène nulle part. Et, depuis plus d'une heure, nul ne l'avait vu. Certains croyaient à ce moment-là l'avoir aperçu descendant aux bagnes, mais encore, dans les bagnes, les gardechiourme affirmaient ne point avoir reçu sa visite.

Rejoint par ses officiers, le commandant leur communiqua ses angoisses. Chacun se mit à la besogne et les recherches continuèrent avec plus d'activité que jamais. Dans la cabine de Vilène on ne trouva absolument rien qui pût mettre sur sa piste. L'équipage déjà était au courant de cette étrange disparition et les hommes comme les chefs cherchèrent. On appela le lieutenant partout. Peut-être s'était-il trouvé mal ! Peut-être s'était-il rencontré tout à coup avec Chéri-Bibi qui l'avait occis !

Après l'avoir cherché vivant, on le chercha mort.

Mais on ne le retrouva ni vivant ni mort.

Ce fut une consternation générale.

Puis tout le monde, à bord, depuis les passagers jusqu'aux plus humbles des marchands, fut pris d'une fièvre particulière qui a son origine dans la peur et son dénouement dans la rage.

Littéralement on devenait enragé. Il y avait de quoi !

Le commandant eut toutes les peines du monde à retenir la fureur de ses hommes qui, sans le moindre prétexte, voulaient casser la tête aux relingues. Les revolvers ne cessaient d'être braqués à travers les barreaux. C'étaient des menaces de mort à chaque instant et cependant jamais les forçats ne s'étaient aussi correctement tenus. Boule-de-Gomme lui-même avait cessé son odieux ricanement, car il avait compris que, dans ces moments-là, s'il riait encore, ce serait la dernière fois.

Sous pli discret

L'inspecteur et le surveillant général, écrasés par la disparition du second, et se demandant si leur tour de disparaître ne viendrait pas bientôt, avaient décidé de lier leurs services et de ne se plus quitter l'un l'autre.

Un besoin de vengeance contre quelque chose ou quelqu'un leur fit demander au commandant de mettre toutes les cages au régime de la boule de son et de l'eau et de supprimer les promenades sur le pont.

Mais Barrachon, qui était entré chez lui un instant pour se plonger la tête dans sa cuvette, car il craignait un coup de sang, était ressorti avec une lueur de lucidité qui lui fit repousser ces mesures dangereuses.

Tous les revolvers étaient sortis des étuis. Les femmes elles-mêmes sur le pont étaient armées et on ne se rendait plus seul dans les corridors, bien qu'ils fussent gardés de loin en loin.

Ce nouvel événement formidable, la disparition de son second, avait fait oublier momentanément au commandant l'étrange attitude de la sœur Sainte-Marie. Mais celle-ci devait bientôt elle-même se rappeler à son attention. Chose extraordinaire : cette sainte fille qu'on n'avait pas vue de toute la journée, même au moment de la cérémonie religieuse, se montra sur le pont à l'heure où y était conduit, comme la veille, l'horrible clique de Gueule-de-Bois.

Barrachon la vit apparaître sans qu'elle s'en aperçût et il resta à l'observer.

Elle parvint jusqu'aux gardes en se traînant le long du sabord, et là, appuyée à la « muraille » , elle égrena son chapelet. Elle paraissait si faible que l'on pouvait s'attendre à chaque instant, à la voir s'affaler sur le pont comme le commandant l'avait vue, la veille, s'écrouler dans sa cabine.

Sa pâleur était effrayante, mais ses yeux étaient extraordinairement vivants. Elle priait et ses yeux étaient fixés sur Gueule-de-Bois, un Gueule-de-Bois qui venait de reprendre sa position de la veille et qui s'apprêtait sans doute, comme la veille, à « mettre à la poste » sa correspondance.

Alors Barrachon comprit ce que sœur Sainte-Marie venait faire là. Elle venait avertir l'ami de Chéri-Bibi de mettre fin à sa correspondance.

Voilà de toute évidence ce que disaient ces yeux, ces grands yeux extraordinairement vivants. Voilà ce que signifiait ce léger signe de la tête qui allait de droite à gauche et de gauche à droite, télégraphie de la négation : il ne fallait plus glisser de billet entre les planches ! Et voilà ce que Gueule-de-Bois comprit, car le bandit se releva en regardant la sœur et en remettant sa main dans sa poche.

Aussitôt Barrachon se dévoila, et, d'un bond, fut près des garde-chiourme.

« Fouillez-moi cet homme ! s'écria-t-il en désignant le forçat. Tout de suite ! Tout de suite ! Mais prenez-lui les bras ! Prenez-lui donc les bras... »

Deux surveillants militaires s'étaient rués sur Gueule-de-Bois, mais il les secouait déjà, était allé chercher le papier à sa poche et voulait le porter à sa bouche.

« Le papier ! le papier ! criait le commandant. Tenez-lui les bras ! »

Doué d'une force herculéenne, le bandit avait agrippé à la gorge l'un de ses gardiens et, s'étant débarrassé de l'autre, avalait le papier. Le premier garde, qui râlait, ne pouvait obéir au commandant qui lui criait :

« Tirez ! Mais tirez donc ! »

Le commandant allongea son revolver, mais ce fut un autre garde qui lâcha le coup sur Gueule-de-Bois, en pleine poitrine.

Et ce ne fut point le bandit qui reçut ce coup-là... Ce fut sœur Sainte-Marie-des-Anges, qui venait de se jeter dans la mêlée et qui avait porté sa main défaillante sur le canon qui crachait la mort. La balle traversa la main et l'épaule de la pauvre fille. Tout de suite, elle s'affaissa comme une morte, dans son sang. Gueule-de-Bois, maintenant, se tenait tranquille, les bras croisés. Pendant qu'on emportait sœur Sainte-Marie à l'infirmerie, le commandant donnait des ordres pour que l'on conduisît Gueule-de-Bois aux fers. Il y fut descendu immédiatement. Barrachon, l'inspecteur et le surveillant général descendirent au faux pont en même temps que le cortège des garde-chiourme.

Le commandant voulait tout de suite interroger Gueule-de-Bois, qui devait être traduit le lendemain en conseil de guerre et certainement exécuté pour rébellion et tentative d'assassinat sur la personne d'un de ses gardes. C'était le moment ou jamais de faire un exemple.

Quand ils furent arrivés dans le couloir des cachots, le sergent Pascaud annonça à ces messieurs qu'il n'y avait plus qu'un seul cachot disponible car il ne fallait pas compter mettre Gueule-de-Bois dans celui d'où la

Comtesse s'était évadée. Le trou n'en avait pas encore été bouché. Il ne restait donc plus que le cachot où l'on avait mis Chéri-Bibi aux fers et où l'on avait trouvé les cadavres de deux surveillants. Barrachon donna l'ordre qu'on l'ouvrît sur-le-champ, ce qui fit Pascaud.

Les garde-chiourme, sur les indications du commandant, se disposaient à mettre Gueule-de-Bois, qui ne présentait aucune résistance, aux fers, quand ils reculèrent en poussant un cri. Il y avait quelqu'un dans l'ombre, une forme affalée là. Il y avait là un homme aux fers !

Comme on ne distinguait que vaguement cette chose immobile dans les ténèbres, les gardes purent croire que Chéri-Bibi, comme par enchantement, était revenu. Le commandant, l'inspecteur et le surveillant général s'étaient précipités et on avait approché les falots. Ce ne fut qu'un cri : de Vilène !

Oui, cette chose était bien le lieutenant de vaisseau, M. de Vilène, le second du bord, pieds et poignets emprisonnés aux fers de Chéri-Bibi, en place de Chéri-Bibi lui-même ! Ce n'était, du reste, plus qu'un paquet noir qui ne donnait plus signe de vie. Un épais bâillon tenait encore la bouche, le nez et les yeux. On le délivra en hâte, on le transporta dans le couloir, on le fit respirer, du moins on s'efforça de lui rendre la respiration. Pendant quelques secondes, on put croire qu'il était mort !

Enfin sa poitrine se souleva et un profond soupir annonça le retour de la vie dans ce corps inerte.

M. de Vilène regarda autour de lui d'un air hébété, et puis il dit :

« Commandant ! »

Il était sauvé.

Mais il revenait de loin. Il l'avoua :

« Oh ! fit-il, j 'ai cru que c'était fini ! »

Pendant qu'on continuait à donner des soins à son second, et qu'on lui faisait boire un verre de rhum apporté par un garde, Barrachon était retourné au cachot, et les autres chefs, derrière lui, accoururent pour constater, une fois de plus, le miracle.

Le cachot était toujours hermétiquement clos comme une boîte, et il était impossible de discerner par quel subterfuge un homme pouvait en sortir, un autre y entrer sans passer par la porte. La colère de Barrachon se passait sur les murs, qu'il frappait du poing sans qu'il pût trouver la clef du mystère. En fait de clef, il ne lui restait que celle des cadenas qui avait la prétention d'ouvrir seule les fers de Chéri-Bibi.

Or Chéri-Bibi était sorti de ses fers et avait su y attacher et y cadenasser ensuite le second officier du bord sans cette clef-là ! Le sergent Pascaud, complètement ahuri et plus abattu encore que lui de la découverte de la fuite du 3216 disait :

« Ma foi, commandant, je n'ai vu une chose comparable à celle-là qu'une seule fois dans ma vie, à la fin d'une représentation de saltimbanques, au fond d'un café de mon village. L 'un d'eux s'enfermait dans une malle bien cadenassée, entourée de cordes et cachetée à la cire rouge par nous tous. Nous avions encore pris la précaution de la lier nous-mêmes avec des nœuds comme les mathurins nous ont appris à en faire. Eh bien, on jetait un voile là-dessus, on comptait jusqu'à dix, et quand le voile était relevé, on trouvait notre homme libre, sans entraves, à côté de sa malle fermée, ligotée, cachetée, cadenassée. Qu'est-ce que vous voulez que je vous dise ? Chéri-Bibi a peut-être été saltimbanque. Il doit connaître tous les métiers, cet oiseau-là ! »

On avait reconduit pendant ce temps le second dans sa cabine. Le commandant l'y rejoignit aussitôt. M. de Vilène avait une faim et une soif terribles. On lui donna à manger et il but. Et il put parler. Alors il raconta quelque chose de très obscur, mais de très redoutable, qui fit réfléchir ceux qui étaient là sur la singulière puissance de l'infernal Chéri-Bibi.

L'affaire était arrivée immédiatement après la cérémonie funèbre du matin. De Vilène, comme le commandant, comme tout le monde, avait été étonné de ne pas apercevoir, au moment de la prière des trépassés, sœur Sainte-Marie-des-Anges. Était-elle malade ? Il avait résolu de s'en informer et s'était dirigé vers la cabine de la religieuse. Il allait y arriver et tournait le coin de la cambuse, quand il avait été saisi par derrière avec une rapidité et une force Incroyables.

Il n'avait pu ni faire un mouvement, ni pousser un cri. Un bâillon déjà l'étouffait et quatre hommes au moins (M. de Vilène estimant que ses agresseurs étaient au moins quatre) l'avaient annihilé en quelques secondes. Transformé en paquet, n'y voyant plus, il ne savait exactement par où on l'avait fait passer, et il n'eût pu dire, même approximativement, dans quel coin on l'avait provisoirement déposé. Car on l'avait laissé pendant un certain temps bien tranquille. On avait même pris la précaution d'écarter légèrement le bâillon de son nez pour qu'il n'étouffât point tout de suite. Cependant, il ne devait pas être très loin de la cuisine, car les relents de soupe parvenaient jusqu'à lui. Il est vrai qu'à l'heure du déjeuner, les entreponts sont pleins de cette odeur-là.

Enfin, on était venu le chercher. On l'avait porté pendant quelques minutes, puis on l'avait attaché avec une corde et on l'avait descendu dans le vide. Il s'était demandé un instant si ses agresseurs ne le descendaient pas ainsi à la mer, désireux tout simplement de le noyer sans bruit pour qu'on n'eût pas l'occasion de venir à son secours. Mais bientôt, il arrivait à destination. Il heurtait des corps durs. Il était poussé et puis repris et puis redéposé par les individus qui ne se parlaient pas. On le hissa plus d'une fois sur un objet pour l'en faire redescendre quelques instants plus tard, et il jugea à ce moment qu'il était dans les cales. Mais dans quelle cale ? dans quelle soute ? il ne pouvait le dire.

Enfin, après bien des chocs brutaux (on ne le ménageait point et on le traitait un peu comme une inerte marchandise), il avait été déposé sur des planches, puis le long d'une barre de fer, et on lui avait glissé les pieds et les poignets dans les maillons. Il jugea alors que ses ennemis avaient résolu de le laisser mourir de faim aux fers, à fond de cale. Quelques minutes plus tard, la respiration lui manquait et il s'évanouissait.

Ce récit épouvanta parce que, s'il ne donnait aucun renseignement sur l'endroit où se cachait le bandit, il prouvait d'abord que celui-ci se déplaçait sur le bâtiment comme il voulait, et qu'ensuite il avait des complices agissants et libres dont on ignorait le nombre. C'était cette dernière considération qui était de beaucoup la plus importante, car à qui se fier désormais ?

Resté seul avec son second, le commandant lui communiqua les réflexions que lui avait suscitées cette tragique aventure. Mais de Vilène ne pensait déjà plus au danger qu'il avait couru. Comme son commandant, il pensait surtout qu'ils étaient entourés d'ennemis et que leurs malheurs ne faisaient peut-être que commencer.

Embarqués nouvellement sur un vieux vaisseau, dont l'équipage avait été réuni au dernier moment, avec des passagers et des passagères, des employés et des fonctionnaires qui, pour la plupart, étaient expédiés sur Cayenne parce que la métropole n'en voulait plus, ils ignoraient à qui ils avaient affaire et ne pouvaient même pas se douter du véritable esprit de chacun.

Ils comptaient bien cependant sur leurs matelots et sur l'administration de la surveillance militaire qui avait fait ses preuves par ailleurs, mais ne pouvait-il, dans ce troupeau nouveau pour eux, s'être glissée quelque brebis galeuse ? C'était à craindre ! C'était sûr !

Plusieurs hommes avaient attaqué M. de Vilène. Cela, il pouvait l'affirmer. Quels étaient ces hommes ? Des anarchistes peut-être ou soi-disant... Enfin, on savait que sous le couvert de ce titre ils étaient prêts à tout. C'étaient eux, certainement, qui avaient aidé Chéri-Bibi à se dérober si longtemps à la police, eux qui l'avaient soutenu dans ses monstrueux attentats, eux qui avaient juré de le venger et qui, le matin même de son procès, pour épouvanter le jury, avaient fait sauter le restaurant Ferdy !

A quoi ne fallait-il pas s'attendre de la part de pareils forbans qui avaient déclaré une guerre à mort à la société ? De quoi n'étaient-ils pas capables ? Quelques-uns s'étaient sans doute embarqués sur le même bateau que Chéri-Bibi dans le désir de le sauver et cela, certainement, avec la recommandation de la haute administration, toujours leur première victime, et dont ils se jouaient a chaque instant. Eh bien, s'il en était ainsi, c'était la guerre, c'était la bataille. Barrachon et de Vilène étaient des soldats. Ils sauraient se battre. Et ils se serrèrent la main.

Réconfortés par cette accolade, ils restèrent un instant silencieux. Quelques minutes plus tard, ils montaient sur le pont.

En dehors des hommes de service et des surveillants militaires qui menaient une garde ardente, le pont était désert. Chacun était déjà enfermé chez soi. L'incident de Gueule-de-Bois et de la blessure de sœur Sainte-Marie-des-Anges, suivi de l'extraordinaire découverte du lieutenant attaché aux fers de Chéri-Bibi, faisait dans les cabines l'objet de toutes les conversations apeurées.

Quelle était donc cette boîte à mystère ? Qu'était-ce qu'un cachot pareil, où se passaient des choses si diaboliques ? La figure fantomatique de Chéri-Bibi avait encore grandi dans des proportions démesurées. Et l'épouvante générale était doublée du sentiment qui commençait à se répandre qu'il y avait à bord des anarchistes décidés à tout pour sauver le monstre. S'ils mettaient le feu au navire ? S'ils le faisaient sauter ? Qui est-ce qui les en empêcherait ? Ah ! comme on écoutait derrière les portes

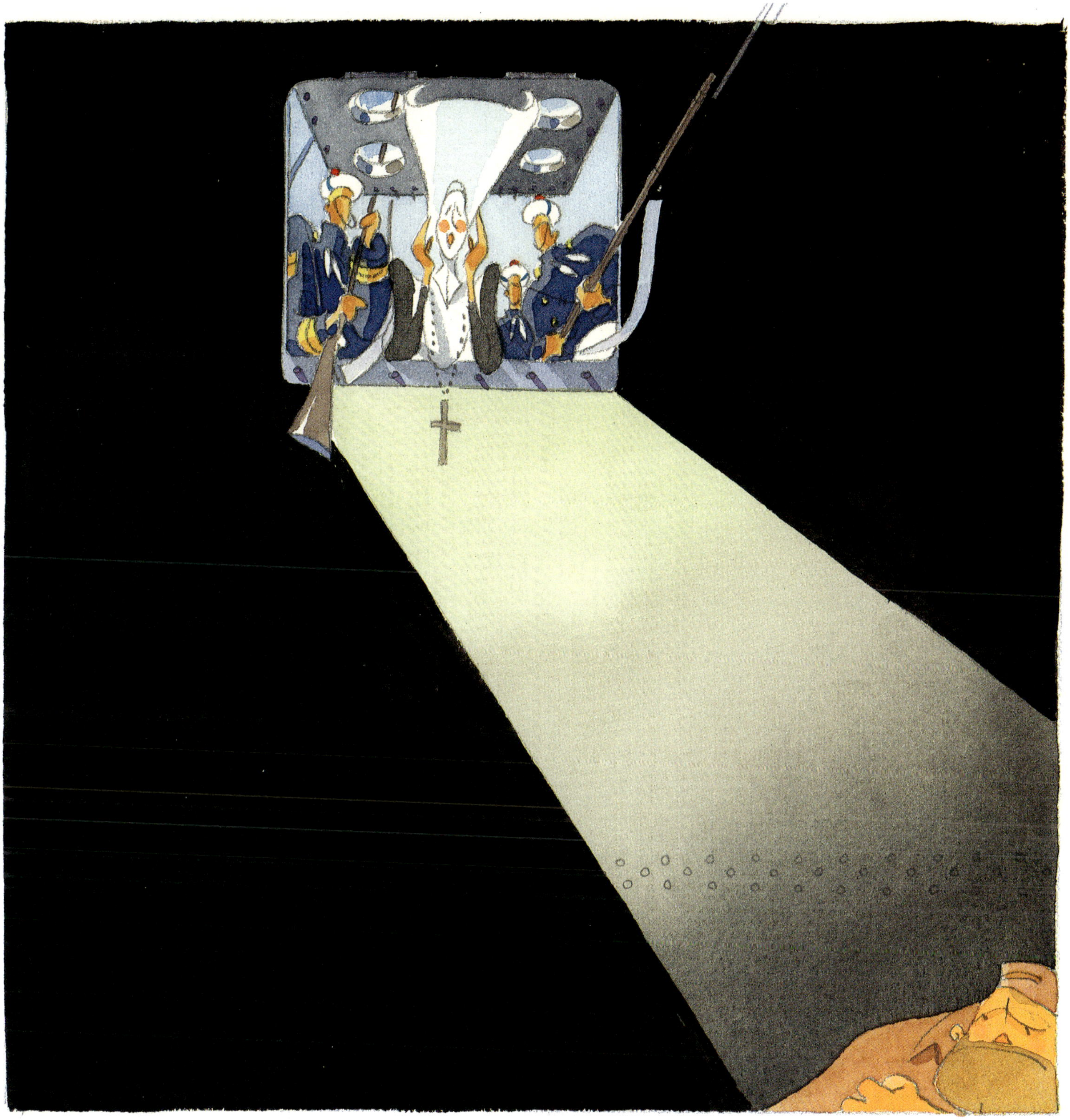

Appel longue distance

les moindres bruits, comme on essayait de se les expliquer ! Et quand des pas passaient dans le corridor, comme on avait hâte qu'ils s'éloignassent ! Cela faisait deux nuits qu'on ne dormait pas. Si le commandant était raisonnable, on retournerait tout de suite en Europe, bien sûr... et rapidement... Quelle traversée !

V

L'ASSAUT DE LA CAMBUSE

Le lendemain, de grand matin, la plage arrière du *Bayard* était grouillante de la foule de ces dames et des enfants accroupis dans les jupes de leurs mères. Les familles étaient venues se réfugier là. Au moins, là, elles voyaient clair. Elles pensaient n'avoir point à redouter de surprise comme dans les entreponts, dans les couloirs, où l'on grelottait d'effroi. Et puis, il y avait une grande nouvelle, ce matin-là, qui faisait les frais de toutes les conversations. On racontait que la sœur Sainte-Marie-des-Anges était de mèche avec Chéri-Bibi ! Ça, par exemple, c'était plus fort que tout, n'est-ce pas ?

On savait maintenant pourquoi et comment la sœur avait été blessée. Elle servait d'intermédiaire aux bagnards ! Et c'est dans le moment qu'elle croyait recevoir un billet de Gueule-de-Bois qu'elle avait reçu une balle dans l'épaule ! Si c'était vrai, elle ne l'avait pas volé ! Car enfin, ça ne devait pas être une vraie religieuse. Sans doute une fille anarchiste qui avait pris ce costume-là pour se rapprocher de Chéri-Bibi et qui avait reçu de son parti mission de le sauver. Elle avait « écopé ». C'était le cas ou jamais de dire « pain bénit » !

On en était là sur la plage arrière, quand on vit arriver Mme Pascaud, la femme du sergent Pascaud, tout essoufflée. Elle devait avoir sans doute quelque chose à dire de bien important, car elle avait beau ouvrir la bouche, l'émotion l'empêchait d'articuler une parole. Enfin elle se calma et elle cria son affaire :

« Vous ne savez pas ? C'est sa sœur ! »

D'abord on ne comprit pas. On lui fit répéter ses paroles, on lui demanda de les expliquer. Elle parlait de qui ? De la sœur Sainte-Marie-des-Anges !

« Eh bien, la sœur Sainte-Marie-des-Anges était la sœur de qui ?

– De Chéri-Bibi ! »

Il y eut d'abord une stupeur générale. Et puis on douta :

« Vous en êtes sûre ?

– C'est elle-même qui vient de l'avouer au commandant. Elle croit qu'elle va mourir. Alors elle dit la vérité, c'te fille !

– Ah ben ! la malheureuse ! »

Et on la plaignait !

Maintenant on ne doutait plus qu'elle fût innocente de tout et que son seul crime fût d'avoir un pareil frère.

Avec importance, Mme Pascaud donnait des détails :

« Pour sûr qu'a n'a été qu'imprudente, le commandant y a bien dit en lui pardonnant de grand cœur. Elle était venue pour soigner les galériens, comme on dit, parce que son patron saint Vincent de Paul, lui aussi, a soigné les galériens ! Pascaud a tout entendu. A ce qu'il paraît qu'il y avait de quoi pleurer ! Elle s'était fait envoyer là-bas parce qu'elle avait l'idée de convertir son frère. Convertir Chéri-Bibi ! Elle n'avait pas peur, s'pas ? Et pour qu'il demandât pardon de ses crimes au bon Dieu encore ! Après, qu'elle dit, elle serait morte heureuse ! Si elle s'est cachée d'être la sœur de Chéri-Bibi, c'est qu'elle était sûre qu'on ne lui permettrait pas de rester près de lui, et que l'administration lui défendrait le séjour de Cayenne, parce qu'on croirait qu'elle venait pour le faire évader. Tout de même, v'là une brave fille qu'a le sentiment de la famille ! Mais ça ne lui a pas réussi ! »

Les commères avaient écouté Mme Pascaud avec le plus grand intérêt, et elles se disposaient à reprendre l'éloge de la religieuse avec le secret espoir que la sœur pourrait peut-être les protéger contre le frère, quand il y eut un grand remue-ménage sur le pont.

Un cortège s'avançait, formé des principaux officiers du bord, commandant en tête. Ils entouraient tous une civière portée par quatre matelots, et sur cette civière était étendue la sœur de Chéri-Bibi, en religion sœur Sainte-Marie-des-Anges.

Sa figure diaphane était aussi blanche que le drap qui la recouvrait. Elle tenait entre ses mains exsangues un grand Christ qui, posé sur sa poitrine, semblait déjà veiller une morte.

Cependant, les yeux de sœur Marie brillaient d'un éclat incomparable, et ses lèvres remuaient. Elle priait.

Derrière ce groupe, qui se dirigeait vers les bagnes, marchaient quelques matelots et une grande partie du personnel du bord. Toute la plage arrière du Bayard se dégarnit en une seconde. Ces dames accoururent aux nouvelles, et elles apprirent qu'avant de mourir, sœur sainte-Marie avait demandé au commandant de la faire porter de cale en cale pour qu'elle pût appeler son frère et le sommer de se rendre a la justice des hommes à laquelle il appartenait avant de comparaître devant la justice de Dieu.

Le commandant avait promis que si Chéri-Bibi se rendait à l'appel de sa sœur, la vie du farouche Gueule-de-Bois serait épargnée.

(« Eh bien ! si c'est là-dessus qu'il compte pour réduire Chéri-Bibi, le commandant ! fit quelqu'un).

– Il a toujours bien le droit d'essayer, répliqua Mme Pascaud. La sœur s'accuse d'être la cause de la rébellion de Gueule-de-Bois, elle ne voudrait pas qu'on exécutât le bandit demain, bien sûr !

– Oui, elle voudrait aller tout droit au paradis, la pauvre fille, sans avoir rien à se reprocher ! C'est une sainte ! »

On avait descendu la civière dans la batterie, et les forçats, à travers les grilles de leur cage, virent passer cette blanche apparition. En reconnaissant sœur Sainte-Marie-des-Anges, ils se découvrirent tous et quelques-uns même, se souvenant qu'ils avaient eu de la religion, se signèrent.

Quand on fut arrivé au faux pont, on ouvrit le panneau donnant sur la cale dans laquelle on estimait que Chéri-Bibi s'était enfui en quittant son cachot. Un grand silence se fit autour de la civière qu'éclairaient les falots portés par les matelots, et la voix de sœur Sainte-Marie-des-Anges s'éleva. Elle était singulièrement forte. La blessée devait avoir rassemblé toute son énergie dans ce suprême effort.

« Chéri-Bibi ! appela-t-elle, Chéri-Bibi ! c'est moi qui te parle, moi, ta sœur ! Aie pitié de moi, Chéri-Bibi, car je vais mourir ! Tu sais combien je t'ai aimé quand tu étais tout petit ! Chéri-Bibi, je t'aime encore ! Au nom du ciel qui te pardonnera, je te demande de venir mourir avec moi ! Chéri-Bibi ! Chéri-Bibi ! »

La voix se tut et l'on écouta si quelque bruit venait du silence de la cale. Mais les ténèbres ne remuèrent point ni ne parlèrent point.

La sœur dit encore, au bout de quelques instants :

« Si je meurs avant toi, Chéri-Bibi, sache que je te pardonne ! »

Et comme on n'entendait rien encore, elle fit signe qu'on la remportât. On ouvrit ainsi tous les panneaux de toutes les cales, des soutes à munitions, à filin, à marchandises, à bagages, tout ! On s'en fut partout dans le navire, et la voix de la sœur s'élevait au-dessus des trous noirs pour appeler le frère, mais le frère ne répondait pas. Et le cortège revint à l'infirmerie où sœur Marie fut étendue dans la cabine d'opération.

Elle avait demandé qu'on ne l'opérât point, car elle désirait mourir, puis elle comprit qu'il était de son devoir de laisser faire au chirurgien qui prétendait la sauver. Elle avait encore à souffrir ici-bas. Elle se résigna.

Cependant, d'accord avec le commandant et malgré l'avis du médecin du bord, elle venait de tenter bien inutilement de faire appel aux souvenirs d'un frère qu'elle avait tendrement aimé. Maintenant elle avait une forte fièvre et l'extraction de la balle s'en trouvait retardée.

Le commandant lui avait pris la main et elle pleurait. Au-dessus du petit lit de fer, elle avait fait accrocher cette pancarte qu'elle transportait partout avec elle et qui était tout son mobilier. On y lisait :

« Elles ont pour monastère les maisons des malades, pour cellule la chambre que la charité leur prête, pour chapelle l'église de leur paroisse, pour cloître l'hôpital, pour clôture l'obéissance, pour grilles la crainte de Dieu et pour voile une sainte modestie. »

Bien qu'on lui eût défendu de parler, elle soupirait dans ses larmes :

« Il ne m'a pas répondu, il n'est pas venu, il a oublié ma voix ! C'est moi qui lui ai donné ce nom de Chéri-Bibi, quand il était tout petit. C'était le nom que lui avait donné mon amour pour lui. Hélas ! qu'en at-Il fait ? »

Sa douleur paraissait inépuisable. Elle la laissa couler de ses yeux levés au ciel…

« Mon Dieu, c'est moi qui suis cause de son malheur, pardonnez-moi ! pardonnez-lui ! »

Elle dit, quelques instants plus tard, d'une voix plus faible :

« Ah ! j'aurais bien cru qu'au son de ma voix, il serait venu ! »

A ce moment, il y eut un grand bruit dans le couloir. Des pas accouraient. On entendait un tumulte de voix. Elles appelaient le commandant :

« Mon commandant ! mon commandant ! C'est Chéri-Bibi ! C'est Chéri-Bibi ! »

– Ah ! je savais bien qu'il viendrait ! » s'écria-t-elle, et elle joignit les mains avec extase.

Le commandant s'était précipité au-dehors. Il y avait un terrible drame là-bas, du côté des cuisines. En effet, Chéri-Bibi était apparu, l'espace d'une seconde, dans un couloir, et une sentinelle avait tiré dessus. Elle l'avait manqué naturellement. Il s'était réfugié d'un bond dans la cambuse, et de là, il tirait sur tous ceux qui tentaient de l'approcher. C'était un siège en règle, là-bas !

En effet, on entendait des coups de feu venus du pont supérieur et du côté des cuisines.

Ce que l'on appelait la cambuse, à bord du *Bayard*, n'était qu'une sorte d'office assez vaste, situé entre les deux cuisines, où l'on accumulait les provisions nécessaires à la nourriture courante de l'équipage, des passagers et des condamnés. Le grand magasin aux provisions se trouvait sous le troisième pont, à l'avant. Cette cambuse ne communiquait directement qu'avec l'une des cuisines, la plus vaste, celle des condamnés, qui ne contenait guère, en fait de récipients, que trois immenses chaudrons, profonds comme des cuves, où l'on aurait pu faire la lessive d'un régiment, et où l'on faisait bouillir la soupe des forçats. Cette cuisine « sommaire » était dirigée par la Ficelle, mitron élevé pour la circonstance à la qualité de chef, tandis que le véritable maître coq trônait dans la cuisine des officiers. Ces cuisines étaient situées vers le centre du navire, entre les deux cheminées. On y descendait du pont supérieur, presque directement, par des escaliers appelés à bord « échelles » , et aussi y montait-on par des degrés de fer très rapides, de l'étage où se trouvaient le commandant et sa petite troupe.

Arrivé au bas de l'échelle, on fit vivement se garer le commandant, car cette échelle se trouvait commandée par la porte extérieure de la cambuse. Celle-ci était grande ouverte, et de là le feu de l'assiégé, qui se tenait tout au fond, sans qu'on pût le voir, plongeait droit jusqu'au pont inférieur.

Sur les deux échelles latérales supérieures, Kerrosgouët, le revolver à la main, et M. de Vilène commandaient les opérations, qui jusqu'alors avaient été assez difficiles.

Deux surveillants militaires qui s'étaient trop approchés de la porte de la cuisine des condamnés avaient reçu des projectiles, l'un dans une jambe, l'autre dans la main.

Ainsi, selon les besoins de sa défense, Chéri-Bibi sautait d'une pièce à l'autre et se trouvait toujours prêt à tirer, avant même qu'on eût eu le temps de le mettre en joue, car il ne laissait personne pénétrer sur le carré, en face de lui.

Comment était-il là ? Comment l'avait-on découvert ? C'était, racontait-on, la Ficelle qui avait donné l'alarme. Le second se disposait à pénétrer dans la cambuse quand il s'était heurté à la Ficelle qui en sortait en s'écriant :

« N'entrez pas ! J'ai vu quelque chose remuer sous les légumes ! »

Par extraordinaire, le second n'était pas armé. Il appela deux garde-chiourme qui passaient et ils ouvrirent la porte de la cambuse qui ne présenta aucune résistance ; mais sitôt ouverte, l'individu qui était dans la cambuse fit feu à la fois de deux revolvers et les gardes, atteints, durent se réfugier aux échelles.

Vilène avait eu le temps d'entr'apercevoir une figure de démon qui bondissait de la cambuse à la cuisine. Il l'avait reconnue : c'était Chéri-Bibi !

« Cette fois, nous le tenons ! s'était-il écrié avec joie : qu'on aille chercher le commandant ! »

Il paraissait en effet impossible que Chéri-Bibi pût s'échapper. Les aides avaient vidé les cuisines et s'étaient enfuis, laissant le local tout entier à la disposition du bandit ; mais que pouvait-il faire ? De toutes parts les surveillants militaires étaient accourus. Sans doute il y aurait de la casse ; mais il était pris ! il était pris ! Les passagers, les femmes elles-mêmes se montraient à toutes les échelles qui n'étaient point sous le feu de l'ennemi et criaient : « A mort ! A mort ! »

Dans le moment, Chéri-Bibi, sentant qu'on allait tout risquer pour pénétrer dans l'une des deux pièces, cuisine ou cambuse, et le prendre ainsi entre deux feux, parvint à fermer assez rapidement la porte de la cuisine pour se trouver encore à temps dans la cambuse quand le commandant, à la tête d'une demi-douzaine d'hommes, s'y précipitait.

Il tira.

Des yeux dans le bouillon

Trois hommes basculèrent, arrêtant l'élan des autres.

Ce qui était extraordinaire, c'est que l'on faisait un feu terrible contre l'assiégé et que celui-ci n'en paraissait pas le moins du monde incommodé. Il est vrai que l'on tirait au jugé sur une ombre qui apparaissait et disparaissait avec une rapidité inouïe.

Le commandant avait ordonné à de Vilène et à Kerrosgouët de ne point bouger de leur place et de garder les échelles en cas d'une tentative de fuite désespérée.

Des clameurs assourdissantes montaient de tous les coins du vaisseau. Les bagnes, en bas, chantaient et hurlaient :

« Hardi Chéri-Bibi ! Hardi ! Qui qui fera sauter tout l'fourbi ? C'est Chéri-Bibi ! C'est Chéri-Bibi ! »

Et les « artoupans », derrière le commandant, hésitaient.

Barrachon résolut d'en finir coûte que coûte. Il se précipitait lui-même en avant, se découvrant tout à fait, et il eût été infailliblement abattu si une forme toute blanche, une sorte de pâle fantôme, ne s'était dressée devant lui pour le protéger.

Sœur Sainte-Marie !

Oui, c'était elle qui s'était levée, malgré sa faiblesse, était accourue au bruit des clameurs et des détonations. Elle avait appelé Chéri-Bibi ! Eh bien, il était venu ! Mais encore, mais toujours la mort à la main… et le sang coulait à flots autour de lui.

Elle marcha devant le commandant, mais d'une marche si légère qu'on eût pu croire que ses pieds, sous ses longs voiles, ne posaient sur rien. C'était un ange. Sa douce voix expirante dit alors :

« Me voici, Chéri-Bibi… me reconnais-tu, me voici… Puisque tu veux tuer, tue-moi donc ! tue-moi tout à fait, mon frère en Jésus-Christ ! »

Mais l'autre ne tira pas, et comme elle avançait toujours suivie du commandant et des hommes, ils pénétrèrent tous ensemble dans la cambuse.

Chéri-Bibi n'y était plus !

Il avait fermé la porte de communication et se trouvait maintenant dans la cuisine des condamnés.

Ça, c'était le dernier refuge.

Les hommes ébranlaient déjà la porte. C'est là qu'allait avoir lieu la curée. Sœur Marie suppliait le misérable de se rendre, de ne plus faire de victimes.

« C'est assez de morts, lui cria-t-elle. Chéri-Bibi, aie pitié de nous ! Aie pitié de moi ! Prie Dieu ! Je viens mourir avec toi ! »

Il fallut écarter la sainte fille pour faire sauter la porte. Tous entrèrent en trombe dans la cuisine.

Elle était vide.

La fumée s'échappait des trois grandes marmites à soupe et lui aussi s'était échappé comme une fumée.

Encore une fois, par où était-il passé ? Cette pièce ne communiquait absolument avec rien (hors la cambuse d'où l'on sortait). Pas de hublots donnant sur la mer. L'éclairage était fourni par de gros verres donnant sur le pont supérieur et qui étaient criblés de balles et qui ne pouvaient livrer passage à un homme à cause des croisilles des armatures de fer. Et, puis, encore là-haut, il y avait des hommes !

Où était-il ?

On entendit soudain la voix de la Ficelle qui criait :

« Par ici ! Par ici ! Le voilà ! le voilà ! »

En un clin d'œil cuisine et cambuse se vidèrent et tous coururent derrière la Ficelle, qui courait aussi, lui, comme un fou, le long des couloirs, se jetant dans un escalier, dégringolant, s'affalant, relevant la tête et disant à ceux qui l'entouraient, avec un désespoir comique :

« Je l'ai vu ! Ah ! je l'ai vu ! Tenez, il a disparu par là ! Pour sûr, c'est le diable ! »

VI

CHÉRI-BIBI

Le timonier venait de piquer les quatre coups doubles de minuit quand le commandant Barrachon rentra chez lui. Il s'assit à son bureau et se mit en mesure de reprendre où il l'avait laissé l'exceptionnel rapport des exceptionnels événements survenus au cours de cette extraordinaire traversée. Il sortait de l'infirmerie, où il était allé rendre visite aux garde-chiourme éclopés par les balles de Chéri-Bibi, et, après s'être arrêté quelques instants au chevet de sœur Sainte-Marie-des-Anges, qui délirait, il avait hâte de noter d'une façon précise les événements de cette fatale journée. Le temps était beau ; grand calme. Le *Bayard*, lourd de sa cargaison de bandits, continuait « en paix et silence » sa route vers les îles du Salut. Après les tempêtes récentes – celles du ciel et celles du bord – c'était une chose si rare et si appréciable que cette sérénité inattendue, que le commandant, qui s'était déjà penché sur sa table pour écrire, releva la tête en soupirant, comme s'il sortait d'un mauvais rêve.

Mais il resta là, bouche bée, et les yeux grands ouverts, en apercevant soudain, en face de lui, une sombre figure qui lui souriait.

« Chéri-Bibi ! »

Et il bondit.

Mais tout de suite il retomba sur son fauteuil. La sombre figure se penchant au-dessus du bureau lui avait glissé entre les deux yeux le canon d'un revolver. Et elle ne souriait plus. Il tâta sa poche. Il était désarmé. On l'avait volé. On avait tout prévu. Et l'on était entre lui et la porte. La figure se reprit à sourire :

« Bien sage ! Pas un cri ! *Fatalitas* ! »

Sur quoi le sinistre visiteur s'assit sans qu'on l'en priât et dit :

« Monsieur, je suis un honnête homme ! »

Cette déclaration faite, il se tut comme s'il réfléchissait profondément à ce qu'il venait de dire, si bien qu'il crut devoir, après quelques instants, ajouter :

« Ou je l'ai été ! »

Mais cette formule sembla le replonger dans un abîme de cogitations d'où il ressortit pour dire encore :

« Ou j'aurais pu l'être… *Fatalitas* ! »

Le commandant, le voyant si tranquille, fut gagné par cette tranquillité. Il écouta et regarda. Il avait déjà vu cette face effarante mais il ne la connaissait pas. Il ne l'avait encore regardée qu'avec dégoût ou épouvante. Il la considéra avec curiosité : la tête était large et carrée, la bouche grande et lippue, le nez court et fort, les oreilles formidables, les yeux petits, ronds et extrêmement perçants, à l'affût au fond de l'arcade sourcilière dure et touffue ; les cheveux tondus réglementairement laissaient voir le dessin du crâne où Gall et Lavater auraient facilement découvert les protubérances de l'affectionnivité, du courage et de la destruction, qui peuvent également convenir à un vagabond spécial qui défend sa petite amie jusqu'à la mort ou à un général qui aime bien sa mère.

Il y avait de tout dans cette figure-là. Son front étendu et tourmenté était capable de grandes choses, mais les rides verticales situées à la racine du nez dénotaient les idées de haine et de vengeance. On sait que les yeux ronds, petits et perçants, marquent la finesse, la ruse et des dispositions à la malice et à la satire. A côté de cela, le nez obtus et court appartenait à un esprit simple et facile à duper. Le menton était terrible, mais la bouche, avec ses lèvres charnues, grosses et légèrement entrouvertes, présageait de la bonté et de la franchise. Et l'impression d'ensemble prodigieusement inquiétante qui se dégageait de cette vision venait justement de ce que l'on n'avait pas d'impression d'ensemble.

On ne savait à quoi se fier sur ce visage-là ! Peut-être avait-il eu autrefois une unité que la tondeuse, en lui enlevant son cadre naturel, avait fait disparaître. Si Chéri-Bibi avait eu une barbe en fourche et des cheveux longs, il eût ressemblé à un apôtre un peu rustique ; avec des favoris, à un larbin de grande maison qui a assassiné son maître.

Peut-être avait-il eu une beauté. Satan, avant sa chute, était le plus beau des anges.

Et par-dessus tout cela, il aimait à rire et à avoir l'air de rire. Alors il était hideux !

« Fatalitas ! reprit l'homme, voilà mon ennemie. Elle ne me lâche pas. Si vous saviez ce que j'ai eu de déveine dans la vie, c'est à n'y pas croire ! Mes compagnons de cage se plaignent de n'avoir pas réussi. Mais moi, alors, qu'est-ce que je dirai ? A propos, on me traite d'anarchiste ; je tiens absolument à déclarer au début de cet entretien que je ne suis pas anarchiste du tout ! Moi, monsieur, je trouve la société, telle qu'elle est, très bien faite. Et mon désir a toujours été de m'y faire une humble et honorable place ! Le malheur est que je n'ai jamais pu y arriver !

« Fatalitas ! J'ai lu Kropotkine. Son système ne tient pas debout, et quant à Karl Marx, je préfère vous dire tout de suite que je regretterais toute ma vie les efforts que j'ai dû faire pour m'accaparer le bien d'autrui, s'il m'avait fallu le partager de force avec des gens que je ne connais pas ! J'aime à faire la charité, c'est entendu, mais il ne faut pas me mettre le couteau sur la gorge ! Les rôles seraient renversés ! Ni anarchiste, ni collectiviste ! Faut qu'on le sache une fois pour toutes ! Et si vous désirez être renseigné sur ce que je suis, eh bien ! je vais vous le dire, moi, monsieur, je suis capitaliste ! Enfin, vous me comprenez, je ne demande qu'à le devenir !

« Ce qu'il y a de tout à fait surprenant dans mon affaire,

La vache et le prisonnier

c'est l'entêtement avec lequel les anarchistes qui me défendent et les juges qui me poursuivent s'entendent pour me faire de la peine ! Je ne suis pas un anarchiste, je dirai plus, et je suis sûr que si vous me connaissiez mieux, mon cher commandant, vous seriez tout à fait de mon avis : je ne suis pas un mauvais esprit ! Jamais il me viendrait à l'idée, par exemple, d'écrire un livre comme Petit-Bon-Dieu sur la *Réforme de la magistrature*. Les juges font ce qu'ils peuvent et on aurait tort d'oublier que ce sont des hommes comme nous ! Je veux bien que, de temps à autre, il y en ait un qui ne se conduise pas bien ! C'est dommage, mais c'est inévitable et ce n'est certainement pas parce qu'un vitrier aura assassiné sa belle-mère qu'il nous sera permis de dire que tous les vitriers sont des coquins !

« Tenez, puisque nous parlons des juges, je vous dirai que je ne leur en veux même pas de leurs erreurs, parce qu'il est humain de se tromper ! Et cependant, monsieur, l'homme qui vous parle ainsi et qui est inscrit sur le registre de la chiourme sous le numéro 3216 est innocent !

« Vous avez l'air étonné, et je vous accorde qu'il y a de quoi ! Mais c'est la vérité du bon Dieu, *comme dit ma sœur* !

– Voulez-vous un verre d'eau ? demanda le commandant

– Non merci. Trop aimable, ne dérangez personne pour moi »

Le commandant s'inclina. Quelle était donc la singulière et formidable comédie que se jouaient ces deux hommes ? Le commandant, en ce qui concernait Chéri-Bibi, se le demandait. « Il doit avoir intérêt à gagner du temps, se disait-il, et comme c'est un criminel du genre cynique, il cherche à m'épater ! » De fait, Chéri-Bibi faisait le beau. Et faire le beau, pour Chéri-Bibi, c'était réaliser l'abominable. Il fallait l'entendre dire : « Je suis innocent ! C'est la vérité du bon Dieu ! comme dit ma sœur » Ce « comme dit ma sœur » à propos du bon Dieu défiait l'univers. Il continua à s'expliquer :

« Quand je dis : "Comme dit ma sœur", je ne veux pas faire entendre que ma sœur croit à mon innocence, mais elle croit au bon Dieu. Moi, monsieur, je n'y crois pas ! Élevé de bonne heure dans des principes qui me permettent de m'en passer, je n'ai même pas cette chance dernière de savoir exactement à qui m'en prendre de tous mes malheurs. Ah ! monsieur, si « le nommé Dieu » , comme on dit à l'école, existait, il passerait avec moi, je vous prie de le croire, un fichu quart d'heure. Il ne me reste qu'une chose pour expliquer mon cas, qui vaut la peine vraiment qu'on s'y arrête, une seule chose, et c'est une sacrée femelle : j'ai nommé la Fatalité. Monsieur, vous voyez devant vous une victime de la fatalité. *Fatalitas* ! J'étais bon, je suis mauvais. J'étais doux, je suis terrible. J'étais aimant, je hais. Monsieur, je vais vous raconter mon premier crime, et vous me plaindrez tout de suite. Mon premier crime dépasse en déveine tout ce qu'on peut imaginer. Et c'est pourtant bien simple. Voici :

« Je suis né à Dieppe, de parents pauvres, mais honnêtes. Mes parents étaient les serviteurs d'une ancienne et respectable famille. Mon père était le jardinier de la maison et ma mère en était la concierge. Ils habitaient un petit chalet à la grille du parc. Je n'ai rien à cacher. Je dirai les noms. Je m'appelle Jean Mascart et nos maîtres avaient nom Bourrelier, vieille famille démocratique, armateurs extrêmement riches, qui étaient, du reste, très ennuyés d'avoir un nom aussi commun que celui-là ; M. et Mme Bourrelier et Mlle Bourrelier et Bourrelier fils qui faisait la noce à Paris.

Fine lame

« L'été, ils habitaient une grande propriété sise à Puys, à quinze cents mètres de Dieppe tout au plus, sur la route. La demoiselle s'appelait Cécile, mais tout le monde lui donnait le doux nom de Cécily, et tout le monde l'aimait. On ne pouvait, du reste, la voir sans l'aimer. Moi, qui n'avais à cette époque que quinze ans (elle en avait dix-sept) j'en étais féru. Oh ! le plus innocemment et le plus respectueusement du monde, car, à ce moment, j'avais un cœur d'or mais une cervelle assez tranquille qui me faisait voir les choses à leur place ; et celle qu'occupait Cécily était si haute au-dessus de mon humble condition que je ne me permettais aucun espoir ridicule. J'aimais et voilà tout !

« Mon seul bonheur était de regarder Cécily. Je n'y manquais jamais. Pour avoir cette occasion tous les jours, j'avais renoncé à ma vocation, qui était, paraît-il, d'être géomètre. Oui, mon maître d'école trouvait que j'avais du goût pour la géométrie. Alors mon père – un esprit simple, qui ne cherchait pas midi à quatorze heures – avait dit : "C'est bien, nous en ferons un géomètre."

« Mais il fallait, pour cela, me mettre en pension à Rouen. Jamais je n'y eusse consenti. Quitter Cécily, plutôt mourir ! Cependant, j'étais en âge de prendre un parti. Il le fallait. Alors un jour, je dis à mon père : "Papa, tu ne sais pas ce que je serai ? Je serai boucher ! Oui, je sens que j'ai du goût pour la boucherie ! "

« Je ne lui disais pas cela en l'air. Plus d'une fois, je m'étais arrêté à la devanture des bouchers, sans avoir l'intention de rien acheter, mais simplement pour voir, pour comprendre. Toute cette belle viande saignante, bien fraîche, m'attirait. J'enviais un de mes petits amis, qui était garçon boucher, et qui pouvait la tripoter tous les jours.

« Quelquefois, il m'emmenait à l'abattoir, et c'était plaisir de voir comme il coupait la gorge du veau d'un seul coup du couteau appelé « le saigneur ». J'avais des frissons qui ne me déplaisaient point quand il manœuvrait cet énorme couteau, grand deux fois comme un couteau à découper, et qu'il m'expliquait comme il énervait la bête, et comment il ne fallait pas avoir « le double mouvement », c'est-à-dire qu'il fallait éviter de revenir dans la blessure, comme feraient les profanes. Alors on hacherait la viande, et ça serait de la propre ouvrage !

« Après, il me montrait comment on fait pour « fleurir » la peau du ventre du veau, avec la lancette ; moi qui avais aussi du goût pour la géométrie, j'aurais bien voulu, comme lui, faire des dessins sur la peau du ventre du veau, des ronds, des carrés et des losanges ; et aussi il faisait des cœurs, des flèches et des fleurs. Qu'on ne dise pas qu'on est matérialiste dans la boucherie, car enfin rien ne les force, n'est-ce pas, à dessiner des fleurs sur la peau du ventre du veau !

« Ainsi le goût me vint-il de cet état de tout repos, honnête et qui laisse le plus souvent d'appréciables bénéfices. Mon père ne s'opposa point à ma carrière et même il fut tout de suite content quand je lui dis que c'était pour entrer comme apprenti dans une boucherie du Pollet (faubourg de Dieppe, près de Puys) qui justement fournissait la viande des Bourrelier.

« J'avais bien préparé mon affaire ; je savais que c'était moi qui apporterais la viande à Puys et j'étais sûr de voir Cécily tous les jours, car sa mère en avait fait une excellente ménagère, et c'était elle, le plus souvent, qui recevait les fournisseurs. Ainsi arriva-t-il, et je vous prie de croire que je ne la volais pas sur la marchandise. Je m'arrangeais toujours de façon à lui apporter les meilleurs morceaux et ce n'est pas moi qui aurais essayé de lui passer du faux filet pour du filet ou de la tranche pour du rumsteck ! Enfin j'avais grand soin, quand je lui apportais du veau, de le dessiner moi-même, et je vous prie de croire que M. Bouguereau, avec son pinceau, n'aurait pas dessiné de plus beaux veaux que moi avec ma lancette !

« Monsieur, je vous donne tous ces détails parce qu'il m'a plu de m'étendre un peu sur l'époque la plus charmante de ma vie. Je me vois encore, le tablier bien propre relevé avec soin sur ma cuisse et pris par un coin de ma ceinture, l'aiguiseur au côté, et le veau dans mon panier, accourir sur ma bicyclette au-devant de Cécily. Je laissais ma bicyclette à la porte du chalet habité par mes parents, et après avoir embrassé ma bonne mère et ma charmante sœur qui, à cette époque, s'appelait Jacqueline, comme tout le monde, je me dirigeais, le cœur battant, dans les allées du parc. Si quelquefois je m'arrêtais le souffle court, haletant, c'est que j'avais entendu glisser sur la pelouse les petits pas de fée de Cécily. Monsieur, qu'elle était belle ! Quelle grâce ! Quelle modestie !

« Et puis, elle était fraîche comme une pomme d'api et joyeuse comme une alouette, par un beau rayon de soleil ! La voir, c'est tout ce que je demandais ! Mourir pour elle, c'est tout ce que je désirais ! Et nul ne connaîtrait jamais le mystère de mon cœur ! Voyez, monsieur,

Dentelle fine

ma voix tremble encore quand je me rappelle ces instants divins. Elle avait une façon de me demander. "Eh bien, mon ami, la viande est-elle bien *persillée* aujourd'hui ?" Si elle était bien *persillée* ! Je rougissais ; elle s'en apercevait, me disant en souriant : "Tu resteras donc toujours aussi godiche, mon pauvre garçon !"

« Et elle me prenait elle-même, avec ses jolis doigts parfumés, elle me prenait elle-même la marchandise ! Oh !

« Et alors, monsieur, voici comment le crime arriva et comment je fus arrêté et condamné. Vous allez voir. Certes, j'avais commis le crime, mais j'étais innocent ! C'est un événement dont, après tant d'années passées, je ne suis pas encore revenu. Il faut vous dire tout de suite que le père de Cécily, l'armateur riche à millions, était un vieux saligaud. Il avait remarqué ma sœur. Pauvre Jacqueline, qui était pieuse comme une prière d'innocence et certainement la plus vertueuse du canton ! Les mères la citaient pour exemple à leurs filles et le curé l'aurait choisie pour rosière si cet usage eût survécu dans notre pays aux ruines de l'ancien temps !

« Je n'ai rien à cacher de cette lugubre histoire qui est connue de tout Dieppe, où ma sœur vivait encore ces temps derniers, au milieu du respect de tous et de l'amitié dévouée des religieuses de l'hôpital qui l'avaient accueillie avec tant de joie.

« Par quel stratagème ce vieux bandit de Bourrelier parvint-il à séduire Jacqueline ? Moi, j'ai toujours cru la petite, qui affirmait que Bourrelier l'avait endormie après l'avoir attirée dans ses bureaux déserts de Dieppe, un dimanche, après vêpres. Monsieur, il en résulta que ma sœur faillit mourir et qu'il y eut des explications terribles entre mon père et Bourrelier, lequel, bien entendu, nous jeta tous à la porte. Je fus même mis à la porte de ma boucherie qui voulait garder la clientèle. Mais je retrouvai une place ailleurs, et ma sœur entra en religion.

« Cependant je revoyais toujours Cécily, car, pour ma nouvelle maison, j'allais porter ma viande à Puys, au château des Roches-Blanches, qu'habitait dans la belle saison le marquis du Touchais et sa famille, amie de la famille Bourrelier. La marquise était une bien bonne personne qui sortait toujours accompagnée de la vieille Reine, sa dame de compagnie. Elles vivent encore toutes les deux, je le sais, car vous pensez bien que tant qu'on ne m'aura pas coupé le cou, c'est pas fini toutes ces histoires-là, bien qu'il y ait quinze ans que ça a été jugé !

« Le marquis avait un fils, le comte Maxime, un jeune homme qui faisait la noce à Paris avec le fils Bourrelier. Tous deux venaient dans leur famille, à la belle saison, et amenaient souvent un ami qui habitait alors chez les Bourrelier. Cet ami s'appelait Georges de Pont-Marie et était vicomte. Les fils continuaient à se voir à Puys et des relations très suivies s'étaient établies entre le château et la villa. Cécily allait souvent avec sa mère au château et ainsi je pouvais la contempler à mon aise.

« Je ne la reconnaissais plus. Elle était d'une tristesse qui me faisait peine à voir, même si je songeais que cette tristesse avait peut-être pour origine la terrible aventure de ma sœur qu'elle aimait beaucoup. Les trois jeunes gens essayaient en vain de la distraire. Son père lui-même, l'infâme Bourrelier, ne parvenait point à la faire sortir de sa mélancolie, même avec des menaces.

« Un jour, je l'entendis qui la malmenait assez durement. Je m'éloignai tout de suite, car je sentais que je ne resterais peut-être pas longtemps maître de moi. Du reste, j'évitais toujours de rencontrer le père Bourrelier, car j'aurais bien fait un malheur. Et c'est une chose que je voulais éviter par-dessus tout, à cause de mon amour pour la fille. Or j'appris à quelque temps de là la raison de ces scènes : le père Bourrelier voulait avoir une fille comtesse ! et, un jour, marquise ! Oui, il voulait la marier malgré elle à Maxime du Touchais !

« Le vieux marquis du Touchais était, bien entendu, avec lui, car il n'avait plus le sou et les Roches-Blanches étaient hypothéquées, ainsi que tout ce qui restait aux Touchais de leurs vieilles terres normandes, au-delà de leur valeur ! Tout ce qui se manigançait là autour de ma pauvre Cécily était du propre ! J'en avais le cœur soulevé d'autant plus que je savais que la pauvre enfant avait toujours espéré se marier avec un de ses cousins, le petit Marcel Garavan, qui faisait alors son premier voyage au long cours.

« Pendant quinze jours, je vis Cécily tous les jours, et, tous les jours, elle pleurait. J'en étais moi-même malade. Elle avait, du reste, déclaré à son père qu'elle préférait mourir plutôt que d'épouser Maxime du Touchais ; et tout le pays déjà savait cela ; on la plaignait, car on connaissait Bourrelier et l'on savait bien qu'il ne céderait jamais.

« Or, un soir, à la mi-septembre, je revenais des Roches-Blanches sur ma bicyclette quand j'aperçus soudain au-dessus de la falaise deux hommes qui se battaient. Ils s'étaient pris à bras-le-corps et ils faisaient de tels mouvements que je ne comprenais pas comment ils n'étaient pas encore tombés dans la mer. Je lâchai ma bicyclette, car il me fallait courir à travers champs, et alors j'entendis distinctement une voix qui râlait : "Au secours ! Au secours ! A l'assassin !" Et je reconnus cette voix.

« C'était celle du père Bourrelier !

« En dépit de la nuit qui commençait à être bien épaisse, je pus me rendre compte immédiatement de la situation. Bourrelier tournait le dos à la mer et était bien près d'arriver au bord de la falaise ; l'autre, qui était parvenu à se dégager, le poussait en se retenant d'une main à un poteau télégraphique. Il avait donc le dos tourné de mon côté et je ne pouvais voir sa figure.

« Il n'y avait pas à hésiter. Je me précipitai et agrippai mon homme par les reins, en lui criant : "Vas-tu le lâcher, assassin !" Il me répondit sans se retourner par un coup de pied terrible sur le gras de la jambe. Je poussai un cri de douleur et, saisissant le couteau que j'avais ce soir-là à la ceinture, je lui en portai un coup terrible dans le dos. Monsieur, il faut vous dire que je revenais de l'abattoir et que j 'avais sur moi le « saigneur » , que je devais donner à aiguiser au Pollet. Vous pensez quel coup je devais donner avec ce couteau-là !

« Le malheur fut que, dans le moment même, le père Bourrelier, qui était arrivé à reprendre l'assassin par la taille, l'avait retourné, d'un coup, du côté de la falaise, lui faisant lâcher le poteau télégraphique, de telle sorte... de telle sorte, comprenez-moi bien, que c'était maintenant le père Bourrelier qui me présentait le dos, et que c'est dans le dos du père Bourrelier que mon couteau entra, comme dans du beurre, mon cher monsieur !

« Il ne fit même pas ouf ! Il s'affala à mes pieds. Il était mort.

« J'avais tué celui que je voulais sauver !

« Qu'est-ce que vous dites de ça ? Croyez-vous que c'est de la déveine ? Et quand je vous affirmais que j'avais la fatalité contre moi, est-ce que je mentais ? est-ce que j'exagérais ?

« J'avais tué le père de Cécily ! Je m'enfuis comme un fou du côté de Dieppe, pendant que l'autre s'enfuyait également comme un fou du côté de Puys. Le cadavre était resté sur la falaise, avec son couteau planté dans le dos.

« Avant d'arriver au haut de la côte du Pollet, je réfléchis que si je ne lui enlevais pas le couteau du dos, on finirait bien par savoir que c'était moi qui avais porté le coup. Alors je m'en revins, mais je ne retrouvais plus le cadavre. Il était déjà parti ! Un passant l'avait déjà découvert ? L'éveil était-il donné ? Je ne pouvais le penser, car il y aurait déjà eu du monde sur la falaise et du remue-ménage tout le long de la côte du Puys.

« Alors, quoi ? C'était l'autre qui était revenu et qui avait sans doute jeté le cadavre sur les rochers. Mais qu'est-ce qu'il avait fait du couteau ? Je ne trouvai pas plus de couteau que de cadavre. La situation, pour moi, était terrible.

Dans le même moment, je m'aperçus que j'avais perdu mon tablier... Mais où l'avais-je perdu ? Je courus en tous sens, sans le retrouver... Il faisait nuit. J'étais comme fou...

« Je n'avais plus qu'un seul espoir : celui de retrouver l'homme qui s'était battu avec le père Bourrelier. Et je descendis vers Puys, évitant toute rencontre, me rejetant dans les champs, ou me cachant derrière une haie, quand j'entendais un passant.

« Je n'avais remarqué qu'une chose chez l'homme,

Service… armé !

c'était son grand chapeau gris. Ce chapeau, il l'avait enfoncé jusqu'aux sourcils et le bord en était rabattu sur ses yeux. Enfin les péripéties de la lutte et l'épaisseur des ténèbres m'avaient empêché d'en voir davantage. Je n'aurais pu le reconnaître qu'à son chapeau et aussi peut-être à sa taille. Il était grand, élancé, et il m'avait montré en fuyant qu'il était fort alerte.

« J'errai autour de l'hôtel, des auberges, des villas, et cela une grande partie de la nuit, épiant les rares ombres qui se dressaient devant moi. Enfin je rentrai à Dieppe, dans un désespoir bien compréhensible, mais je n'osai revenir ni à la boucherie ni chez moi. Je passai la nuit dans les champs, du côté de la gare. Le lendemain matin, je me dirigeai de bonne heure sur Le Pollet. Devant la boutique de mon nouveau patron, une foule était assemblée et je distinguai à la porte deux agents. Je pris aussitôt la poudre d'escampette, et allai me réfugier du côté de Biville, dans un trou de la falaise, qui avait jadis servi d'asile à Georges Cadoudal. C'était un brave. Salut à sa mémoire ! J'y restai tout le jour, persuadé qu'on me cherchait, et ce n'était, hélas ! que trop vrai.

« Le soir, je quittai mon trou, car j'avais une faim de loup. Je parvins à chiper, à la devanture d'une mercerie de Biville, un morceau de gruyère qui se trouvait là, dans un journal. Le hasard avait fait de moi un assassin, les conditions de ma nouvelle existence faisaient de moi un voleur ! J'étais complet, et je n'avais pas seize ans !

« Joli début, mais attendez, ça n'est pas fini. J'ai gardé le plus beau pour la fin !

« Le journal qui enveloppait le gruyère était une feuille de Dieppe du jour même. Quand j'eus mangé, je le lus derrière l'auvent d'une pauvre ferme isolée, près de laquelle je m'étais glissé dans l'espoir de trouver quelque chose susceptible d'apaiser ma faim, que le fromage de gruyère n'avait nullement satisfaite. Une lumière tremblotante me révéla le titre d'un article que je me rappellerai toute ma vie : *Affreuse vengeance d'un gamin de quinze ans* ! J'étais fixé. Il s'agissait de moi. Et comment !

« C'était simple. La veille au soir, à la villa, on avait en vain attendu M. Bourrelier pour dîner. Comme il se faisait tard, Mme Bourrelier, très inquiète, avait envoyé son fils Robert aux renseignements. Celui-ci s'était rendu aux Roches-Blanches, où le marquis, stupéfait, lui avait appris que Bourrelier, à l'heure du dîner, les avait quittés pour rentrer chez lui, par la route de la falaise. Puis le marquis, son fils Maxime, puis leur ami Georges de Pont-Marie et le fils Bourrelier redoutant un accident, avaient couru à la falaise et là, plus heureux que moi, hélas ! avaient trouvé un tablier de garçon boucher, mais pas de Bourrelier.

« Avec des lanternes, ils étaient revenus à cet endroit et ils avaient découvert enfin sur la terre et dans les herbes les traces d'une lutte. Persuadés qu'on avait jeté Bourrelier du haut de la falaise, ils étaient redescendus dans le village et avaient suivi le bord de la grève, ce qui leur était facile, puisque la mer justement était basse. Et ils n'avaient pas été longtemps à se trouver en face du corps de l'armateur.

« Ils le transportèrent chez lui, après que le marquis, qui était parti en avant, eut annoncé l'épouvantable malheur à la famille. Vous jugez des cris de la mère et de la pauvre Cécily ! La jeune fille se trouva mal tout de suite et il fallut la porter dans sa chambre. Pendant ce temps, on avait téléphoné à Dieppe. Le commissaire de police accourait avec son secrétaire. L'enquête était vite faite. Coup de couteau dans le dos, tablier de garçon boucher… Le soir même, mon tablier était reconnu par mon patron. Du reste, la marquise se rappelait m'avoir vu sortir des

A la pêche aux moules

Roches-Blanches quelques minutes après Bourrelier et affirmait que j'avais pris le même chemin.

« Pour tous, mon affaire devenait claire comme de l'eau de roche. J'avais voulu venger ma sœur, envers laquelle l'armateur s'était mal conduit (c'était l'expression même du journal). Enfin j'avais profité personnellement de la vengeance, puisque j'avais détroussé le cadavre de celui que j'avais assassiné. On n'avait point en effet retrouvé sur Bourrelier son portefeuille, qui contenait, paraît-il, ce soir-là, plusieurs billets de mille francs. J'étais riche !

« Ce qui m'étonnait, par exemple, c'est qu'on n'avait encore retrouvé, nulle part, le couteau ! Ah ! on savait comment il était fait ! On en donnait des descriptions dans le journal qui avait paru ce jour-là avec une édition supplémentaire, à dix heures du matin ! Comment, à dix heures du matin, n'avait-on pas encore retrouvé le couteau, le « saigneur » avec lequel on faisait de si belles blessures sans s'y reprendre à deux fois ! Le journal expliquait encore cela : la blessure ne pouvait avoir été faite que par quelqu'un qui s'y connaissait joliment bien, par un garçon boucher.

« Or ce fameux couteau, je devais le retrouver moi-même la nuit même, et dans des conditions qui ne sont pas banales, je vous assure !

« Je venais de replier le journal qui annonçait ma prochaine arrestation, et je retournai à mon trou, assez mélancoliquement, m'estimant à tout jamais perdu. Que pouvais-je faire en effet ? Que pouvais-je dire pour m'innocenter ? Raconter l'histoire de l'homme au chapeau gris ? Le juge aurait haussé les épaules et personne ne m'aurait cru ! Je ne pouvais rien faire ni rien dire tant que je n'amènerais pas moi-même, au juge, l'homme au chapeau gris.

« J'en étais encore là ! J'en étais toujours là ! Il fallait le retrouver ! Il me semblait que son allure générale ne m'était pas tout à fait inconnue et que, pendant la saison, j'avais eu quelquefois l'occasion de rencontrer cette silhouette-là, à Puys même. Il fallait ne pas désespérer, retourner tous les soirs, toutes les nuits à Puys et espionner toutes les ombres qui passaient.

« J'avais toujours avec moi ma bicyclette. Je la sortis de mon trou, et en route pour Puys. Quand j'entendais quelqu'un devant moi ou que je voyais une lumière, je me rejetais dans les champs et me couchais sur la terre. Or, cette nuit-là, je désespérais encore de rencontrer ce que je cherchais, et après avoir parcouru sournoisement tout le village, j'étais allé m'affaler sur la grève, sous la falaise, quand passa devant moi une silhouette. C'était mon homme !

« Ah ! il n'y avait pas à s'y tromper. C'était bien lui ! Je vous prie de croire que mon cœur battait. D'abord, je ne fis pas un mouvement. Je l'observais. Qu'est-ce qu'il faisait à une pareille heure sur la grève ? Il était bien deux heures du matin ! Je le vis qui se dirigeait vers un petit escalier, très étroit, taillé à pic à même la falaise et qui conduisait directement dans le jardin des Roches-Blanches dont j'apercevais la lourde et haute silhouette dominant la mer.

« Je ne voulus pas effaroucher mon homme ! Je ne voulais pas le voir s'envoler comme l'autre soir, et, à quatre pattes, je le suivis. Il montait l'escalier ; je restai en bas et j'attendis, pour monter à mon tour, qu'il fût en haut. De temps en temps, il s arrêtait et regardait autour de lui, écoutant le moindre bruit. Je vous jure que je n'en faisais pas. Enfin il fouilla dans sa poche, y prit une clef et ouvrit la petite porte qui donnait sur le jardin des Roches-Blanches.

« Puis il repoussa la porte, la laissant légèrement entrouverte. La lune éclairait parfaitement la scène. On ne pouvait voir notre homme, du reste, que d'une partie assez restreinte de la grève, à cause du renfoncement de la falaise, et comme il n'avait vu personne sur ce coin de grève, il pouvait penser avoir passé inaperçu.

« Je gravis à mon tour l'escalier. Arrivé en haut, je poussai la porte et pénétrai dans le jardin. Tout était calme dans le château. Tout semblait dormir. Pas une lumière aux fenêtres. Par où était passé mon homme ? Pour qu'il ne m'échappât pas, je refermai la porte derrière moi, bien sérieusement au verrou. Et j'allai me cacher dans une allée tout près de là, bien disposé à lui sauter dessus et à appeler quand il reviendrait, car il ne faisait point de doute qu'il repasserait par là. Je ne savais pas ce qu'il venait faire dans cette maison, mais cette porte laissée entrouverte m'apprenait de toute évidence qu'il comptait ressortir en paix par là.

« Le temps qu'il tirerait le verrou, je serais là, moi ! Et l'on verrait bien ! J'étais déjà fort ; je ne le craignais pas !

« Un quart d'heure environ se passa ainsi.

« Rien ne semblait avoir bougé dans la maison quand soudain j'entendis une sourde exclamation, comme un cri

Connaissances

d'effroi et de douleur, et puis le choc lourd d'un corps sur un plancher. Je m'élançai. Une fenêtre était ouverte au rez-de-chaussée du château. Une ombre se montra précipitamment à cette fenêtre comme si elle s'apprêtait à sauter. C'était lui ! C'était l'homme au chapeau gris !

« Je bondis et retombai dans une grande pièce obscure.

« Au même moment une porte s'ouvrit et quelqu'un cria : "Qui va là ? Ne faites pas un pas ou vous êtes mort ! "

« En même temps on dirigeait sur moi le jet d'une lanterne et je vis un petit gros homme en chemise qui me menaçait de son revolver. Je lui dis : "Ne tirez pas ! Je ne bougerai pas ! mais il y a un homme chez vous !

« – Je le vois bien" , qu'il me répond.

« Et, tout de suite, il se met à faire un chambard de tous les diables et à appeler au secours.

« On arrive de tous côtés, tous les gens en chemise. On apporte des lumières, on me reconnaît, on crie : "C'est Chéri-Bibi ! (j'étais déjà connu de toute la contrée sous ce surnom que m'avait donné ma sœur). C'est Chéri-Bibi ! Nous le tenons !"

Aux objets trouvés

« Quelqu'un dit : "Il est encore venu pour faire un mauvais coup !"

« Et tout à coup on poussa des cris, des cris !

« On venait de découvrir, étendu, baignant dans son sang devant son coffre-fort, le marquis du Touchais.

« Il était mort et il avait un grand coutelas planté dans le dos. Ce coutelas, je le reconnus, c'était le mien !

« Eh bien, monsieur, qu'est-ce que vous dites encore de ça, hein ? Pas banal, comme *cerise* ! Avez-vous vu une déveine pareille ? Si vous l'avez vue, faut le dire ! Non ! n'est-ce pas, vous n'avez jamais vu ça ? *Fatalitas* ! Vous comprenez, moi je ne suis pas victime de Kropotkine ni de M. Tolstoï ; je ne suis pas victime de l'anarchie, des mauvaises lectures, etc. Je ne suis pas non plus victime de mes mauvais instincts, c'est de la blague ! Les circonvolutions du cerveau, comme dit le Kanak, pour moi c'est encore de la blague ! En naissant on a la bosse de tout et la bosse de rien ! le désir de tout et d'autre chose ! Au début, comprenez-moi bien, les instincts et les bosses du cerveau, c'est n'importe quoi ! C'est de la force qui demande à être employée : un point, c'est tout ! Voilà ma théorie. Elle n'est pas compliquée. Seulement cette force, elle ira où on la conduira, pardi, c'est sûr ! Mais qui est-ce qui possède le levier ? C'est cela qu'il faut savoir ! C'est là qu'il faut regarder ! C'est là qu'est la responsabilité !

« Quelquefois c'est les parents, quelquefois c'est la société. Ça n'est jamais l'enfant ! Le pauvre gosse, lui, ne demande qu'à marcher droit ou de travers ! Eh bien ! qui est-ce qui avait la main sur mon levier à moi ? Ça n'étaient ni les parents ni la société. C'était la *fatalité* tout simplement ! Ça crève les yeux ! Je la vois ! Toute ma vie je l'ai vue. C'est elle qui me montrait le chemin. Quand par hasard je ne la voyais pas, c'est qu'elle me poussait parderrière. *Fatalitas* ! Ah ! la v... !

« Vous m'avez compris, j'espère ? Oui ! tant mieux ! Ça prouve que vous êtes intelligent !

« Donc c'était mon couteau ! Vous pensez s'ils m'ont mis la main dessus et comment ils m'ont traité ! Et ce qu'ils m'ont arrangé ! J'avais beau raconter que j'avais poursuivi un homme au chapeau gris, ils me croyaient d'autant moins qu'ayant fouillé toute la maison pour savoir si je n'avais pas un complice, ils n'avaient trouvé personne. Deux mois plus tard, je passai en cour d'assises, et comme j'étais trop jeune pour la guillotine, on m'envoya à Cayenne pour achever mon éducation.

« Tout m'était égal du moment que je ne devais plus revoir Cécily. Qu'advint-il de sa jeune destinée ? J'en appris tout le détail après mon évasion et à mon retour en France. Trois jours après la mort de son père, et par conséquent deux jours après celle du marquis, Cécily avait mandé près d'elle Maxime du Touchais. Le jeune homme avait beaucoup perdu en perdant Bourrelier. L'homme qui avait assassiné l'armateur lui avait tué son mariage. Il savait que Cécily ne l'épouserait que contrainte et forcée. Et encore elle lui avait fait entendre qu'elle ne céderait jamais aux instances de son père.

« Aussi quelle fut la stupéfaction du jeune marquis lorsque Cécily, immédiatement après l'inhumation de Bourrelier, et dans le cabinet de Bourrelier, et sous le portrait de Bourrelier, lui tendit la main en lui disant : "Monsieur du Touchais, je vous considère comme mon fiancé. Vous avez ma parole. Un malheur épouvantable nous frappe tous les deux ; en vous épousant, j'accomplis la suprême volonté de mon père. " Là-dessus elle le salua et le laissa dans un état à peu près comateux. Ce jeune snob, comme on dit aujourd'hui, ne parvenait pas à comprendre du premier coup comment une jeune fille qui repousse la volonté de son père vivant l'accepte, le père mort. La pensée du sacrifice de ce jeune cœur sur la tombe paternelle dépassait trop le champ de son intelligence pour qu'il pût y atteindre une seconde, et si on lui avait dit que le père Bourrelier avait menacé de sa malédiction, le jour même de sa mort, son enfant récalcitrante, cela non plus n'eût pas été suffisant pour lui expliquer la conduite de Cécily. Pour lui, la malédiction paternelle devait être une de ces vaines formules héritées d'une littérature un peu coco qui avait cessé d'avoir cours. Il accepta donc son bonheur sans le comprendre, et, le deuil fini, on alla chez le maire et chez le curé, sans avoir oublié le notaire, bien entendu.

Nourri, logé... noirci

– Comme vous vous exprimez bien ! » constata le commandant, qui n'avait garde d'interrompre l'orateur, mais qui désirait lui prouver, de temps à autre, qu'il était à la conversation. (En réalité, tout en écoutant ce passionnant récit, Barrachon ne cessait de se demander : « Comment ferais-je bien pour, sans trop de dommage, m'emparer de Chéri-Bibi ? »

Chéri-Bibi continua :

« Monsieur, il m'est arrivé plus d'une fois de m'étonner, comme vous, de la correction et de la pureté que, dans certains instants, révélait mon langage, mais en dehors de mes nombreuses lectures, aux heures perdues au bagne, je n'en ai point trouvé d'autre explication que celle-ci : c'est que dans ces instants-là, ma pensée est tout entière à Cécily, et ne peut se traduire que noblement, par la raison que Cécily a toujours ennobli tout ce qui l'approchait.

« Toutefois il nous faudra faire une exception pour cet abominable Maxime du Touchais qui, lui, est passé près de la perfection, sur la terre, sans même s'en apercevoir. Il était trop occupé à remuer des sous. La fortune qu'il avait acquise en se mariant ne lui laissait pas le temps de regarder du coté de Cécily, qu'il négligeait tout à fait, après l'avoir rendue mère. Il a fait construire un yacht magnifique, sur lequel il promène, pendant les vacances, ses compagnons de débauche et ses maîtresses. Ce sont alors des parties extravagantes, des croisières scandaleuses, pendant que la petite pleure là-bas, au fond de son château. »

Chéri-Bibi s'arrêta, poussa un profond soupir, et dit :

« C'est ici, monsieur, que finit cette histoire. Ma pre-

Travail à la chaîne

mière pensée en rentrant en France, après mon évasion du bagne, avait été, naturellement, de revoir Cécily. Je me dirigeai sur Dieppe, mais servi toujours par une incroyable infortune, je n'étais pas arrivé à Saint-Valéry-en-Caux que j'apprenais que Cécily, profitant de l'absence de son mari, s'en était allée faire un voyage avec son fils, en Angleterre, pour le perfectionner dans la connaissance d'une langue que l'on ne saurait trop recommander aux jeunes gens. Moi, si j'avais su l'anglais, on ne m'aurait pas repincé lors de mon évasion du dépôt. Mais je ne le savais pas : *Fatalitas* !

« Et maintenant, je ne vous demanderai plus, monsieur, qu'un peu de patience, et vous saurez enfin pourquoi j'ai cru devoir vous imposer le supplice de cette longue confession. La fatalité, monsieur, par la suite, ne cessa de me persécuter. Désireux de réintégrer la vie honnête et bourgeoise, si jeune encore, nullement pourri par la « relingue » à cause de la pensée de Cécily qui m'avait toujours hanté, j'étais plein d'ardeur pour le bien, j'ose le dire. Après avoir accompli de véritables prodiges, en marge de la société, dans l'art du cambriolage bon enfant et de l'escroquerie qui ne fait de mal à personne – car coûte que coûte, n'est-ce pas, il faut bien vivre, c'est la loi de nature ! – j'avais eu le bonheur d'entrevoir le port de salut. Enfin, j'allais être tranquille ! J'allais être honnête comme tout le monde. J'entrai comme garçon de bureau chez un banquier archimillionnaire.

« Eh bien ! le croiriez-vous, monsieur ? J'étais tombé chez un anarchiste. Parfaitement, mon bonhomme ne fréquentait que des anarchistes, qu'il recevait tous les jours à sa table ! Il ne lisait que des journaux anarchistes qu'il subventionnait ; après quoi, il estimait sans doute qu'il était quitte avec l'humanité, car il n'était pas large avec les domestiques. C'est lui qui m'a fait lire Kropotkine, c'était son cadeau du jour de l'an… Ça, ça m'a dégoûté. Ce gros ventru – je parle de mon patron – qui gardait tous ses millions pour lui et qui voulait persuader aux autres qu'ils n'avaient le droit de posséder rien du tout ! C'était révoltant, parole d'honneur, et je lui ai flanqué ma démission. Ah ! ça n'a pas traîné !

« Or, comme par hasard, la fatalité, qui veillait, voulut que la banque fut dévalisée le lendemain de mon départ par des gars d'attaque qui se réclamaient des théories littéraires de mon ex-patron et qui abattirent sans scrupule les malheureux employés qui avaient la garde de la caisse. Dès le début de l'enquête, le patron parla de moi. J'étais parti trop à point pour ne pas savoir ce qui allait se passer. De là à imaginer que je n'étais venu dans la maison que pour donner à mes complices les indications nécessaires, il n'y avait qu'un pas.

« On voulut, avant de le franchir, savoir exactement qui j'étais. Et l'on n'y serait peut-être point parvenu sans un nommé Costaud. Qui ça, Costaud ? Mon cher commandant, avez-vous lu *Les Misérables* ? Oui, vous les avez lus. Eh bien, Costaud, c'est Javert ! Tout simplement.

« Costaud avait fait ma connaissance à Dieppe, lors de ce que l'on est convenu d'appeler mon premier crime. Il était alors secrétaire du commissaire de police. Maintenant, il est inspecteur de la Sûreté. Depuis mon évasion du bagne, il n'avait cessé de me poursuivre. Lui et la Fatalité se donnaient la main.

« Un soir de janvier brumeux et glacé, je les rencontrai tous deux dans un bureau d'omnibus et déjà ils avaient la main sur moi quand je me rappelai à temps que je disposais d'un petit canif de poche dont je fis cadeau à Costaud. Costaud n'en demanda pas davantage et s'évanouit dans les bras de sa compagne. Il n'en est pas mort et je ne lui en veux pas. Tout de même, Costaud, en recherchant le garçon de bureau de la banque mise à sac, avait rencontré Chéri-Bibi.

« Il fut bien entendu, dès lors, que c'était Chéri-Bibi qui avait fait le coup et l'on ne parla plus que de la bande à Chéri-Bibi. Je dus me terrer comme un lapin. Or, je ne commis jamais tant de crimes que lorsque, bien sage et dans mon trou, je ne remuais pas une patte. Cette sacrée bande à Chéri-Bibi faisait des siennes. Elle volait des automobiles, dévalisait des garçons de recette, affolait les populations, enfin accomplissait des merveilles qui me comblaient de gloire. Par instants, quand les clameurs des camelots m'apportaient le nouvel écho du dernier crime de Chéri-Bibi, j'avais envie de sortir de ma mansarde et de leur crier : "Assez ! assez ! n'en jetez plus, ma malle est pleine !" Monsieur, il faut en finir, je passerai sur quelques détails sans importance, comme par exemple mes arrestations et mes évasions, pour arriver à la petite bonne. Vous savez bien, Marguerite Berger, celle qui a été coupée en je ne sais plus combien de morceaux !

– Dix-sept ! fit le commandant.

– Tiens ! je croyais qu'il n'y en avait que seize ! Après tout, c'est peut-être vous qui avez raison.

De l'enfer vert... l'espoir

Entreprise de nettoyage

– Même qu'au dix-septième vous étiez tellement impressionné que vous avez été obligé de prendre un bain de pieds de moutarde ! » compléta Barrachon, de plus en plus flegmatique et maître de lui, car, tout bien pesé, il comptait qu'il était impossible au misérable de lui échapper. Au moment où Chéri-Bibi le quitterait et ouvrirait sa porte, il se cramponnerait à lui quoi qu'il arrivât et crierait à la sentinelle de garde, dont il entendait le pas dans le corridor, de tirer, dût-il être le premier à succomber. « Et maintenant, pensait-il, va mon bonhomme, je t'écoute. »

« Ah ! Ah ! le bain de pieds de moutarde ! reprit Chéri-Bibi, vous ne l'avez pas oublié ! Et vous avez cru sans doute à une mauvaise plaisanterie ? Eh bien, non ! c'est la vérité ! Pauvre petite bonne ! Pauvre enfant ! C'était après ma dernière évasion, j'étais dénué de toutes ressources et, mélancoliquement, j'errais autour des abattoirs de la Villette, me disant que si je parvenais jamais à me « reclasser » , ce serait dans la boucherie qui était mon état de prédilection, mon vrai métier d'honnête homme. J'avais volé une blouse de louchébem, m'en étais revêtu et je tentais d'entrer en conversation avec les gens du métier qui avaient fini leur journée. Passe un confrère qui avait, à son bras, une petite bonne. Il la traitait si grossièrement que je dus intervenir et le prier de se mieux conduire avec le sexe pour l'honneur de la corporation.

« J'avais dit ça gentiment, sans penser à mal. Il voulut m'administrer une volée. C'est lui qui la reçut, et la petite bonne, qui craignait d'en recevoir une à son tour, me pria de l'accompagner chez elle. Elle s'appelait, me dit-elle, Marguerite Berger et habitait avenue de Saint-Ouen. C'était loin, mais on est galant homme.

« Chez elle, comme elle continuait à avoir peur de son amoureux, elle me demanda gentiment de ne point la quitter avant l'aurore. Je partis tout de suite, estimant en avoir assez fait pour la protection de l'innocence et n'aimant point à m'attarder, par le temps qui courait, dans des endroits dont je n'avais pas eu le loisir d'étudier la géographie.

« Le lendemain matin, on trouvait chez elle Marguerite Berger en dix-sept morceaux. Eh bien ! je n'y étais pour rien, moi ! La veille au soir, je l'avais laissée tout entière ! Son ami, le boucher, l'avait certainement mise dans cet état, après une vilaine scène de jalousie. Naturellement Costaud là-dessus arriva, et, en voyant les morceaux, s'écria : "Ça ! c'est de l'ouvrage à Chéri-Bibi ! "

« Le concierge, qui m'avait vu monter la veille, au bras de la petite bonne, donna mon signalement. L'affaire était dans le sac ! J'apprenais toujours mes assassinats, par les journaux. Cette fois-là encore ça n'a pas manqué et je faillis en avoir un coup de sang ! Et voilà comment j'ai pris un bain de pieds de moutarde ! C'est pas sorcier ! C'est alors, monsieur, que dégoûté de la vie et réfléchissant que décidément il n'y avait plus rien de bon pour moi à faire ici-bas, j'allai me mettre docilement sous le nez de Costaud, qui m'arrêta, et que l'on décora de la Légion d'honneur.

« Pendant ce temps, les anarchistes trouvaient que j'étais un type épatant, découvraient que j'avais barboté le macchabée d'une vieille marquise pour lui chiper sa broquille et nourrir une nombreuse famille qui mourait de faim : des tas de choses à mon honneur, quoi ! Moi, je voulais bien ! Je ne niais même plus, voyant que ça faisait plaisir au gerbier ; je lui demandais s'il n'en voulait pas encore ! Et en veux-tu, en voilà ! Je ne demandais qu'une chose, c'est que ça finisse. Eh bien, voyez encore là ma déveine : on me trouva une responsabilité mitigée ! Les jurés ont la frousse et au lieu de me trancher la cocarde, on me retient une chambre au Pré ! Moi, retourner à Cayenne ! C'est ça qui m'a enragé !

« Cayenne, j'ai juré de ne plus y remettre les pieds, m'entendez-vous, commandant ? Si vous ne m'entendez pas, c'est là qu'il va y avoir du grabuge ! Et ma sœur qu'a fait le voyage pour me catéchiser, ma sœur elle-même n'empêchera rien ! C'est moi qui vous le dis ! J'ai peut-être été un peu long dans mon discours, mais je crois vous avoir démontré que j'étais un brave homme, un brave homme qui n'a pas de chance ! Je suis prêt à devenir un tigre ; mais pas un tigre de la foire, non, une vraie bête à vous dévorer tous !

« Il y a là plus de huit cents hommes qui m'obéiront au doigt et à l'œil ! Vous n'êtes pas moitié. On ne fera de vous qu'une bouchée ! Des armes, nous en avons ! Nous en avons ! Enfin soyez persuadé qu'on n'attend qu'un signe de Chéri-Bibi pour tout chambarder. Ça serait déjà fait, monsieur, si je n'avais aperçu un coin de la cornette de ma sœur. Alors ça m'a donné une bonne pensée. J'ai encore eu une fois pitié de mes semblables, et voilà ce que je viens vous proposer : Monsieur, la société a eu tort de me repousser. Sans moi, elle ne sera jamais complète ! (Ricanement formidable de Chéri-Bibi.) Mais j'ai ma fierté maintenant, c'est moi qui n'en veux plus ! (Il parle sérieusement.) Vous pouvez donc être tranquille. La main sur la conscience, j'vous promets de ne plus retourner embêter mes concitoyens.

« Qu'est-ce que je demande ? Nous ne sommes pas loin de l'Afrique. Un petit coup de barre, et ça y est ! Un canot à la mer, et me voilà débarqué dans un pays tout neuf. On dira une fois de plus que Chéri-Bibi s'est sauvé, et vous ne serez pas déshonoré pour ça. Et moi, monsieur, je pourrai me refaire une existence chez les sauvages… Le programme vous va-t-il ? Qu'est-ce qu'il vous coûtera ? Un peu de viande salée et des biscuits, un tonneau de brandevin – il faut pouvoir se refaire des forces dans la brousse – et une barrique d'eau. Si ça « colle » , dites-le ! Vous n'aurez plus rien à craindre de Chéri-Bibi. Ni vous ni personne !

« Chéri-Bibi parti, tout rentre dans l'ordre ici, car ils ne peuvent rien faire sans moi. Si vous hésitez, prenez garde ! Je ne suis pas méchant, mais je vous ai prouvé tantôt, dans la cambuse, que lorsqu'on m'attaque, je me défends !

Il attendit.

Le commandant ne répondait pas et semblait réfléchir, en dessous. Chéri-Bibi s'impatienta :

« Eh bien, faudrait dire quelque chose ! C'est-y oui ? C'est-y non ?

– Non ! fit le commandant.

– *Fatalitas* ! » fit Chéri-Bibi.

VII

LA RÉVOLTE DES FORÇATS

Les deux hommes étaient debout, séparés par la table. Depuis quelque temps, le commandant n'entendait plus le pas de la sentinelle dans le corridor, et cela l'inquiétait. Comment cette sentinelle avait-elle laissé passer le bandit ? Grâce à quel stratagème celui-ci était-il parvenu jusqu'à lui ? Comment comptait-il s'échapper ? Chéri-Bibi, le revolver tendu vers Barrachon, gagnait insensiblement du côté de la porte. Il allait l'atteindre. Barrachon eut un mouvement brusque de côté, Chéri-Bibi lui mit le revolver entre les deux yeux.

« Ne bougez pas tant que je n'aurai pas ouvert la porte, lui dit-il, ou je vous tue comme un lapin ! »

Alors le commandant eut l'explication de la grande tranquillité de l'homme pendant tout son discours. Chéri-Bibi avait la clef du salon dans sa poche. Le commandant ne bougea plus en effet tant que la porte ne fut pas entrouverte, car, enfermé seul avec le bandit et sans armes, il ne pouvait avoir aucune chance de le maîtriser. Chéri-Bibi jeta un coup d'œil au-dehors. C'est alors que Barrachon prit son parti. Se baissant tout à coup, il se rua sur le forçat, en appelant à l'aide.

Mais Chéri-Bibi l'avait déjà saisi à la gorge et, le tenant sous lui, râlant, il lui disait :

« Je ne te tue pas parce que je ne suis pas pour les crimes inutiles. Mais si tu en échappes, je te jure que c'est moi qui te déposerai sur la côte, et tout nu comme un sauvage, pour te punir de n'avoir pas exaucé la dernière prière de Chéri-Bibi ! »

Hâtivement il sortit et la porte se referma.

Le commandant se releva, se jeta sur cette porte, mais

l'autre avait donné un tour de clef. Barrachon était prisonnier à son bord ! Il appela, hurla, frappa du pied pour être entendu du carré des officiers, qui se trouvait exactement sous son appartement. Et dans l'instant même, le *bayard* se remplit d'un tumulte indescriptible, pendant que des coups de feu partaient de toutes parts.

On accourait aux appels du commandant. Ce fut de Vilène qui ouvrit la porte, ayant trouvé la clef sur la serrure.

« Les bagnes se révoltent ! lui cria le second.

– Chéri-Bibi sort d'ici ! » répliqua le commandant qui écumait.

Ils ne perdirent pas de temps à se donner des explications. Sur leur tête, sous leurs pieds, des coups de feu incessants se faisaient entendre. On semblait se battre partout, sans aucune logique. Les matelots de quart, les surveillants militaires qui étaient de garde couraient, sur les ordres de leurs chefs, prévenir leurs camarades qui se levaient épouvantés. Tout le monde debout et en armes ! Quand on passait près d'une échelle, on entendait le jeune Kerrosgouët hurler ses ordres sur le pont, du côté de l'entrée des bagnes.

Aux échelles conduisant au pont supérieur ils se heurtèrent à une foule qui criait, gesticulait, paraissait affolée. Elle était arrêtée là on ne savait par quel obstacle. Enfin ils finirent par se rendre compte qu'on avait fait disparaître l'escalier. Oui, l'échelle de fer n'était plus à sa place. Elle avait été descellée. Et tout le long du couloir, il en était de même des autres échelles. De sorte que des ponts inférieurs tous se hâtaient et venaient se heurter là pendant que du côté des bagnes la fusillade continuait avec des cris, des hurlements atroces.

Les femmes des surveillants accoururent elles aussi, avec des clameurs d'écorchées. Devant cet incroyable désordre, le commandant reprit tout son sang-froid et ordonna aux hommes d'aller dans la cambuse chercher quelques caisses avec lesquelles on établit un escalier de fortune.

Déjà des matelots et une dizaine de garde-chiourme, montés sur les épaules de leurs camarades, avaient pu se hisser à l'extérieur. Mais on perdait un temps précieux. Que se passait-il exactement là-haut ?

Le commandant bondit sur le pont et rejoignit Kerrosgouët, qui, aidé de quelques matelots, traînait le hotchkiss de 37 millimètres jusqu'à l'écoutille par laquelle on pénétrait dans les bagnes. Heureusement que pour faciliter la surveillance, les ingénieurs qui avaient reçu la mission de transformer cette vieille frégate, comme ils disaient, en transport pour la Guyane, avaient condamné hermétiquement toute autre entrée. Les révoltés allaient se trouver comme embouteillés. L'écoutille était déjà entourée d'un cordon de surveillants militaires qui ne cessaient de tirer à tout hasard dans ce trou obscur, qui, lui aussi, crachait la mort.

La nuit était belle, une magnifique nuit des tropiques, et la lune éclairait suffisamment cette scène de carnage pour que le commandant, en s'approchant, pût distinguer déjà quelques corps étendus sur le pont. Dès la première alerte, l'enseigne avait rassemblé les hommes dont il disposait et avait tenté de pénétrer coûte que coûte dans les bagnes. Vains efforts. Ils avaient dû reculer, et Kerrosgouët avait reçu une blessure au front, dont le sang lui inondait le visage. Il apprit au commandant que là aussi l'échelle n'existait plus. Où les forçats s'étaient-ils procuré des armes ? Le feu était des plus meurtriers. Pas un des trente garde-chiourme qui avaient la surveillance des cages cette nuit-là n'avait reparu.

Les malheureux avaient dû certainement être massacrés et c'était certainement avec leurs fusils et leurs revolvers que les bagnards répondaient si vigoureusement à l'assaut qui leur était donné par l'écoutille.

A ce moment, le second se précipita vers le commandant en lui annonçant une formidable nouvelle. Les hommes qui n'étaient pas de garde et qu'on avait réveillés en hâte et qui s'étaient précipités sur leurs armes, n'avaient plus trouvé leurs fusils aux râteliers. Il fallait donc en conclure que ces fusils étaient passés aux mains des insurgés, grâce à des complicités qu'on ignorait et qui constituaient un danger nouveau d'autant plus redoutable qu'il était inconnu. Du coup, le commandant pâlit.

Les bandits, bien armés maintenant et certainement amplement fournis de munitions, avaient l'avantage considérable du nombre. Ils devaient être résolus à tout, n'ayant rien à perdre et comptant pour peu la vie de galérien qui les attendait. La partie était bien compromise, si on ne parvenait pas à les massacrer tous, à en faire de la bouillie sanglante au fond des bagnes. De ce trou de l'enfer sillonné de coups de feu comme le cratère d'un volcan est sillonné d'éclairs s'élevait déjà, en épais flocons, la fumée de la poudre en même temps que montait le chant de mort des damnés.

Grève

Qui qui f'ra sauter tout l'fourbi ?
C'est Chéri-Bibi ! C'est Chéri-Bibi !

Heureusement pour Barrachon, il disposait de deux hotchkiss, l'un de 37, l'autre de 47 millimètres, avec lesquels il allait pouvoir mitrailler cette tourbe.

C'était une veine qu'au dernier moment il eût demandé à tout hasard à la marine de lui fournir ce supplément de défense. En d'autres circonstances, on lui eût ri au nez. Mais on savait que Chéri-Bibi était à bord, et l'on trouva cette précaution toute naturelle. Les deux petits canons étaient arrivés à la dernière minute et avaient été hissés de nuit à bord du *Bayard*. Le commandant les avait fait mettre provisoirement dans la pavillonnerie, en attendant qu'il leur donnât une place officielle. Puis il les avait oubliés, et cela encore avait été une vraie chance, car si les mystérieux complices avaient su que ces armes redoutables fussent à bord, peut-être seraient-elles entre leurs mains à cette heure.

Après son premier échec, le petit Kerrosgouët, qui les savait là, avait pensé, dans la terrible situation où il se trouvait, à en user. Et les matelots amenaient déjà le second canon auprès du premier ; mais Barrachon, prévoyant, arrêta l'élan des hommes.

Un seul des hotchkiss suffirait à cette écoutille, si l'on devait être vainqueur. Au cas où il se produirait des événements qu'il devait prévoir, comme la ruée des forçats dans les autres parties du bord, sur le pont peut-être, il fallait se réserver l'une de ces armes redoutables. Et il fit hisser le hotchkiss de 47 millimètres au-dessus de la passerelle, sur le toit même de la chambre de veille. De là, il commandait, enfilait toutes les superstructures du bâtiment.

Pendant ce temps, on continuait de se fusiller de part et d'autre à la gueule béante des bagnes. Kerrosgouët et de Vilène faisaient dresser leur hotchkiss sur un haut piédestal de fortune d'où il allait pouvoir plonger dans ce trou infernal. Alors, ce trou dégagé, on pourrait sauter là-dedans et ce serait une tuerie sans pitié. Momentanément tranquille de ce côte, Barrachon redescendit dans les entreponts, fit enfermer chez elles toutes les familles, les enfants, toutes les femmes qui pleuraient et clamaient leur terreur et réclamaient leurs maris.

Accompagné d'un peloton de surveillants militaires, il descendit toujours.

Sa grande crainte était d'être pris à rebours par les bandits. Il ne pouvait oublier que Chéri-Bibi était sorti des entreponts de bagne par le trou du cachot aux fers, par l'ancienne soute aux munitions et par une ouverture qui restait encore à découvrir. Chéri-Bibi avait dû retourner par là et il en eut bientôt la certitude en découvrant deux garde-chiourme qui se tordaient dans les affres de l'agonie. Le chemin du bandit devenait ensuite mystérieux, insoupçonnable. Barrachon se heurtait à des cloisons intactes. Alors il disposa une cinquantaine d'hommes un peu partout autour de l'ancienne soute à munitions de l'avant dans laquelle on ne pouvait plus pénétrer ostensiblement, depuis le travail des ingénieurs, que par les bagnes.

Ses derrières et ses dessous assurés, Barrachon reprit le chemin du pont supérieur.

Le commandant renaissait à l'espoir. La révolte était bien localisée, entourée, cernée. Si l'on ne parvenait pas à pénétrer dans le foyer même de l'insurrection, on finirait bien par l'étouffer. Elle s'éteindrait d'elle-même, faute de munitions et d'aliments surtout. On arriverait à prendre les bandits par la faim et par la soif. Cependant le vacarme grandissait encore. Partout où il passait, si loin allait-il dans les arcanes du bâtiment, celui-ci, autour de lui, grondait du terrible chant des « relingues ». Et les quatre syllabes fatidiques, qui auraient pu être si douces, lui arrivaient, farouches comme une éternelle menace : « Chéri-Bibi ! Chéri-Bibi ! »

Quel était donc le pouvoir du crime sur le crime ? Comme tous ces misérables obéissaient à ce misérable qui se prétendait victime de la Fatalité ! Et lui, comme il les avait entraînés sur ses pas, jusqu'à la mort, car ils allaient mourir ! Quel carnage ! Que de sang ! Des ruisseaux de sang qui allaient couler de ponts en ponts, d'échelles en échelles, de drain en drain jusqu'au grand drain, que le commandant prévoyant ne faisait plus vider, et qui ne rendrait un jour, par les pompes, que du sang !

Coups de feu derrière les cloisons, cris de rage et d'agonie, chants de damnés ! Oui, la révolte avait éclaté au signal de Chéri-Bibi. Mais comment avait-elle pu avoir lieu ? Encore une fois comment les bandits s'étaient-ils procuré des armes ? Comment étaient-ils sortis de leurs cages, avec la garde double qui ne cessait de les surveiller ? Voilà ce que le commandant, le cœur ivre d'une rage héroïque, ne parvenait pas à s'expliquer.

Et voilà ce qui s'était passé. Cette nuit-là, après le dîner « à la ficelle », Petit-Bon-Dieu avait prié le Rouquin de fouiller prudemment dans son « flac ». La stupéfaction des forçats n'avait pas été petite d'y découvrir une demi-douzaine de revolvers tout chargés « qui ne demandaient qu'à partir ».

« Mince de rigolos ! » avait fait d'une voix étouffée le bandit, pendant qu'autour de lui les camarades se poussaient du coude et parvenaient difficilement à cacher leur joie. Enfin c'était donc pour cette nuit ! Depuis quarante-huit heures, ils étouffaient d'attendre cette minute-là. Ils ne voulaient plus y croire. Et puis, il n'était que temps, si on ne voulait pas que Gueule-de-Bois, descendu aux fers, ne fût exécuté le lendemain, pour avoir voulu étrangler un « artoupan » !

C'était donc vrai, cette révolte ! Gueule-de-Bois parti et Chéri-Bibi disparu, ils ne croyaient plus à rien. Seul, Petit-Bon-Dieu, qui avait reçu les confidences de Gueule-de-Bois, avait conservé un petit air mystérieux, qui en avait intrigué et rassuré quelques-uns.

Et voilà que, par un mystère incroyable, ils avaient maintenant des revolvers, des armes qui allaient les faire libres ! Ah ! ça leur redonnerait du cœur au ventre, bien sûr ! Or, c'était l'heure du coucher, et il y eut un grand remue-ménage dans les cages, pendant qu'on déroulait les hamacs et qu'on les accrochait pour la nuit.

Petit-Bon-Dieu en profita pour expliquer aux autres, qui attendaient le mot d'ordre, ce qui allait se passer.

D'abord, rien à faire avant que Chéri-Bibi n'eût fait donner le signal du chambardement général ; et ce signal devait être un strident coup de sifflet, qui viendrait du faux-pont, dans le courant de la nuit, on ne savait pas exactement à quelle heure. Fallait être patient. Petit-Bon-Dieu croyait pouvoir affirmer que, dans trois autres cages, des armes avaient été également apportées. En tout cas, partout on était d'accord pour agir. On marcherait ensemble. C'était juré. Seulement, fallait pas avoir le « trac », car il y aurait du « raisiné ».

Les autres cages devaient attendre, pour partir en guerre, non pas le coup de sifflet, qui n'était qu'un signal pour Petit-Bon-Dieu, mais le coup de revolver de Petit-Bon-Dieu. Or, lui, Petit-Bon-Dieu, ne tirerait que lorsque la cage serait ouverte.

A quoi le Kanak répliqua que l'on n'ouvrait jamais les cages la nuit, sur quoi Petit-Bon-Dieu dévoila tout le plan,

Manifestation

pour donner la confiance. Un poteau lui « donnerait la cale » , c'est-à-dire, en manière de plaisanterie, lui décrocherait son hamac pendant qu'il simulerait le sommeil. Il roulerait alors brutalement sur les planches en poussant des cris, des gémissements. Il ne se relèverait pas, il ferait celui qui a une patte cassée. Et alors il faudrait bien qu'on vienne ! Sitôt la porte ouverte, on assassinerait les « artoupans » avant même qu'ils aient eu le temps de savoir de quoi il retournait. Et les cent cinquante poteaux se précipiteraient dans le couloir.

Il y avait dix gardiens par couloir et par entrepont, on aurait vite fait de les boucler, de leur faire passer le goût du pain. Alors on leur prenait les clefs et on ouvrait les cages, les cachots, c'était simple ! On délivrait Gueule-de-Bois, l'Africain, tous les poteaux. On était une armée. Et Chéri-Bibi, Chéri-Bibi serait là ! Il sortirait d'on ne sait où, comme le bon Dieu ! et il apporterait avec lui les fusils, les munitions, tout ce qu'il fallait pour être heureux ! Tout se préparait depuis le commencement de la traversée, on était sûr de réussir ! Pour ce qui était des surveillants militaires qui accourraient sur le pont, il n'y avait pas à craindre leur invasion. L'échelle de la grande écoutille était descellée. Ça regardait Petit-Bon-Dieu qui courrait supprimer l'escalier. On avait pensé à tout ! On était les maîtres de faire ce que l'on voulait ! Seulement, encore une fois, c'était bien entendu qu'on « buterait les flanchards ». Tout le monde y allait de sa peau, à la vie, à la mort !

Le plan parut magnifique aux uns, hypothétique aux autres, impossible à certains qui n'en firent rien paraître, mais tous étaient d'avis qu'il fallait marcher tant qu'on pourrait : même l'innocent qui en était !

Les forçats ont une façon de communiquer entre eux, de parler, de s'entendre sur les plus petits détails d'un plan d'évasion, et cela sous le nez même des garde-chiourme qui n'y voient que du feu. Les hamacs étaient à peine accrochés dans toutes les cages, et les hommes étendus sur leur couche ballottante, que tout était déjà entendu, réglé. Chacun savait ce qu'il avait à faire. Et cependant le « coucher », ce soir-là, ressembla à tous les autres « couchers », et les mêmes ronflements, les mêmes râles de bêtes endormies s'élevèrent dans les entreponts pendant que les « artoupans » de garde, revolver au poing, fusil à l'épaule, faisaient les cent pas entre les cages.

Dix heures, onze heures, minuit. Rien encore ne s'était passé. Les hommes, impatients, se retournaient dans leurs hamacs, l'oreille tendue au moindre bruit et comptant les coups du quart piqués là-haut sur le pont par le timonier. Ces bandits avaient eu trop d'heures d'insomnie pour ne pas être familiarisés avec la sonnerie du bord. A une heure, cinq heures et neuf heures, le timonier frappait un coup double ; à une heure et demie, cinq heures et demie, neuf heures et demie, deux coups suivis d'un coup moins fort ; à deux heures, six heures et dix heures, deux coups doubles : à deux heures et demie, six heures et demie et dix heures et demie, deux coups doubles et un demi-coup ou quatre gros coups et un petit ; à trois heures, sept heures et onze heures, trois coups doubles ; à la demie, un petit coup en plus. Enfin, à quatre heures, huit heures et douze heures, quatre coups doubles, avec un demi-coup en plus à la demie.

Les huit coups et demi de minuit et demi venaient de sonner quand un coup de sifflet perçant vint réveiller les entreponts. Cela partait de fond de cale et les surveillants se demandèrent ce que cela voulait dire. Ils interrogeaient d'entrepont en entrepont et quelques-uns, pour savoir, s'étaient penchés au-dessus des échelles. Alors, du fond du couloir des cachots, quelqu'un cria que ce devait être Gueule-de-Bois qui avait sifflé, ou l'Africain, car ils étaient enfermés tous deux dans le même cachot, les autres cachots étant pleins ou ne présentant pas assez de sécurité. Comme on n'entendait plus rien, le calme finit par se rétablir chez les garde-chiourme, qui reprirent leur déambulation accoutumée.

Tout à coup il y eut un certain fracas dans l'ancienne cage de Chéri-Bibi. C'était Petit-Bon-Dieu à qui on avait « donné la cale » et qui roulait sur les planches entre ses grilles, en jurant et en se plaignant lamentablement.

Le garde-chiourme qui était le plus rapproché de la cage s'approcha des barreaux et ordonna au bruit de se taire, sous peine de cachot pour le lendemain matin... Petit-Bon-Dieu gémit plus fort.

« J'ai un bâton de cassé, pour sûr ! J'ai un bâton de cassé !

– On te le raccommodera demain, grogna le garde. Tais ta g... ou je te brûle ! F...-nous la paix, S. V. P. !

Et comme s'il avait peur, Petit-Bon-Dieu, qui était resté accroupi dans l'ombre de la cage, se tut. Les autres, dans leurs hamacs et dans les cages adjacentes, se demandaient ce qu'il attendait Bientôt ils furent rassurés, car Petit-Bon-Dieu se reprit à geindre. Il souffrait trop, il voulait aller tout de suite à l'infirmerie. Il avait une patte cassée ! Il déclarait qu'il tuerait celui qui lui avait fait ce sale coup-là. Enfin on n'entendait que lui. Des protestations s'élevèrent de partout. Il n'y avait pas moyen de dormir ! Et les bagnards conseillaient, hargneux, qu'on transportât la « jambe de laine » à l'infirmerie. C'était l'heure de « roupiller » , quoi !

Les « artoupans » réclamèrent encore la paix avec des menaces, mais l'autre :

« Je souffre trop ! Je souffre trop ! Ma pauv'jambe ! J'veux aller à la fourlourde ! Et puis j'ai la tête démolie, j'sais pas ce que j'ai, j'saigne, j'vais crever, pour sûr ! »

Les gardes vinrent à la grille où il s'était traîné et lui mirent une lanterne sur la figure. Elle était en sang. Petit-Bon-Dieu, pour hâter les choses, venait de s'ouvrir le front avec un couteau.

C'est alors que Pascaud, qui faisait sa ronde, s'arrêta et jugea de l'événement.

« Il saigne. Il dit qu'il a une patte cassée. Faudrait voir à conduire cet homme-là à l'infirmerie.

– Oui, oui, qu'on l'emmène » , grincèrent les autres qui paraissaient à bout de patience.

On entendit le bruit des clefs que Pascaud remuait. Il cherchait celle qui ouvrait la cage. Puis un grand silence : le moment décisif approchait. Tout le succès de la révolte dépendait de cette minute-là.

Petit-Bon-Dieu, une main dans la poche de son pantalon, serrait la crosse de son revolver.

Au-dessus des hamacs, les hommes se tenaient prêts à sauter ; mais leur demi-somnolence apparente trompait Pascaud, qui était loin de s'attendre à ce qui allait lui arriver.

Il poussa la porte, suivi d'un garde-chiourme qui, restant sur le seuil, servait la combinaison sans le savoir, en empêchant la porte de se refermer sur-le-champ. Pour plus de précautions, un forçat avait allongé une patte audessus du hamac et se tenait prêt à retenir la grille.

Pascaud se pencha sur Petit-Bon-Dieu :

« Allons ! Quoi qu't'as ? montre-moi ça ! »

Au même instant, Petit-Bon-Dieu se redressait et lui déchargeait son revolver à bout portant. Ce furent aussitôt des hurlements, d'autres coups de revolver, un bondissement des forçats vers les planches, une ruée contre les garde-chiourme.

Pascaud avait basculé, peut-être mort sur le coup. Quant à son compagnon, sur le pas de la porte, il n'avait pas eu le temps de faire un geste : une balle l'avait abattu presque dans le même temps, et il allait piquer de la tête dans le couloir.

Dans les autres cages les forçats, qui étaient armés de revolvers, tiraient sur les garde-chiourme à travers les barreaux et une fusillade générale s'allumait dans les trois couloirs des bagnes.

Épouvantés, ne pouvant comprendre ce qui leur arrivait ni surtout comment les bagnards avaient des revolvers, les gardes tiraient dans les cages en fuyant, en courant comme des fous, s'aplatissant sur les planchers et appelant à l'aide.

Dans la batterie haute, le plan qu'avait dévoilé Petit-Bon-Dieu aux « relingues » était suivi de point en point. Toute la cage de Petit-Bon-Dieu près de la poulaine s'était vidée et les cent cinquante bandits, après avoir jeté bas l'échelle de la grande écoutille, se précipitaient sur leurs gardiens qui succombaient aussitôt sous le nombre.

Une quinzaine de ces malheureux râlaient déjà sur les planches, l'autre moitié avait fini par se réfugier de batterie haute en batterie basse jusque sur le faux-pont, dans le couloir des cachots, et là se défendaient avec l'énergie du désespoir ; mais à ce moment ils furent pris entre deux feux. Et un cri de triomphe épouvantable fut le signal de leur ruine : « Chéri-Bibi ! La Comtesse ! » On ne savait d'où ils arrivaient, mais tous deux bondissaient dans la mêlée comme des démons. La terrible femelle était aussi effrayante à voir que Chéri-Bibi lui-même, à la lueur des falots qui éclairaient sinistrement cet horrible carnage.

Maintenant les quelques survivants demandaient grâce.

Et ce fut Chéri-Bibi qui arrêta le massacre.

« Il nous faut des otages ! Bas les armes ! » commanda-t-il à ceux de la batterie basse.

Et d'une voix qui couvrait tous les autres bruits :

« Qu'on traîne tout ça dans une cage et qu'on les boucle ! »

Chaque cage avait été ouverte avec les clefs trouvées sur les garde-chiourme et sur Pascaud, et les bandits

Tirage au sort

grouillaient dans le couloir à s'écraser. Ils étaient venus là à la curée. Il fallut que la moitié d'entre eux, que Chéri-Bibi poussait, remontassent jusqu'à la batterie haute, où l'on se fusillait avec plus d'acharnement que jamais avec ceux du pont commandés par Kerrosgouët. .

Derrière Chéri-Bibi, Gueule-de-Bois veilla lui-même à ce que tous les corps morts, agonisants, corps de surveillants et de galériens et les derniers garde-chiourme vivants fussent traînés dans la cage aux financiers. En un clin d'œil, ils furent tous entassés là, pêle-mêle, et l'on « boucla la lourde ».

Tout à coup une voix cria : « Des flingots ! » En effet, des fusils passaient au poing des hommes qui couraient à la batterie haute… et puis, de main en main, glissèrent des paquets de cartouches. Et ceux qui n'en avaient pas coururent à la distribution. Elle se faisait dans le fameux cachot de la Comtesse.

Des mains invisibles passaient les armes et les cartouches par le trou qui avait servi à l'évasion de la compagne du Kanak, et les forçats s'en saisissaient avidement. Les garde-chiourme qui avaient reçu la consigne de surveiller cette partie obscure du bâtiment, cette soute où avait eu lieu à l'aveuglette la première bataille contre l'ombre de Chéri-Bibi, s'étaient précipités sur l'échelle dès les premiers coups de feu dans les bagnes et avaient tous été massacrés, avec la plupart de leurs camarades, dans le couloir des cachots.

La distribution se faisait donc là sans danger et sans combat. Quand elle fut terminée, deux mains se tendirent hors du trou et une voix pria qu'on voulût bien les tirer sur le faux-pont. Alors apparut une pauvre petite tête falote aux yeux candides et à la bouche souriante d'enfant qui vient de faire une bonne farce. Cette tête était couverte du bonnet blanc des aide-cuisiniers, et le corps suivit, pauvre corps flageolant du timide la Ficelle. Alors les bandits comprirent bien des choses, du moment qu'ils avaient ce petit chenapan avec eux. Ils poussèrent un hourra pendant que le mitron, s'étant armé d'un fusil, courait à la batterie haute en criant :

« Chéri-Bibi ! Vive Chéri-Bibi ! »

Maintenant la bataille autour de l'écoutille faisait trêve. Ceux du pont avaient cessé le feu et, dans la fumée lourde du combat, on n'apercevait plus les ombres des assiégeants apparaître à la lucarne du diable.

Les bagnards se demandaient ce qu'on leur préparait là-haut. Évidemment, rien de bon.

Chéri-Bibi s'assura que ses bandits, bien armés, maintenant, étaient prêts à le suivre. Il expliqua en quelques mots nets que l'heure était venue de triompher ou de mourir. Ils allaient se précipiter en trombe sur le pont et massacrer les « artoupans » ! Pas de quartier dans le combat ! Rien ne devait leur résister, et, s'ils avaient vraiment du cœur au ventre, le *Bayard* était à eux !

Pendant qu'il leur parlait ainsi, il avait fait glisser l'échelle à son ancienne place. Alors il partit en tête. Il avait derrière lui la Comtesse, qui roulait dans la bataille avec ivresse, Gueule-de-Bois, l'Africain et Petit-Bon-Dieu, et puis tous les autres. La Ficelle arriva au moment où Chéri-Bibi criait : « En avant, la pègre ! »

Le flot immense des têtes, au-dessus desquelles se dressaient les fusils, s'engouffra dans le carré de l'écoutille. L'escalade de l'échelle ne fut que l'affaire d'un instant, mais dans la même minute, un terrible sifflement, une succession extraordinairement précipitée de détonations se faisait entendre et des hurlements de rage et de douleur s'élevèrent parmi les condamnés dont la plupart retombèrent, roulèrent jusqu'en bas sur leurs camarades.

C'était le hotchkiss qui « entrait dans la danse ». Ses petits obus terribles, ses balles, luisantes et éclatantes, petites dragées, entraient dans les chairs, perçaient des rangées de forçats ; puis les tôles des cloisons, les entreponts, semaient la mort partout dans les bagnes.

Ce qui restait du premier groupe de bandits recula, laissant à l'entrée des bagnes un monceau de cadavres. Chéri-Bibi dut revenir avec les autres. Il n'avait pas une blessure, bien qu'il cherchât, de toute évidence, la mort dans cette apothéose sanglante où il croyait prendre la revanche contre la fatalité. La Comtesse s'appuyait à une cloison d'une main, et de l'autre s'essuyait, d'un geste inconscient, le sang qui lui inondait le visage. Un éclat de projectile lui avait labouré le front. La fureur de la défaite et de la mort habitait ses yeux de haine, sa bouche vociférratrice.

« Nous sommes f… ! » gronda Chéri-Bibi, pendant que, derrière lui, son armée, entassée dans l'étroit boyau des bagnes et des échelles, hurlait qu'elle voulait bien mourir, mais « pas là-dedans, sur le pont ! sur le pont ! »

Ceux qui étaient derrière poussaient ceux qui étaient devant jusque dans le champ de tir du hotchkiss qui, heureusement pour les misérables, était assez restreint. Et

Liberté, égalité, fraternité… de la côte

c'étaient de nouveaux cadavres.

Chéri-Bibi avait compté sans le canon.

Ils n'avaient plus qu'à crever dans leur trou si on ne parvenait pas à sortir de là... et pour sortir de là...

Tout à coup, Chéri-Bibi eut une idée.

« Apportez les sacs, cria-t-il, tout vot'fourbi ! et la paillasse des sous-comes ! On va leur fiche le feu ! un de ces brûlots plus rouge qu'un brûlant de forge ! Va bien falloir qui canent et nous, nous passerons ! Tant pis pour ceux qu'ont peur de se griller les pattes ! Qui qu'a du rif ?

– Moi », dit la Ficelle, en tendant un briquet.

On entassa la paille et la toile des sacs devant l'écoutille et bientôt une fumée abondante et âcre, puis une longue langue de flammes, puis une fumée plus lourde faisait reculer les autres, là-haut, sur le pont. Sous peine d'être asphyxiés, le commandant et ses hommes durent s'éloigner de l'écoutille avec leur hotchkiss.

Des jurons, des cris : « Chez les artoupans ! Le feu ! Le feu ! Aux pompes ! Ils nous ont fichu le feu ! Nous brûlons ! Aux pompes ! Aux pompes ! N... de D... »

Alors de ce petit volcan qu'était devenue l'écoutille, de cette gueule fumante d'où sortaient des cris lamentables ou féroces, au sein de cette fumée tourbillonnante, on vit bondir des diables. Les uns avaient des ailes de flamme et se jetaient sur les surveillants pour les embraser à leur tour, les autres, qui s'étaient mis tout nus pour traverser le brasier, faisaient tournoyer au-dessus de leur tête leurs fusils comme des massues... Ainsi travaillait Chéri-Bibi avec sa terrible crosse qui s'abattait sur les crânes et qui faisait déjà autour de lui un large cercle rouge.

« En avant ! En avant ! la chiourme ! hurlait-il de sa bouche écumante... En avant ! *On ne tue pas les morts* ! »

Il avait à ses côtés une Furie. C'était la comtesse qui agitait dans la fumée ses membres teints de sang, tandis que les flots de sa chevelure se jouaient comme des serpents sur ses tempes livides. Elle, elle tuait au couteau ! Puis accourut la Ficelle, qui s'était blessé à la main avec son fusil et qui avait renoncé à combattre pour servir d'éclaireur à Chéri-Bibi et le préserver des mauvais coups. Au milieu du carnage, il disait à Chéri-Bibi : « Prends garde à droite, prends garde à gauche », comme le fils du roi Jean, à Poitiers.

La fumée était tombée après la flambée des matelas et des sacs, et maintenant, de l'écoutille dégagée, sortait, sortait, ne cessait de sortir l'innombrable bande hideuse aux mille têtes... L'enfer a vomi ses damnés. La bataille n'est plus qu'un corps à corps où il est impossible de se reconnaître. Le hotchkiss n'est plus d'aucun secours dans cette mêlée sans nom. Le commandant et de Vilène, couverts de blessures, continuent à lutter pied à pied, soutenant leurs hommes d'un exemple héroïque.

De sa propre main, le commandant a abattu une demi-douzaine de forçats et il voudrait parvenir jusqu'à Chéri-Bibi, mais celui-ci est insaisissable et on pourrait le croire invulnérable.

Écrasé sous le nombre, la moitié des hommes manquant d'armes, Barrachon est obligé de reculer et il ordonne cette retraite hâtivement, dans le moment que le pauvre glorieux petit enseigne de Kerrosgouët tombe mort sur le hotchkiss dont il avait la garde. Il faut sauver le canon, reculer ensuite sous la protection du second hotchkiss et pouvoir mettre ses deux canons en batterie contre la tourbe maîtresse de tout le gaillard d'avant ; voilà le salut !

Tout à coup une terrible mitraille prend à revers les surveillants militaires et les marins. Barrachon et de Vilène se retournent et un même cri de désespoir s'échappe de leur bouche. Là-haut, au-dessus de la chambre de veille, trois démons tout noirs et un petit homme blanc, des soutiers et le mitron la Ficelle, se sont emparés du hotchkiss de 47 millimètres et l'ont retourné contre les hommes du bord, ne craignant pas, dans leur rage de destruction, de faire des victimes même parmi les leurs.

Il n'y a plus qu'à fuir, fuir avec les derniers hommes qui lui restent jusqu'au gaillard d'arrière et là se retrancher avec le dernier canon.

Le commandant ordonne la retraite. Il peut compter sur cent cinquante hommes encore valides et qui sont prêts à vendre chèrement leur vie.

Ivres de leur victoire, ceux-ci noirs de poudre, ceux-là rouges de sang, les bandits de Chéri-Bibi vont se ruer pour achever ce qui reste de l'équipage et des « artoupans », quand une fumée intense sort des écoutilles et que le cri sinistre : « Le feu à bord ! » les fait hésiter.

L'incendie maintenant sépare les deux bandes. Et le soin d'arrêter le fléau, qui va détruire le bâtiment qu'ils ont eu tant de peine à conquérir, prend tout entier les révoltés. Aidés de la Ficelle, qui est au courant du maniement des pompes, les forçats se mettent à l'ouvrage.

Premières galères

En même temps, ce curieux mitron, qui connaît son vaisseau mieux que personne, ordonne que l'on bouche toutes les ouvertures pouvant donner sur le foyer de l'incendie et qu'on recouvre les panneaux de prélarts humides. Les forçats se heurtent comme des insensés au milieu de ce vaste et épouvantable désordre, courant au milieu des morts et des agonisants. Les plaintes et les blasphèmes s'élèvent dans la nuit finissante. Du fond des entreponts, où sont enfermés les femmes et les enfants, montent des cris délirants, comme si tout le monde brûlait vif. Enfin, à l'autre bout du *Bayard*, tout là-bas, sur la plage arrière, il y a encore quelques coups de feu. Et puis, c'est le silence, parce qu'il n'y a plus de poudre. Barrachon et ses hommes ont épuisé leurs munitions. Tous pensent que c'est la fin.

A ces maux inouïs, le massacre et l'incendie, vient s'en ajouter un autre : la tempête. Aux ronflements du feu et aux sifflements de l'eau qui se vaporise sur le foyer intérieur succèdent les hululements du vent, du vent qui, une fois encore, a sauté au nord-ouest et souffle avec furie. Le ciel roule au-dessus de toutes ces têtes sanglantes des nuées accourues du fond blême de l'horizon, avec une sinistre aurore. La mer déjà élève des vagues gigantesques et se joue de ce vaisseau maudit qui ne peut plus manœuvrer parce qu'il n'a plus de chef.

Sans direction, il ne peut ni tenir la cape, ni fuir devant la tourmente pour éviter les paquets de mer terribles qui viennent le frapper par la hanche.

Sortis de l'enfer, les démons retournent à l'enfer. Debout sur la passerelle du commandant, à ce poste où l'ont hissé son orgueil et sa révolte et où il ne peut rien ni pour les autres ni pour lui-même, rien que se réjouir du désastre et y présider, Chéri-Bibi ressemble au mauvais archange et lève encore son front – pour le défier– vers le dieu qui l'a frappé, son dieu à lui, qu'il appelle *Fatalitas* !

Sur le pont, au milieu de tout ce fatras des hommes, de la mer et des cieux, une jeune femme à genoux prie son dieu à elle, qu'elle appelle "Notre Père qui êtes au ciel !" et elle implore sa clémence pour tout le monde, sans distinction : forçats et garde-chiourme, et pour Chéri-Bibi.

VIII

LE FRÈRE ET LA SŒUR

Chéri-Bibi, profitant des loisirs que lui faisaient, depuis vingt-quatre heures, d'abord le beau temps revenu, ensuite l'incendie éteint, enfin l'*ordre définitivement rétabli à bord*, essayait, devant l'armoire à glace du commandant, sa nouvelle tenue. En vérité, l'uniforme lui allait comme un gant et Chéri-Bibi se tournait et se retournait avec des mines d'une candeur qui eût désarmé ses juges.

« Du reste, se disait-il, je ne vois point pourquoi cet uniforme ne m'irait point, du moment que le mien va si bien au commandant. »

Sur ces entrefaites, la Ficelle parut en enseigne de vaisseau. Sa figure de pierrot s'adornait d'une bande de taffetas qui lui coupait la figure de la tempe au menton, attestant une glorieuse cicatrice qu'il n'eût point donnée pour un empire.

« Commandant, annonça-t-il, le second vient de relever le point.

– Ah ! fit Chéri-Bibi, indifférent à toute autre chose qu'à ses galons et à ses boutons d'or, dont il mirait et admirait dans la glace le prestigieux reflet.

– A ce qu'il paraît que nous sommes descendus de quelques degrés de trop dans le sud.

– Possible ! Dis donc, la Ficelle, comment trouves-tu mon uniforme ?

– Merveilleux ! commandant… On dirait qu'il a été fait pour vous !

– C'est tout de même misérable, gémit Chéri-Bibi en se frisant une moustache imaginaire, qu'il y ait eu un ministre de la Marine pour supprimer la grande tenue ! Moi, je l'ai vue, la grande tenue, quand je ramais sur la chaloupe amirale le jour du premier janvier, à Cayenne ! Songe donc : le bicorne !

– Les aiguillettes !

– Le large pantalon à bandes…

– L'habit ! soupira la Ficelle. Ah ! à La Rochelle, aux bals de la préfecture, ils venaient de Lorient en grand tralala ! Pour moi, le ministre était jaloux... et bien sûr, c'était un civil, ce ministre-là !

– Un ministre socialiste ! déclara Chéri-Bibi avec une moue de mépris... Rien à faire avec ces gens-là ! C'est ennemi de la hiérarchie et de la discipline. Or, retiens bien, la Ficelle, que sans discipline, laquelle découle directement de la hiérarchie, laquelle ne peut être respectée que si elle s'orne de signes distinctifs, il n'y a plus rien ! C'est la fin de la société !

– Comme vous parlez bien, commandant ! Faudrait dire tout ça à Petit-Bon-Dieu, qui renâcle quand je lui demande quelque chose, qui ne'veut rien faire de ses dix doigts et qui passe son temps a se soûler comme un cochon ! Il est sous mes ordres, il devrait m'obéir. Il dit qu'il s'en f... Mais ça n'est pas de ma faute à moi s'il n'a pas trouvé d'uniforme de gradé à sa taille !

– Et Boule-de-Gomme, a-t-il trouvé un uniforme qui lui aille, lui ?

– Oui, il a fini par en dénicher un !

– Qu'est-ce qu'il est ? demanda le commandant.

– Eh ben, il est timonier-chef !

– Allons, tant mieux ! répliqua Chéri-Bibi en faisant craquer une magnifique paire de gants blancs, ça tombe bien ! Nous n'avions point de chef timonier, je crois ? »

Là-dessus Gueule-de-Bois montra son nez à la porte. Il avait revêtu une tenue n°1 de lieutenant de vaisseau, qui le gênait aux entournures ; mais il n'en disait rien, de crainte qu'on ne lui trouvât une défroque de quartier-maître, qui n'aurait point suffit à son ambition. Son bras droit était tenu par une écharpe.

« Le Kanak vient de faire le point, annonça-t-il.

– Oui, je sais, répondit Chéri-Bibi, avec une étonnante désinvolture. Voulez-vous une cigarette, capitaine ?

– E*une* cibiche ? C'est pas de r'fus, commandant.

– N... de D... ! j'te f... aux arrêts, si je t'entends encore une fois avoir de ces locutions-là ! C'est compris, Gueule-de-Bois ? Eune « cibiche » ! F...-toi ça dans le « ciboulot » , mon garçon, une fois pour toutes : c'est que tu es mon second lieutenant ! Eh bien, parle comme un honnête homme, ou rends-moi tes galons !

– Compris ! commandant », acquiesça le pauvre Gueule-de-Bois, en baissant la tête avec confusion.

On frappa à la porte, et Petit-Bon-Dieu fit son entrée, rond comme une toupie, rouge comme un coq. Simple matelot, mais une toilette d'ordonnance tout à fait reluisante, veston, pantalon à pied d'éléphant, grand col rabattu, chapeau ciré, son front était bandé d'un linge blanc, dissimulant à peu près les traces de la dernière bataille. Il salua militairement et dit :

« Commandant, j 'vous avertis que le second, qui avait déjà pu calculer un angle horaire dans la matinée, et qui s'était disposé à prendre la hauteur méridienne, vient de faire une observation très exacte.

– Toi, mon vieux, interrompit Chéri-Bibi, tu veux faire le malin, sous prétexte que t'as été à l'école plus longtemps que nous ! Et tu voudrais peut-être bien nous faire croire que tu y connais quelque chose ! T'es pourri de suffisance, Petit-Bon-Dieu ! Mais qu'est-ce que vous voulez tous que ça me fiche, à moi, qu'on ait relevé le point ? Ça m'est bien égal d'être là ou ailleurs, pourvu qu'il fasse beau temps !

– Commandant, protestèrent les autres, faut tout de même bien savoir où qu'on va et ce qu'on va faire ?

– J'vous le dirai quand ça me plaira, vous entendez, vous autres ! Il n'y a que moi qui donne des ordres ici ! Si vous n'êtes pas contents de votre sort, faut le dire ! Le programme de la journée ne vous suffit pas ? Promenade au Jardin des Plantes, bal, grand dîner, bombance ! A demain les affaires sérieuses ! Et avalez vos langues jusqu'au moment où vous verrez le timonier-chef pénétrer dans votre carré et vous dire « Ces messieurs de l'état-major sont attendus au rapport chez le commandant ! "Alors je vous dirai de quoi y retourne ! Compris ? Eh bien, demi-tour, arche !

– Commandant, j'ai encore un petit mot à vous dire de la part de la Comtesse..., fit timidement Petit-Bon-Dieu en se retournant sur le pas de la porte.

– Oh ! la barbe ! Qu'est-ce qu'elle me veut ?

– Un instant d'entretien.

– Pour qui me prend-elle ? s'exclama Chéri-Bibi avec indignation. Tous mes instants appartiennent à la communauté. Je n'ai pas le droit d'en distraire un seul, surtout pour écouter des bavardages de femme !

– Oh ! commandant, celle-ci nous a été bien utile...

– Elle vous aime, commandant ! s'écria Gueule-de-Bois. Il n'y a qu'à voir ses yeux qui vous lancent des flammes... (Mais il s'arrêta net devant le regard de Chéri-Bibi qui le fusillait, lui, Gueule-de-Bois.) Le commandant s'avançait sur son lieutenant comme s'il avait le dessein de l'écraser.

Intérim

– Tais-toi ! gronda-t-il… Sache une chose, pour ta gouverne, c'est que Chéri-Bibi a toujours eu des mœurs, et que ce n'est pas aujourd'hui où tu lui vois des galons de commandant qu'il va commencer à mal tourner ! Le Kanak est mon ami. La femme des amis, c'est sacré ! Enfin, je tiens à ce que l'on respecte les femmes à mon bord. Si tu n'es pas mort, à cette heure, toi, Gueule-de-Bois, tu le dois à sœur Sainte-Marie-des-Anges… Ne l'oublie pas ! Et si tu dis encore un mot qu'est pas convenable, c'est à elle que t'auras à faire, je te le dis !

– Bien, commandant ! fit le lieutenant Gueule-de-Bois, les mains sur la couture du pantalon.

– Comment qu'elle va, la sainte fille ? demandèrent-ils tous.

– Tout à fait mieux, reprit Chéri-Bibi. Le Kanak et moi, on a passé la nuit à côté d'elle. Maintenant elle est sauvée. Ça n'était que de la fièvre. Quant à la balle, ça n'est rien du tout. Elle peut rester où qu'elle est, sur l'omoplate. On la retirera un peu plus tard. Rien aux poumons, c'est l'essentiel. Et maintenant, allez, vous autres, où le devoir vous appelle ! »

Ils sortirent derrière le commandant. De nombreux hommes dans les entreponts lavaient, frottaient, ciraient, astiquaient, essayant, autant que possible, de faire disparaître les traces de l'épouvantable tourmente qui avait secoué le *Bayard*. Ces hommes avaient tous la livrée des forçats et ils étaient numérotés à la manche. Ils étaient surveillés par des garde-chiourme, qui se promenaient au milieu d'eux, revolver au poing. Le sergent de service salua militairement le commandant au passage.

« Rien de nouveau, le Rouquin ?

– Rien de nouveau, commandant.

– Et les artoup… ?

– Commandant, osa interrompre Gueule-de-Bois.

– Ah ! oui, j'oubliais, fit Chéri-Bibi en souriant de son lapsus. Et MM. les ex-surveillants militaires, reprit-il en se penchant sur la besogne des forçats, se font-ils un peu à leur nouvelle position ?

– N'osent pas grogner, commandant… du reste, premier qui rouspète, je lui brûle la boîte au sel !

– C'est le règlement, sergent, approuva Chéri-Bibi. A propos, capitaine, qu'est-ce qu'on a fait de mon règlement ?

– On l'a lu aux hommes et devant les cages, et puis je l'ai fait afficher sur le pont.

– Bono ! complimenta Chéri-Bibi. L'autorité et le règlement, voilà les deux maîtres du bord, dans ma personne. Devant ces deux choses sacrées, vous entendez, vous autres ! tout doit s'incliner à bord, état-major et équipage ! Si nous voulons faire quelque chose de propre, faut une discipline de fer ! Pour tout le monde ! Faut que tout le monde sache bien que nul n'est maître, à mon bord, d'autre chose que de l'air qu'il respire, *et encore quand il l'a dans l'estomac* ! »

Il passa, redressant la taille, suivi de son état-major médusé, devant les surveillants militaires (les forçats d'hier) qui lui présentaient les armes.

Un moment il s'arrêta, regarda le pont, attrapa un quartier-maître qui présidait mollement au nettoyage d'une échelle :

« Il y a encore du sang ici ! abattez-moi ça ! »

Et il pénétra dans l'infirmerie, qui était comble et retentissante de gémissements. Pendant vingt-quatre heures, le Kanak et les infirmiers avaient taillé là-dedans, dans une chair hurlante, scié bras et jambes. L'arrivée de Chéri-Bibi fut saluée de clameurs, les unes enthousiastes, les autres hostiles. Et brusquement, Chéri-Bibi, qui était venu avec des intentions charmantes, un petit discours plein d'encouragement, se sentit pris à la gorge par l'odeur suffocante de l'iodoforme, et il tourna le dos, s'en alla sans vergogne, déclarant que « la guerre était une chose horrible » et qu'il admirait les généraux qui traversaient les champs de bataille, le soir d'une victoire, au milieu des morts et des mourants, le sourire aux lèvres, comme il en avait vu à l'école sur les gravures de son Histoire de France. Quant à lui, ça lui donnait plutôt envie de pleurer.

Il était encore sous le coup de cette émotion quand, s'étant fait annoncer à sœur Sainte-Marie-des-Anges, il poussa la porte de la cabine. Pâle et triste à mourir, étendue sur sa couche où deux infirmières lui prodiguaient leurs soins, la sœur de Chéri-Bibi ne répondit point à son salut. Les yeux tournés au ciel, elle paraissait prier. De fait, son regard évitait le terrible homme. Quand celui-ci eut chassé les garde-malade, elle murmura, toujours sans le fixer :

« C'est vous, monsieur ? Que voulez-vous de moi ? Je ne puis vous être d'aucun secours puisque Dieu vous a abandonné. Je l'avais prié qu'il vous fît vous repentir. Mais vos nouveaux crimes dépassent en horreur tous ceux que vous aviez déjà commis. Mon Dieu ! que de cadavres ! »

fit-elle en se couvrant le visage de ses deux mains comme pour chasser la vision de l'affreux spectacle de révolte et de massacre à la fin duquel, quasi mourante, elle avait assisté.

Chéri-Bibi la contempla quelque temps sans répondre et avec une nouvelle émotion qu'il ne parvenait point à dissimuler. Il finit par prendre une chaise et s'assit au chevet de la malade. Puis il lui saisit la main qui tressaillit et trembla dans la sienne et qui, un instant, voulut se retirer, mais qui finit par rester, docile à la pression formidable du bandit.

« Ma petite. Jacqueline ! souffla la voix rauque... Ma petite Jacqueline ! »

La malheureuse secouait la tête doucement, lamentablement : il n'y avait plus de petite Jacqueline... depuis si longtemps... si longtemps ! Il n'y avait plus de petite Jacqueline depuis que les hommes l'avaient tant fait souffrir !

Depuis qu'il s'en était trouvé un – le père de sa meilleure amie, de sa petite maîtresse, de sa bonne Cécily – pour oser approcher cette pureté qui n'avait encore été effleurée, selon le langage parfois si singulièrement poétique de Chéri-Bibi, que « par l'aile de la prière » ! Il n'y avait plus de petite Jacqueline depuis que son Chéri-Bibi... Ah ! Chéri-Bibi ! Chéri-Bibi... Elle l'avait tant aimé !

Elle le revoyait encore tout petit, partageant ses jeux innocents, dans le jardin embaumé du creux de la falaise, aux jours heureux du printemps de Normandie... un petit garçon très laid, un peu capricieux, un peu fantasque, mais si doux, mais si bon, et qui faisait tout ce qu'elle voulait.

A tour de rôle, ils allaient se chercher à l'école, à Dieppe, et remontaient chez eux comme des enfants bien sages en disant le bonjour à toutes les braves dames du Pollet qui raccommodaient leurs filets sur le pas de leurs portes avec de longues aiguilles de bois. Et puis c'était la côte de Puys, avec, tout le long du chemin, les fleurs et les papillons.

Quelquefois, malgré que ce fût défendu, ils revenaient par le haut de la falaise pour apercevoir les voiles blanches sur la mer et jeter des cailloux de si haut, sur la grève. Et ils couraient, se roulant dans les herbes, ou bien, en mangeant leur « beurrée » , regardaient curieusement remuer les bras du sémaphore... Lui, il était déjà fort et brave, et il se mettait devant elle quand les vaches venaient les regarder de trop près... Comme ils s'aimaient ! Chéri-Bibi ! Chéri-Bibi ! Ses lèvres ne purent retenir les quatre chères syllabes... Elles glissèrent doucement, musicalement, comme autre fois : Chéri-Bibi !

Et Chéri-Bibi éclata en sanglots. Il s'effondra, la tête sur le lit, et pleura dans son bel uniforme de commandant, comme il n'avait jamais pleuré dans sa défroque de forçat.

Elle aussi pleurait ; elle finit par dire, en retirant doucement sa main de l'étreinte désespérée du bandit :

« Vois-tu, Chéri-Bibi, j'en demande bien pardon à Dieu, mais malgré tous tes crimes, je n'ai pas oublié ces jours-là, les heures bénies de notre enfance... Et si j'ai continué à... penser à toi... sans te maudire comme tous les autres, c'est que je ne pouvais oublier que tu avais commis ton premier crime à cause de moi... Ah ! pourquoi as-tu voulu me venger, Chéri-Bibi ? »

En entendant ces paroles, le monstre releva la tête, ses yeux furent secs instantanément. La lueur qui, soudain, le dévorait avait brûlé ses larmes.

Il se releva dans un mouvement farouche, se dressa formidable au-dessus du lit de la pauvre femme, elle s'arracha la peau du visage de ses ongles, pour qu'ils s'apaisassent sur lui-même de leur besoin de déchirer.

« Ah ! toi aussi ! toi aussi ! C'est le Gerbier que tu as cru ! Et moi, tu as toujours pensé que je mentais ! Tu me connaissais bien pourtant ! Tu me voyais tous les jours ! Tu m'embrassais tous les jours ! Tu lisais dans mes yeux comme dans un livre ! Je ne t'avais jamais menti à toi, à toi ! Et tu as été comme les autres, tu m'as cru coupable de ce crime-là ! Je t'ai écrit cinquante fois comment les choses se sont passées ! Je t'ai juré que j'étais innocent ! Et voilà maintenant ce que tu viens de sortir ! Si c'est pour ça que tu es venue de si loin, tu pouvais rester chez toi, sœur Sainte-Marie-des-Anges !

– Je suis venue pour un autre crime ! fit la sœur en posant une main sur sa poitrine, car elle étouffait et la colère de Chéri-Bibi l'avait épouvantée.

– Pour un autre quoi ?

– Pour un autre crime dont je sais que tu es innocent !

– Ah ! bien, il y en a quelques-uns comme ça, rugit Chéri-Bibi. Mais celui-là, vois-tu, je l'ai plus à cœur que tous les autres ! Il me tient là ! C'est lui qu'est la cause de tout ! le point de départ de tout ! Les autres, je les ai oubliés ! Mais celui-là... celui-là qui m'a fait ce que je suis... Ah ! je te jure que je ne l'ai pas commis comme on croit ! Pourquoi que tu ne m'as pas cru ce que je t'ai écrit ? ce que j'ai dit une fois en cour d'assises ? C'est-y la peine d'adorer le bon Dieu. s'il te rend aussi aveugle que les autres ? T'es la première à me condamner !

« La voilà la justice de ton bon Dieu ! Elle n'y voit pas plus clair qu'une autre... Ah ! Jacqueline... j'vas te dire... j'attendais que tu viendrais en cour d'assises... que tu leur crierais "C'qui dit est vrai ! J'vous jure que mon frère est innocent !" Mais tu n'es pas venue et maintenant tu crois encore que c'est moi qui avais manigancé le coup ! »

Sœur Sainte-Marie dit d'une voix sourde :

« Oui, j'ai cru que tu avais dit cela, Chéri-Bibi ! Mais de cela, je te répète que je ne pouvais pas t'en vouloir ! J'ai pris devant le bon Dieu toute la charge de ce crime-là, car tu m'aimais assez pour le commettre pour moi, Chéri-Bibi !

– Peut-être bien ! Et ce serait p't-être bien arrivé ! Mais si c'était arrivé, t'entends bien Jacqueline... si c'était arrivé... eh bien, je m'en serais pas caché ! Je te l'aurais dit ! Je l'aurais dit à tout le monde ! Je m'en serais vanté dans le pays ! Voilà ce que t'as pas compris, Jacqueline ! Voilà ce qu'il fallait comprendre ! Et si tu l'avais entendu comme ça... eh bien ! je n'en serais pas à chercher encore aujourd'hui l'homme au chapeau gris, celui qu'est cause de tous mes malheurs ! Tu t'en serais mêlée... Tu restais dans le pays ! T'aurais écouté, regardé ! T'aurais peut-être trouvé... T'aurais refait l'honneur de ton frère avant qu'il « soye » devenu ce qu'il est ! Maintenant, il est trop tard ! y a « pus » rien à faire de ce côté-là ! J'suis la terreur du monde à ce qu'il paraît ! Tous les crimes qui se commettent sur la terre, c'est de l'ouvrage à Chéri-Bibi ! Eh bien ! faudra bien qu'un jour ce « soye » vrai ! car me voilà à la tête d'une fameuse bande ! Et puisqu'ils l'ont voulu, va bien falloir que je m'en serve !

« J'suis maudit, Jacqueline ! T'as plus besoin de prier pour moi ! Eh bien ! encore là... si je te disais que rien de tout cela ne serait arrivé sans l'entêtement du commandant qu'est cause de tout ! On peut dire qu'il est obstiné, cet homme-là... Je lui offrais une façon de s'en tirer qu'était pas banale. Sais-tu ce que je lui avais demandé ? Qu'il me dépose bien tranquillement sur une plage abandonnée, dans le désert, quoi ! loin de tous les hommes... loin de la société qui me dégoûte... Et peut-être bien que là je serais devenu un saint ! Ma parole, quand j'y réfléchis, je crois bien que j'en aurais été capable ! Il n'a rien voulu savoir ! Il a voulu la guerre ! Je lui ai dit : "A la guerre comme à la guerre !" Alors on s'est battu, voilà !

– Non, vous ne vous êtes pas battus, misérables que vous êtes ! maudits de Dieu ! gronda la pauvre voix de sœur Sainte-Marie dont les yeux avaient retrouvé leur regard d'horreur pour la vision du massacre. Vous avez assassiné !

– Qu'est-ce que tu dis ? Qu'est-ce que tu dis ? Ah çà ! ma sœur, est-ce que tu perds la tête ? Eh ben, alors, qu'est-ce qu'ils faisaient, eux, quand ils nous tiraient dessus ?

– Ils faisaient leur devoir.

– Et moi, je te dis que tu ne comprends rien à rien ! que tu es une pauvre fille *qui ne sait pas distinguer dans les morts qu'on fait* ! (Il passait devant une glace et se vit en uniforme.) Il y a eu bien d'autres morts que ça, dit-il, à la bataille de Trafalgar ! »

Sincèrement il trouvait sa sœur tout à fait injuste de confondre sa bataille navale, comme il disait, avec les petits incidents criminels de son extraordinaire vie.

Comme elle ne répondait pas à sa fulgurante réplique, il se retourna et s'aperçut que la tête de la sainte fille était retombée sur l'oreiller. Cette fois, elle était si pâle qu'il eut tout à fait peur et qu'il pensa à faire appeler le Kanak qui avait remplacé à l'infirmerie le chef du service médical mort au champ d'honneur. Mais elle rouvrit les yeux et lui dit dans un souffle :

– Chéri-Bibi, j'espère que Dieu va me faire la grâce de m'appeler près de lui. Je prierai pour toi là-haut, mais avant de mourir il faut que tu me jures une chose, c'est que vous respecterez la vie de ceux qui restent et que vous ne toucherez pas à un cheveu des femmes et des enfants qui sont à bord.

– Ça, ma sœur, fit Chéri Bibi, en lui donnant à boire presque de force quelques gouttes d'une potion qui la ranima, je peux te promettre qu'on les débarquera sans dommage sur la première côte que nous rencontrerons et quand nous pourrons le faire sans danger. Les femmes et les enfants sont enfermés chez eux. Je veillerai à ce qu'ils ne manquent de rien. Je les fais garder, et il n'y a rien à craindre de ce côté.

Mais il avait beau dire, sœur Sainte-Marie paraissait inquiète.

« Les malheureuses ! gémit-elle. Je crains tout pour

Le frère de la sœur

elles avec de pareils brigands !

– Je te dis de te tranquilliser de ce côté-là, répéta Chéri-Bibi d'un air entendu. Les brigands ont ce qu'il leur faut.

– Comment cela ? Tu me fais peur.

– Mais est-ce qu'il n'y avait pas, dans les cages, des brigandes ?

– Oh ! soupira en rougissant la sainte fille.

– Il n'y a pas de oh ! Les uns et les autres étaient faits pour s'entendre. Et puis ne crois pas que mes bandits n'aient pas de cœur. Il y en a même qui sont poétiques. On s'envoyait des billets doux avant, et le malheur était que tout ce monde-là était séparé. Eh bien, les voilà réunis. Ils sont satisfaits, ils ne demandent pas à faire de mal, et je les ai dans mes mains, doux comme des agneaux. Tiens, pour te citer un exemple : hier, au moment où l'on nettoyait le bateau de tous ses cadavres, où l'on jetait les corps à la mer, il y en a eu deux, de l'ancienne cage aux financiers, qui profitaient de ce que nous disions un *De profundis*, pour se battre comme des faillis chiens dans l'entrepont, à cause d'une relingue plus laide, ma foi, que les sept péchés capitaux. Je leur ai cassé la tête à tous les deux avec mon revolver.

« Ah ! mais ! je veux de la morale à mon bord ! Les hommes ont compris, et je te prie de croire qu'ils seront polis maintenant avec les dames. Ça, du reste, je l'ai promis au commandant, qui avait peur que l'on se conduise mal avec le beau sexe. Pardon, ma sœur, de te parler de ces choses-là, mais c'est toi qui l'as voulu.

– Où est-il, le commandant ?

– Il a tenu à rejoindre dans les cages son équipage et les surveillants militaires qui s'y trouvaient déjà enfermés. Je leur ai promis la vie sauve à tous, en échange du concours qu'ils ont dû nous prêter à seule fin de sortir convenablement de la tempête.

– Et comment manœuvrez-vous, maintenant ?

– Par nos propres moyens, expliqua Chéri-Bibi, et aussi avec ceux de l'ancien bord. Nous avons gardé deux timoniers et le chef mécanicien et tous les hommes nécessaires à la manœuvre, qui continuent à nous servir sous peine de mort et sous les indications techniques du Kanak, le médecin qui te soigne avec tant de dévouement et qui a fait un peu tous les métiers avant de se retrouver parmi nous. C'est un homme qui a été au *Borda*, puis qui a fait sa médecine, qui a été médecin de marine et qui a fait quelquefois le tour du monde. Un débrouillard qui nous est bien utile, ma foi.

– Utile à quoi ? Vous êtes des criminels et des fous ! Le jour n'est pas loin où vous serez fatalement poursuivis et châtiés ! Avez-vous réfléchi qu'une pareille aventure ne pouvait vous mener absolument à rien.

– Ma sœur, on nous croira morts, péris dans la tempête. Nous nous arrangerons pour ça ! Et puis après, nous courrons la fortune, comme tant d'autres sur la terre ! Mais auparavant, je te promets que tout ce qui reste de l'ancien équipage sera déposé en lieu sûr. Au surplus, j'espère bien que tu vas bientôt te rétablir. Et toi aussi, ma pauvre Jacqueline, je te ferai sortir de cet enfer.

– Dont tu es le Satan, Chéri-Bibi ! Ah ! fasse le Seigneur que tu réfléchisses encore avant d'ajouter de nouveaux crimes aux anciens ! Tu parlais du désert, tout à l'heure ! Tu souhaitais de te faire ermite ! Si tu le veux, Chéri-Bibi, je te suivrai !

– Trop tard ! Je n'abandonnerai pas mes camarades ! Après les avoir mis dans un pétrin pareil, ce serait de la lâcheté, foi de Chéri-Bibi !

– Tes camarades !

– Au fait, dit Chéri-Bibi, ce sont de fâcheux coquins ! Mais ça n'est pas moi qui me suis donné cette société-là... Ce sont les juges qui m'ont d'abord condamné à tort. C'est la société qui m'a encagé comme une bête. C'est la Fatalité, à laquelle je sais bien qu'on ne résiste pas.

– Moi aussi, Chéri-Bibi, j'ai été malheureuse. Moi aussi, j'ai été poursuivie par la Fatalité. Mais je me suis réfugiée dans le sein de Dieu et non dans le crime.

– Toi, ce n'est pas la même chose ! expliqua, péremptoire, Chéri-Bibi. Toi, tu es une fille, et moi, je suis un garçon... Il y a des choses qu'un garçon ne doit pas admettre, s'il a du sang dans les veines. Un garçon, ça se rebiffe... surtout un garçon boucher ! Vois-tu, Jacqueline, on avait été trop injuste avec moi. Ça devait faire du vilain. Mais, dis-moi un peu, qu'est-ce que tu racontais tout à l'heure ? Tu me parlais d'un autre crime...

Sœur Sainte-Marie-des-Anges leva encore les yeux au ciel.

– Une goutte de sang, dit-elle, une pauvre goutte de sang qui n'a pas été versée par toi dans cet océan rouge sur lequel tu navigues.

– Parle toujours ! Ça n'arrive pas si souvent qu'on me dise : "Ce crime-là, c'est pas toi qui l'as commis. " De quel crime qu'il s'agit donc ?

– De l'assassinat du marquis du Touchais, du beau-père de Cécily !

– Cécily ! Oh ! parle-moi d'elle ! Parle-moi de celle-là ! Puisque mes pauvres parents sont morts, le reste ne m'intéresse plus là-bas ! Mais elle ! elle ! Tiens ! tout à l'heure, quand tu me rappelais nos promenades sur la falaise, je pensais à elle... Je la voyais encore venir quelquefois avec sa mère, au milieu des blés. Elle se faisait des couronnes d'épis et de coquelicots ! Et puis après, quand je lui apportais la viande, elle pesait les morceaux, elle voulait toujours des os de veau pour le jus... Et elle demandait tout ça d'une voix si douce... Elle nous aimait bien ! Est-ce qu'elle croit toujours que j'ai fait exprès d'assassiner son père, elle ?

– Oui, Chéri-Bibi, elle le croit toujours.

– Oh ! Et le père de son mari aussi, elle croit toujours que je l'ai assassiné ?

– Oui, Chéri-Bibi, toujours ! »

Le monstre innocent se serra les poings et se fit craquer les os.

« Oh ! c'est cela, vois-tu, qu'est plus terrible que tout ! que tout ! Car, Cécily, je puis bien te le dire et tu l'as peut-être deviné, ma sœur... Cécily, je l'aimais ! Je l'aimais d'amour ! Ah ! bien sûr ! C'était de si loin que ça ne pouvait pas lui faire de mal ! Eh bien ! que la destinée m'ait fait une mauvaise réputation auprès d'elle, je ne le pardonnerai jamais à ton bon Dieu ! Tu entends, Jacqueline ! Tu lui diras ça de ma part, à ton bon Dieu !

– Dieu sait que tu es innocent du crime du marquis du Touchais.

– Dieu, c'est pas assez ! Dieu et « pis » qui encore ? Parle, Jacqueline !

– Et puis moi...

– Ah ! et « pis » qui encore ?

– Et puis une personne que tu connais bien, Chéri-Bibi.

– Comment qu'elle s'appelle ? Ah ! il faut me le dire ! Il faut tout me dire ! Tu penses bien que ça n'est pas des enfantillages... Je ne te demande pas ça en l'air comme une date de l'histoire de France ! Je veux que tu me le dises ! Pour réclamer justice... tu voudrais rire ? Est-ce qu'il y a une justice pour Chéri-Bibi ? Non ! Pour me faire justice ! Car la personne qui sait ça que je suis innocent sait certainement aussi qui est le coupable... Elle connaît l'homme au chapeau gris... Elle pourrait peut-être me dire son nom. Ah ! prie ton Dieu, prie ton bon Dieu, sœur Marie-des-Anges, car si c'est vrai que je puisse mettre la main sur celui-là ! Après je ne demande plus rien, et j'entre à la Trappe !

– Chéri-Bibi, je ne t'ai pas dit ça pour que tu te venges ! Du reste, je ne pourrais servir ta vengeance, car j'ignore qui est le coupable.

– Oui, mais il y en a d'autres qui le connaissent... Allons, ma petite sœur, ma petite Jacqueline, allons ! raconte-moi comment que ça s'est passé... raconte-moi ce que je dois savoir ! Tu dis que tu vas mourir, je te dis que ça n'est pas vrai, mais si tu le crois, tu ne voudrais tout de même pas emporter un pareil secret dans la tombe ! Je t'écoute.

– Chéri-Bibi, ça n'est pas moi qui dois parler, c'est une autre ! Une autre qui dira tout à son heure.

– Mais si elle meurt, celle-là, alors qu'est-ce qui arrivera ?

– Elle s'est arrangée pour que tout se sache quand l'heure sonnera !

– Quand l'heure sonnera ! Me voilà bien avancé, moi ! Enfin, voyons s'il n'y aurait pas moyen d'avancer un peu c't'heure-là. Dis-moi ce que tu sais. »

Il lui parlait, pour mieux la prendre, avec l'accent gamin et un peu chantant et avec les tournures de phrases frustes qu'on avait là-bas, au pays, dans les environs du Pollet.

Sœur Sainte-Marie-des-Anges se passa la main sur le front, puis elle parut un instant se recueillir, et elle dit :

« Oui, il faut que tu saches au moins qui est-ce qui possède le secret.

Écoute donc, Chéri-Bibi : c'était quelques jours avant la Noël. Je faisais dans le pays une tournée de charité pour les petits enfants pauvres de la crèche. J'étais allée frapper à la porte de la marquise du Touchais.

– Cécily ?

– Oui, Cécily. Elle continuait toujours à être bonne avec moi, souvent me confiait ses peines et ne manquait jamais une occasion de soulager une misère que je lui signalais, quand elle le pouvait.

– Comment ! quand elle pouvait ? Elle ne le pouvait donc pas toujours ? Je les croyais riches à millions, ces gens-là !

– Ils le sont de plus en plus, Chéri-Bibi. Le vieux père Bourrelier...

– Celui que j'ai assassiné » , ricana sinistrement Chéri-

La belle et la bête

Bibi.

Sœur Sainte-Marie-des-Anges fit celle qui n'avait pas entendu et reprit :

« Le vieux père Bourrelier avait bien placé son argent. On a appris, après sa mort, qu'il avait acheté presque pour rien de grands terrains à Rouen, dans le vieux quartier Saint-Julien, et une quantité incroyable de vieilles masures qui, alors, ne rapportaient pas grand-chose, et depuis, la municipalité a transformé tout ce quartier-là, qui est devenu l'un des plus beaux de Rouen. Tout ça était aux Bourrelier, tout ça est maintenant aux Touchais. On dit qu'ils ont gagné plus de vingt millions rien que dans cette affaire-là !

– Vingt millions ! soupira Chéri-Bibi, en levant les yeux au ciel comme s'il apercevait le bon Dieu.

– Oh ! ils sont riches, maintenant, les Touchais. La mère Bourrelier est morte ; c'est encore quelque chose qui est tombé dans leur caisse.

– Pas tout ! fit Chéri-Bibi. Cécily Bourrelier avait un frère.

– Robert ! Elle l'a toujours, mais je ne crois pas que c'est pour longtemps ; le mari de Cécily, Maxime du Touchais, y veille.

– Comment cela ?

– Oh ! c'est bien simple ! Les deux jeunes gens ne se quittaient guère avant que Maxime fut marié. Et maintenant ça continue. Ils font la fête ensemble, tu comprends ? L'autre le tue peu à peu avec l'alcool... et avec autre chose... Il s'arrange pour que son beau-frère ne manque jamais de vilaines femmes qui sont dans son jeu à lui... Tous les ans, c'est un grand scandale, à Dieppe... Ils font des fêtes dont on parle dans tout le département... surtout l'été, pendant la saison, au moment des courses. Robert Bourrelier n'est plus que l'ombre de lui-même. Quand il mourra, sa fortune ira, comme le reste, au marquis.

– Tu parles toujours de la caisse du marquis du Touchais, fit remarquer Chéri-Bibi, qui prêtait aux propos de sa sœur une attention passionnée, mais c'est aussi un peu, j'imagine, le bien de Cécily... et avec une fortune qui dépasse peut-être trente millions, on peut faire tout de même quelque chose pour les pauvres et acheter des arbres de Noël pour les crèches ! ajouta-t-il, péremptoire.

– Justement, mon frère, c'est ce qui vous trompe.

– Oh ! tu peux me tutoyer, tu sais...

– Chéri-Bibi ! Oui, eh bien... voilà ce que je ne t'ai pas encore dit : M. du Touchais tient serrés les cordons de la bourse, dans la maison de sa femme. Elle ne dispose de rien. C'est lui qui a tout. Il faut souvent qu'elle le supplie comme une pauvresse pour avoir de l'argent !

– C'est trop fort ! Elle n'aurait pourtant qu'un mot à dire ! Tout lui appartient !

– Sans doute, mais elle est obligée de passer par toutes les volontés de l'autre, à cause de son fils, le petit Bernard, que son père menace toujours d'envoyer dans des pensions de Paris pour l'élever à sa manière. Tu penses que la seule consolation de la malheureuse femme est ce fils qu'elle adore, qu'elle élève elle-même, qu'elle éduque elle-même. Elle préférerait mourir plutôt que de s'en séparer, et l'idée qu'on peut le lui enlever pour le mettre dans un lointain collège lui fait tout céder. Du reste, elle ne résiste jamais aux tyranniques volontés de son mari et tout lui est indifférent, en dehors de Bernard. Elle sait qu'une partie de la fortune, quoi que le père fasse, reviendra toujours à l'enfant. Alors M. du Touchais peut bien faire ce qu'il veut. Du reste, il ne se gêne pas, je te l'ai dit. Il y a bien d'autres choses que je pourrais te raconter sur ce chapitre, des choses d'une cruauté inouïe pour cette pauvre Cécily, mais il ne m'appartient pas d'entrer dans toutes ces horreurs...

– Ah ! non ! ah ! non ! je t'en prie, Jacqueline, ma petite Jacqueline, dis-moi tout... tout ce qui peut me faire haïr, détester davantage ce monstre qui m'a pris Cécily ! »

Ceci fut dit avec un tel accent tout à la fois de supplication, de rage, et ces paroles étaient si extraordinaires dans la bouche du bandit que la sœur s'arrêta, effrayée...

« Quand je dis "qui m'a pris Cécily", soupira Chéri-Bibi, je me comprends, et je suis, bien sûr, tout seul à me comprendre, puisqu'elle n'était pas à moi ! Mais enfin il lui a pris son bonheur ! Eh bien, c'est comme si on m'avait pris le mien, si j'en avais eu un ! T'es renseignée, maintenant ? Continue donc, ma petite Jacqueline... Qu'est-ce qu'il lui faisait encore, le bandit ?

– Des choses comme celles que je viens de te dire... et tu saisiras tout... La jeune marquise du Touchais vivait, au commencement du mariage, au château du Touchais que tu as bien connu, sur la falaise. Elle était installée là avec la vieille marquise, la mère de Maxime. Quant à sa mère à elle, tu as dû savoir qu'elle était morte presque aussitôt après l'assassinat du père Bourrelier.

– Oui, oui, passe là-dessus, fit Chéri-Bibi.

– Tu te rappelles quelle demeure de prince était le château du Touchais, continua sœur Sainte-Marie, et comment Maxime se prélassait là-dedans ! Eh bien, un jour, il l'a fait quitter à sa femme, il l'a fait quitter à sa mère, et tu ne sais pas pourquoi ? Pour y installer, sous le nez des deux malheureuses... une... une femme... sa... parfaitement... tu as deviné ! »

Chéri-Bibi, outré, sursauta :

« Ça, c'est affreux, sais-tu, Jacqueline ! J'ai fait bien des choses dans ma vie, exprima-t-il avec une noble conviction, mais je n'aurais jamais voulu faire de peine à ma mère et donner de la honte à ma femme ! Et où sont-elles allées habiter, les deux pauvres ?

– Elles n'ont pas voulu quitter le pays où elles étaient nées toutes les deux. Cécily est retournée à la villa Bourrelier et la marquise douairière a loué près de là un petit cottage...

– J'vois ça d'ici, c'qu'on a dû clabauder dans le pays !

– Tu ne peux pas t'imaginer ce que le marquis en a fait voir à Cécily ! Il n'y avait pas de jour où l'autre femme n'arrivât à lui causer quelque avanie... Tu comprends, Le Puys, ce n'est pas grand... on est quasi les uns sur les autres... La vilaine femme n'avait qu'à se retourner pour écraser la marquise de son luxe, pour l'éclabousser de ses équipages... de ses autos... Enfin, comme on dit chez nous, il n'y en avait que pour elle... Dans tout le pays, à la ronde, bien qu'elle ne soit pas de chez nous, on appelle cette femme-là la « Belle Dieppoise ». C'est un nom que les Parisiens qui viennent l'été lui ont donné, parce que c'est ainsi qu'avait été baptisé le yacht du marquis du Touchais : la *Belle-Dieppoise*.

– Mais, son vrai nom, à cette femme-là ? C'était sans doute une pas grand-chose, gémit Chéri-Bibi en faisant la lippe, une femme qu'a traîné à Paris, quelque fille de théâtre !

– Non ! non ! C'est une femme du monde, du vrai monde de Paris, une Polonaise, et qui a un nom, un vrai nom, et qui vit là, l'été, dans le château avec son mari, le baron de Proskof, il s'appelle.

– Eh bien, et le mari, lui, qu'est-ce qu'il dit ?

– Il ne dit rien et on prétend qu'il n'a rien à dire... A ce qu'il paraît que le marquis du Touchais lui a acheté sa femme, qui est, du reste, très belle, un million !

– Eh bien ! c'est du monde propre » , déclara Chéri-Bibi, avec dégoût.

Et il cracha par terre en s'excusant, mais c'était plus fort que lui. Et il avait des larmes aux yeux à cause de Cécily.

« Ah ! je la vois d'ici, la malheureuse... Ce qu'elle doit souffrir avec tous ces oiseaux-là... elle, si délicate, si sensitive... C'est à faire pitié... T'as beau dire, il n'y en a que pour la crapule ! Ton bon Dieu n'est pas juste... Laisser une petite femme honnête écrasée par des créatures pareilles ! Ah ! si j'étais le bon Dieu, quel coup de tonnerre ! Alors tu disais donc que c'te pauvre Cécily...

– Eh bien ! oui... tout ça m'a entraînée bien loin, mais tu comprends maintenant que Cécily ne fait pas ce qu'elle veut et combien elle est malheureuse... A Dieppe, tout le monde la plaint... elle est si bonne... Donc, je te disais qu'un soir avant Noël, je frappe à sa porte. C'était l'hiver dernier ; j'étais donc allée à leur maison de la ville, mais là on m'apprend qu'elle s'était « rendue » avec son fils et la vieille marquise et la vieille Reine, la dame de compagnie de la marquise douairière, à Puys, dans la villa Bourrelier, pour y passer tranquillement les fêtes. Il fallait que je la voie tout de suite, il me manquait de quoi acheter un arbre pour mes petits. Malgré la neige et le mauvais temps, je n'hésite pas à grimper la côte et me voilà sonnant à la porte de la villa Bourrelier. Jamais je ne vais là, où nous avons vécu si heureux avec nos bons parents, mon pauvre Chéri-Bibi, sans qu'une émotion que tu comprends bien...

– Tu penses !

– Je sonnais... je sonnais... On demande au loin qui est là, car, bien entendu, la maison du concierge était vide, et j'entends une voix que je ne connaissais pas... Je réponds que c'est moi : sœur Sainte-Marie-des-Anges. Une lanterne, une ombre, on ouvre la porte. Qu'est-ce qui m'ouvre ? C'est la vieille Reine, à laquelle, moi, je n'ai jamais eu l'occasion de parler, car, cette vieille-là, elle était bonne avec sa maîtresse, mais rébarbative comme tout avec les autres... Elle ne s'attardait jamais chez personne. Derrière la marquise douairière, elle passait comme un mystère. Ce soir-là, elle me reçut bien gentiment, du reste, mais il me sembla, quand elle me prit la main pour me guider dans le jardin, que ses doigts tremblaient. Je la remerciai, lui disant que je connaissais parfaitement la maison, que je l'avais habitée quand j 'étais petite... Là-dessus, elle toussa drôlement et tout de suite parla d'autre chose. J'avais déjà comme une vague intuition qu'il venait de se passer là une petite affaire pas naturelle du tout. En fin de compte, c'était peut-être aussi sa manière d'être, à cette vieille dame, de trembler comme ça. Elle m'annonça au salon, où se trouvaient les deux marquises et l'enfant de Cécily.

– Quel âge a-t-il, demanda Chéri-Bibi, en murmurant, l'enfant de Cécily ?

– Le petit Bernard doit avoir maintenant dans les six ans, répondit la religieuse, à laquelle n'échappait pas l'émotion qui s'emparait de son bandit de frère chaque fois qu'elle prononçait le nom de Cécily. Ce petit m'aime beaucoup car, chaque fois que je l'ai pu, je l'ai un peu gâté, Dieu me pardonne !

– Il ressemble à sa mère, au moins ? questionna, farouche, Chéri-Bibi.

– Non, il ne ressemble pas à sa mère, il est plutôt brun et sa mère est blonde.

– Ah ! malheur ! il ressemble à son père ! gronda Chéri-Bibi en fermant les poings.

– Eh bien ! non, il ne ressemble pas à son père non plus et il n'a ni ses manières lourdes et brutales, ni rien qui le rappelle de près ou de loin ! »

Chéri-Bibi soupira encore :

« Allons, tant mieux ! ça aurait été dommage ! C'est sa couleur de cheveux qui te fait dire qu'il ne ressemble pas à sa mère, mais la ressemblance viendra plus tard, tu verras... du moins je le lui souhaite au pauvre petit... Après ? Je t'écoute !

– Eh bien, la vieille Reine s'était assise avec nous, au salon, mais tout en faisant de la tapisserie, ne disait pas un mot. Cependant, je sentais bien qu'elle me regardait tout le temps. Qu'est-ce qu'elle avait à me regarder comme ça ? Nous avions parlé de mes pauvres, de la Noël, de la fête que l'on préparait à l'hôpital et, naturellement, ces dames m'avaient promis leur concours et déjà m'avaient glissé un peu d'argent. Je voulais prendre congé, mais elles ne consentirent point à me laisser partir à cause du mauvais temps et de la neige qui s'était mise à tomber à gros flocons. Le vent aussi s'était élevé. Tu vois cette bataille sur la falaise. Je compris qu'il fallait être raisonnable et je restai à dîner avec ces dames, espérant qu'après le dîner je pourrais redescendre à Dieppe. Mais il n'en fut rien. C'était une véritable tempête. En cette saison, il n'y avait pas une voiture à la villa. Elles me gardèrent pour la nuit, après avoir envoyé leur domestique, Jacquart, que tu as connu, prévenir à l'hôpital qu'il ne fallait pas m'attendre. Après dîner, on retourna au salon et la marquise douairière, voulant me faire plaisir, évoqua le temps où, toute petite, j'habitais la villa avec nos parents. On parlait de moi, mais on évitait de parler de toi.

– Bien entendu ! acquiesça Chéri-Bibi, le front sombre... Va toujours !

– Cependant, un moment, la douairière se laissa aller au souvenir d'une partie de pêche, sur la plage, où, tout gamin, tu avais sauvé un enfant de baigneur qui se noyait, tu te rappelles ?

– Non ! j'ai oublié mes bonnes actions... ça me gênerait, grogna Chéri-Bibi, de plus en plus sombre.

–... La douairière se laissa aller à prononcer ton nom... Alors personne ne parla plus... Nous restâmes là... toutes les quatre, sans plus dire un mot...

– Oui, oui, j'avais produit mon petit effet... Entre nous, elle est gaffeuse, la douairière... Après ?

– Moi, j'étouffais... et je n'avais rien à dire... et je ne pouvais rien dire... Les deux autres...

– Oui, les deux autres pensaient, l'une que j'avais assassiné son mari, l'autre son père... charmante soirée... Et toi, Jacqueline, de ton côté, tu avais le droit de penser que le père de Cécily était le dernier des misérables... Difficile à soutenir la conversation dans ces conditions-là... Et puis vous vous sentiez toutes les trois victimes de ces monstres d'hommes ! Va !

– J'étouffais, et je me mis à pleurer... mais sans pouvoir me retenir, comme une folle... à gros sanglots... Alors elles se levèrent ; les deux marquises, qui pleuraient aussi, m'embrassèrent tendrement, et le petit Bernard, qui ne comprenait rien à ce qui se passait, vint m'embrasser lui aussi.

– Qu'est-ce que faisait la vieille Reine pendant ce temps-là ? demanda rudement Chéri-Bibi.

– Elle, elle ne m'embrassa pas, mais elle vint me serrer la main d'une façon bien étrange. Elle tremblait plus que jamais. Elle paraissait grelotter et elle était pâle ! pâle ! et elle me regardait avec des yeux extraordinaires... Et ses lèvres étaient si blanches quand elle me dit : "Pauvre sœur Sainte-Marie ! pauvre petite Jacqueline !" Ça, n'est-ce pas, c'était encore plus bizarre que tout... nous ne nous connaissions pas. Du moins, nous ne nous étions jamais fréquentées, même au bon temps. Alors, pourquoi me disait-elle : "Pauvre petite Jacqueline" ? Qu'est-ce que cela signifiait ? Et son air était presque hagard. Du reste, elle voulut s'en aller tout de suite, prétextant qu'elle avait froid et qu'elle ne se sentait pas à son aise. Cécily lui dit :

"Voulez-vous que je vous fasse monter quelque chose ? Voulez-vous que je vous accompagne ?

« – Non, non, fit-elle précipitamment, je n'ai besoin de rien ! Je vais me reposer. Bonne nuit, mesdames ! "

« Et elle partit en fermant vivement la porte. On eût dit qu'elle fuyait.

"Voilà que ses idées noires la reprennent, dit la marquise douairière. Avant, elle n'était pas comme ça, si bizarre par moment et si muette tout à coup qu'on ne parvient pas à lui tirer deux paroles en vingt-quatre heures ! Elle qui était autrefois si gaie et qui aimait tant à me faire rire ! C'est comme une maladie nerveuse qu'elle a maintenant, qui la quitte et qui la reprend sans qu'on en puisse prévoir la cause.

« – Moi aussi, dit Cécily, j'ai souvent remarqué que Reine n'était pas naturelle. Mais depuis quand cela la tient-il ?

« – Oh ! depuis des années" , répondit la marquise, d'une façon évasive.

« Elles se turent encore devant moi. Évidemment ma présence les empêchait d'en dire davantage. En somme, les étranges attitudes de Reine devaient remonter à l'époque où le malheur avait passé dans le pays.

– Dis donc l'époque de mes crimes ! fit Chéri-Bibi, ce sera plus simple. Ensuite ?

– Ensuite on se sépara et on me donna une chambre à côté de Reine. Je l'entendis remuer toute la nuit. Elle allait, venait, parfois se parlait toute seule, mais sans que je puisse distinguer ce qu'elle disait... De gros soupirs aussi parvenaient jusqu'à moi. J'étais intriguée à un point que tu peux facilement imaginer... Cependant, abattue par la fatigue, je m'endormis vers les deux heures du matin, et tout à coup je me réveillai : ma porte était poussée avec précaution. Je m'écriai : "Qui est là ?

« – Chut ! ne faites pas de bruit, c'est moi ! "dit Reine.

« Et je la vis apparaître dans sa robe de nuit, plus blanche qu'un spectre.

« Après avoir refermé la porte, elle marcha vers moi comme une ombre, s'agenouilla au pied de mon lit, me prit encore la main comme elle l'avait fait dans le jardin et dans le salon, avec ce tremblement particulier qui m'avait

Rats d'eau

inquiétée tout de suite, et me répéta : "Pauvre petite Jacqueline ! "

« Et cette fois, elle ajouta : "Pauvre Chéri-Bibi ! "

– Hein ? Elle a dit ça ? Elle a dit ça, vraiment ? Pauvre Chéri-Bibi ?

– Elle l'a dit, elle l'a dit... comme dans un rêve.

– Enfin, elle l'a dit... Donc elle avait des raisons pour le dire ! haleta le bandit... Reine doit tout savoir, c'est sûr ; va vite ! »

Et Chéri-Bibi glissa à nouveau une cuillerée de la potion entre les lèvres de sa sœur, pour lui donner des forces. La cuiller tremblait dans sa main.

« Oui, elle sait tout. Elle m'a avoué cela et elle m'a dit : "Pauvre Jacqueline, votre frère était innocent ! Ce n'est pas lui qui a tué le marquis ! C'était un autre ! C'était un autre ! C'était un autre ! "

« Et là-dessus, comme elle répétait sur un ton toujours plus fort et comme diabolique : c'était un autre ! ses yeux s'agrandirent comme si elle avait vu cet autre-là... et elle eut aussitôt une terrible attaque de nerfs ! Ces dames accoururent. Nous avons cru qu'elle allait « passer ». Mais alors elle ne disait plus rien et serrait les dents avec une force sauvage comme pour empêcher les mots de s'échapper.

– C'est bien malheureux qu'elle ait eu cette attaque-là, soupira Chéri-Bibi.

– Oh ! sûrement, car j'ai toujours pensé que cette nuit-là elle était venue pour tout me dire, du moins tout ce qu'elle savait... Tandis que le lendemain, quant elle a été revenue à elle, ça a été fini ! Elle a eu l'air même de ne pas me comprendre quand j'ai voulu renouer la conversation. Mais je ne la tenais pas quitte, comme tu penses. Et plus d'une fois j'ai essayé de la joindre. Alors, une fois que je l'avais rencontrée dans l'église et que je la sommais devant Dieu de s'expliquer, elle m'a dit d'être patiente, que l'heure sonnerait, mais que cette heure-là appartenait à Dieu et qu'elle ne pouvait rien faire pour la hâter, et qu'il eût été criminel, aussi bien pour moi que pour elle, de souhaiter même que cette heure-là vint tout de suite. Après quoi elle m'a dit : "Ne me parlez plus jamais de ces choses, oubliez ce que je vous ai dit et d'affreuses catastrophes pourront encore être évitées ! "

– Oui, mais pendant ce temps-là, j'étais pourchassé comme une bête, et ramené au bagne !

– C'est ce que je lui ai dit ; alors elle m'a répondu que tu serais le premier, peut-être, à vouloir qu'elle ne dise rien.

– Ça, c'est trop fort ! s'exclama Chéri-Bibi. Qu'est-ce que tout cela peut bien signifier ? Elle ne sait plus ce qu'elle dit, la Reine, pour sûr !

– Ce fut la dernière conversation que j'eus avec elle. Nous étions sur le parvis ; tout à coup je la vis pâlir et trembler comme lors de la première nuit. Et elle salua deux personnes qui venaient de passer et que je n'avais pas tout d'abord aperçues. Elle me quitta hâtivement. Je ne l'ai plus revue. Dans la rue, je rencontrai ces deux personnes qui avaient passé près de l'église : c'étaient Cécily et un ami de la famille, M. Georges de Pont-Marie.

– Reine est toujours un peu folle ?" me demanda la jeune marquise du Touchais.

« Je lui répondis assez vaguement : "Oui, un peu ! "

« Alors M. de Pont-Marie ajouta : "Moi, elle m'a toujours donné l'impression d'une vieille toquée ! "

« Tu vois, Chéri-Bibi, je te raconte tout, tout ce qui peut t'intéresser... et tout ce que je sais ; je t'affirme devant Dieu qui nous écoute que je ne sais rien d'autre, pas un mot de plus !

– Qu'est-ce que ce M. de Pont-Marie et Cécily avaient à se promener ensemble ? Est-ce qu'ils sont bien ensemble ?

– Tu sais que M. de Pont-Marie est un ami du frère et du marquis depuis très longtemps... Il a connu Cécily toute petite. Il la faisait sortir pour la distraire... Du reste, ce M. de Pont-Marie s'est beaucoup amélioré depuis quelque temps. Il se range. Il a faussé un peu compagnie au marquis qui, dans le moment, accomplissait une grande croisière sur son yacht : la *Belle-Dieppoise*, sur les côtes de l'Amérique du Sud. »

A ce moment, on frappa à la porte de la cabine, et la voix de Petit-Bon-Dieu se fit entendre :

« Mon commandant, la vigie signale des naufragés par tribord avant !

IX

FATALITAS

Chéri-Bibi monta sur le pont dans le moment que Boule-de-Gomme, promu au grade de timonier-chef, recevait les instructions du timonier de l'ancien bord, resté de force au service du nouvel équipage, et criait au second timonier qui était à la roue :

« Barre à tribord toute ! Avant partout ! »

Au même moment, le chef mécanicien jetait ses ordres à la chaufferie :

« En douceur, mollissez d'un quart ! »

Le pont était déjà envahi par les curieux. Chéri-Bibi les écarta brutalement et fut en trois bonds sur sa passerelle, hurlant :

« Qu'est-ce que vous voulez que ça me fiche, des naufragés ? Vous trouvez qu'il n'y a pas encore assez de monde dans les cages ? »

Il demanda une lunette et la dirigea vers un point blanc, une chaloupe que l'on distinguait maintenant très distinctement sur l'océan calme et bleu. Le temps était superbe, très beau certainement à cause du soleil ardent, qui devait cuire les malheureux réfugiés dans la frêle embarcation, là-bas, et qui peut-être mouraient de soif. La chaloupe était au plus à trois encablures – six cents mètres environ – sur l'avant du *Bayard*, qui s'en rapprochait avec une assez grande rapidité.

L'œil à la lunette, Cheri-Bibi regardait.

Soudain, il lui échappa un *Fatalitas* ! qui étonna l'état-major qui l'entourait. Qu'est-ce que le commandant avait pu découvrir dans sa lunette ?

Chéri-Bibi maintenant ne regardait plus. Il s'était relevé tout pâle et murmurait des syllabes incompréhensibles.

Puis il replaça sa lunette dans le champ, y recolla son œil, regarda encore longuement et, cette fois, se releva, tout rouge. A ne s'y point méprendre, Chéri-Bibi était dans un état de jubilation peu ordinaire.

– *Fatalitas* ! reprit-il... mais elle est à la bonne ! »

Elle, c'était évidemment la fatalité qui continuait à jouer de ses tours à Chéri-Bibi, mais il paraissait que de ce coup-ci, il n'était point mécontent.

– Messieurs, dit-il, nous allons porter secours à ces pauvres naufragés ! »

Il avait autour de lui son lieutenant Gueule-de-Bois, son enseigne de vaisseau la Ficelle, Boule-de-Gomme, Petit-Bon-Dieu et les anciens « principaux » de sa cage. Il leur dit :

– Vous allez réunir vos hommes, tous les hommes et leur annoncer que notre bonne fortune nous envoie des naufragés avec lesquels, je l'espère, il y aura à faire. Ceci me regarde. Mais telle est, pour le moment, la consigne : que chacun se rappelle son grade et sa nouvelle situation ! Que personne ne commette de gaffe ! Il n'y a rien de changé à bord depuis le départ du *Bayard* de l'île de Ré, rien, sauf une sérieuse révolte de forçats, lesquels ont été mis finalement à la raison et ont retrouvé leurs cages ! C'est moi plus que jamais le commandant Barrachon. Quant au commandant Barrachon, c'est Chéri-Bibi ! »

L'état-major éclata de rire.

« Riez tout votre saoul, fit Chéri-Bibi, car tout à l'heure il va falloir être sérieux. C'est compris ! Eh bien ! qu'on se le dise ! Je fais pendre haut et court le premier qui ne marche pas droit. Allez ! »

Les autres ne se le firent point répéter. Ils descendirent rapidement de la passerelle. Et bientôt le clairon sonnait sur le pont. Quand tout l'équipage eut reçu le mot d'ordre, ce fut une joie indescriptible. Cet incident inattendu amusait les bandits au possible. Songez donc ! il y avait des femmes dans la chaloupe : on allait leur montrer comment on portait l'uniforme, et si on était un peu chic quand on le voulait, dans la « relingue ». Ils surent tout de suite un gré infini à Chéri-Bibi de l'imagination de cette comédie, qui promettait d'être un passe-temps délicieux. L'influence que le nouveau commandant avait sur cette immonde pègre en fut extraordinairement augmentée.

Au moins, voilà un chef qui savait rire, qui comprenait la vie. On ne s'embêtait pas avec lui !

Tout était réglé selon les désirs de Chéri-Bibi. Le *Bayard* se rapprocha de plus en plus de la chaloupe, d'où partaient des cris de joie, des bravos, des saluts enthousiastes. Chacun pouvait voir maintenant qu'ils étaient dix là-dedans, sept passagers et trois matelots. Ils avaient un bout de toile qu'ils tenaient au bout d'une rame pour servir de signal.

Ce qui réjouissait surtout les bandits, c'est que, de ces passagers, trois étaient des femmes et qui, ma foi, paraissaient bien jolies.

« Ah ! les belles femmes ! » exprima Petit-Bon-Dieu, qui reçut, du reste, aussitôt, dans la partie basse de son individu, un solide coup de pied de Gueule-de-Bois, pour lui apprendre à bien se tenir dans le monde.

L'extraordinaire était que ces naufragés ne paraissaient nullement affamés, ni fatigués outre mesure... Enfin, ils n'avaient point cet air égaré des pauvres gens qui viennent d'échapper à la mort.

Les femmes, par exemple, semblaient pleines d'entrain et fort bien portantes, vêtues le plus correctement du monde, la tête coquettement enveloppée de fichus, telles qu'elles se fussent présentées après une promenade élégante sur un lac.

Au milieu du groupe des naufragés se tenait, debout, un homme grand et fort, large d'épaules, un de ces personnages qui, selon l'expression consacrée, quand ils marchent, déplacent de l'atmosphère. La figure bien pleine, haute en couleur, et qui ne manquait pas cependant d'une certaine aristocratie à cause de la ligne du nez, dite bourbonienne, semblait appartenir à quelque gentleman-farmer, ami des sports. Au-dessus des yeux bleus, les sourcils châtains étaient touffus et ajoutaient un peu de rudesse à une face, qui sans cela, eût pu passer, dans sa lourde harmonie, pour débonnaire.

Chéri-Bibi, penché au-dessus de la passerelle, ne quittait point des yeux le personnage. Et si tout cet équipage de brigands n'avait eu ses regards également tournés sur la barque, plus d'un aurait pu s'étonner de l'air singulièrement féroce que prenait la physionomie de Chéri-Bibi au fur et à mesure que le Bayard se rapprochait des naufragés. Ses mâchoires, qui s'avançaient comme pour mordre, laissaient siffler, entre les dents menaçantes, un nom : « Maxime du Touchais ! »

Chéri-Bibi se redressa, domptant une agitation qui l'eût fait se ruer, dès la première rencontre, à la gorge de l'homme qui avait été, et qui était encore, le bourreau de ce qu'il aimait le plus au monde, de cet être idéal qui n'avait cessé de rayonner dans ses sanglantes ténèbres, de Cécily ! réfrénant une exaltation qui l'eût fait crier de bonheur devant la vengeance toute proche... Le mari de Cécily ! « C'est le Dieu de ma sœur qui m'envoie cet homme comme il l'eût envoyé au diable pour qu'il le châtie ! »

Ah ! c'est qu'il le haïssait, ce joli monsieur, qui avait eu le droit d'approcher son ange, alors que lui n'avait jamais osé que le regarder de loin et ne lui avait parlé, dans les jours heureux de sa jeunesse, que tête basse, en tremblant...

Ah ! quand il pensait que l'autre avait eu cette femme-là dans ses bras et qu'il n'avait su que la faire souffrir !

Chéri-Bibi ricana comme ricanent les démons au fond de l'enfer de Dante... et il descendit vers les hôtes qui lui arrivaient si à point.

Il était tout entier maintenant à son nouveau rôle de commandant. Il avait fait établir l'échelle à la coupée, et là il attendait les naufragés qui descendaient déjà de leur barque, aidés par ses hommes. Le premier naufragé qui sauta sur l'échelle de « coupée » arracha encore à Chéri-Bibi une exclamation sourde :

« Robert Bourrelier ! »

Ah çà ! mais c'était donc toute la famille que la fatalité lui envoyait !

Et il se recula.

Cette fois, il paraissait moins satisfait. Outre qu'il n'avait jamais eu à se plaindre du frère de Cécily, il ne pouvait, par cela même que celui-ci était le frère de celle qu'il aimait, avoir de méchants desseins à son endroit ; mais surtout il redoutait une chose maintenant, c'était d'être reconnu !

Il n'avait point cette crainte du côté de Maxime du Touchais qui, certainement, n'avait jamais jeté un regard sur l'humble garçon boucher du Pollet, mais Robert Bourrelier– qui venait toujours aux vacances passer quelques semaines à la ville de Puys, chez ses parents– pouvait fort bien ne pas avoir perdu tout à fait le souvenir des traits du « petit du jardinier ».

Chéri-Bibi, pour se rassurer, pensa avec raison qu'il avait beaucoup changé depuis ce temps-là, et que les extraordinaires péripéties de sa peu banale existence lui avaient fait un autre visage. Quand même, c'était une expérience à tenter.

Il devait encore compter avec la publicité que les grands quotidiens avaient donnée, depuis ses crimes, à son inquiétante physionomie ; mais de ce côté, il avait été servi par le peu de valeur de la reproduction et la mauvaise qualité des photographies qui avaient servi à faire connaître son image au monde épouvanté. Les journaux avaient surtout montré quelqu'un de très laid, quelque chose comme une synthèse de la laideur, et ils avaient grossièrement accentué, pour les besoins du tirage, les stigmates de la férocité. C'était lui et ce n'était pas lui. Il y avait des moments où c'était peut-être lui, des moments de crise et d'action violente, mais pas des moments de bonheur comme celui-là où, en qualité de capitaine de vaisseau, il s'apprêtait a donner l'hospitalité au personnage qu'il détestait le plus au monde après l'homme au chapeau gris !

Mais le sort en était jeté. Déjà Robert Bourrelier apparaissait à la coupée.

Chéri-Bibi joua son jeu avec une audace parfaite.

« Mesdames et messieurs, prononça-t-il avec une emphase un peu comique, soyez les bienvenus à mon bord ! »

Et il tendit la main au frère de Cécily, qui la lui serra avec une émotion reconnaissante.

Robert paraissait le plus fatigué de la bande. La santé de ce grand garçon manqué devait être précaire et la mauvaise vie qu'il menait depuis son adolescence semblait l'avoir déjà marqué pour un prompt trépas.

« Allons, pensa Chéri-Bibi, le marquis n'aura point longtemps à attendre l'héritage ! »

Et il fut satisfait de l'expérience. Robert n'avait point seulement « tiqué ». Et puis, en vérité, comment eût-il pu une seconde, s'imaginer retrouver les traits du terrible Chéri-Bibi sous l'uniforme de cet accueillant commandant de notre belle marine nationale ?

Les dames suivirent, puis Maxime du Touchais, puis les

Pique-assiette

autres.

Ce fut le marquis qui, ne laissant point au commandant le temps de prononcer encore quelque phrase mémorable de bienvenue, et coupant court aux offres de secours dont les naufragés ne semblaient point avoir un besoin urgent, mit l'état-major du *Bayard* au courant de leur triste situation.

C'étaient des victimes de la dernière tempête, qui avait failli être si fatale au *Bayard*. Le marquis et ses invités revenaient de Buenos Aires en France, sur la *Belle-Dieppoise*, quand vers les deux heures du matin, par un temps épouvantable, le navire, qui ne gouvernait que difficilement, était entré en collision avec un bâtiment auquel il avait dû faire de sérieuses avaries. La tempête, qui ne faisait qu'augmenter de violence, avait séparé aussi rapidement les deux steamers qu'elle les avait brutalement rapprochés, et dans les ténèbres ils n'avaient pas tardé l'un et l'autre à se perdre de vue.

La situation de la *Belle-Dieppoise* était alors des plus critiques : une large déchirure à son avant avait déterminé une voie d'eau avec laquelle il paraissait impossible de lutter. La proue du navire piquait déjà vers les flots et s'enfonçait de minute en minute. Maxime avait ordonné de mettre les embarcations à la mer. Elles étaient heureusement assez nombreuses pour contenir tout l'équipage du yacht et ses quelques passagers, qui s'y ruèrent, malgré l'état déchaîné de l'océan.

Mais la mort semblait aussi bien assurée et aussi prochaine sur ces frêles chaloupes que sur le navire lui-même. Le marquis, s'en rendant parfaitement compte, avait refusé au dernier moment de quitter son bord, disant que, mourir pour mourir, il préférait expirer confortablement dans une cabine de la *Belle-Dieppoise*. Aussitôt plusieurs de ses amis, hommes et femmes, les femmes surtout, s'étaient trouvés de son avis, remarquant du reste que le navire, depuis quelques instants, semblait s'être arrêté dans sa descente au gouffre. Peut-être les cloisons étanches allaient-elles résister ! Et ils restèrent là pendant que les petites barques disparaissaient dans l'affreuse nuit.

Et c'était vrai que les cloisons étanches devaient résister. Elles avaient résisté pendant trois jours, donnant le temps à la tourmente de se calmer, à la mer démontée de devenir ce lac d'azur, au ciel de se nettoyer de tous ses nuages, aux passagers restés à bord de tout préparer dans les deux canots pour le moment où ils se verraient dans la nécessité de quitter la *Belle-Dieppoise*, événement qui s'était effectué il y avait deux heures à peine, dans le calme le plus parfait et sans l'ombre d'une inquiétude, car le marquis savait qu'il se trouvait sur la route très fréquentée des grands steamers qui se rendent soit aux Antilles, soit dans l'Amérique du sud.

La *Belle-Dieppoise* avait disparu dans les flots, semant la mer d'épaves que l'on ne tarderait pas à rencontrer. Pas de nouvelles des autres embarcations dont le sort devait être déjà fixé, soit qu'elles eussent péri, soit qu'elles eussent été recueillies comme venait de l'être la chaloupe de Maxime du Touchais et de ses compagnons. Et voilà !

Là-dessus, le marquis fit les présentations.

D'abord les dames : une grande blonde très jolie, mais un peu tambour-major, Mlle Nadège de Valrieu, dont le commandant et ces messieurs de l'état-major devaient certainement avoir entendu parler, car son passé dramatique, tout jeune encore il est vrai, lui avait déjà valu de la gloire dans les deux mondes. Puis venait une brune, qui ne tenait pas en place, et qui déjà riait à tout l'équipage, Mlle Carmen de Fontainebleau, la fameuse danseuse d'art, qui avait tant de succès dans les « valses d'amour ». La troisième, très chic, très distinguée, avec cependant un peu trop de hauteur dans la façon de regarder choses et gens autour d'elle, du haut de son face-à-main ; c'était Mme d'Artigues, femme de lettres. Elle était accompagnée de son mari, bien connu dans la presse sous le pseudonyme de Charles des Premières, brillant journaliste théâtral et mondain, M. Robert Bourrelier. Enfin le baron Proskof, grand seigneur polonais, « qui avait eu la plus belle femme de Paris » , et qui maintenant ne l'avait plus parce que la chère baronne s'était entêtée à monter dans une de ces petites embarcations, trop fragiles pour résister à l'océan en courroux.

« Le baron est bien triste, et moi aussi » , termina Maxime du Touchais.

Cette désinvolture, en parlant d'une malheureuse qui était certainement morte à cette heure et que le marquis avait beaucoup distinguée de son vivant, s'il fallait en croire la chronique dieppoise, répugna à Chéri-Bibi, qui avait toujours eu le sentiment de la famille. Chéri-Bibi ne s'attarda point, lui, aux présentations. D'un bloc, il montra son état-major et son équipage et déclara d'une voix de rogomme que le *Bayard* tout entier se réjouissait de donner asile à des hôtes aussi gracieux. Il ne donna point d'autres détails pour le moment.

Du Touchais et Bourrelier croyaient, à première vue, qu'ils avaient été recueillis par un transport militaire, dont le commandant était un brave homme un peu fruste. De fait c'était un spectacle que Chéri-Bibi s'essayant aux politesses. Le mot « gracieux » , dans sa bouche, jurait étrangement avec la grimace de son effroyable bouche qui adressait sur commande une risette étonnante à ces dames.

Chéri-Bibi avait une façon si rude d'être aimable ou de vouloir paraître que les belles naufragées ne purent s'empêcher de sourire, ce que vit Chéri-Bibi et ce qui le froissa au plus profond de lui-même, car il avait toujours eu beaucoup d'amour-propre comme on dit.

Le marquis, le voyant rougir et faire une drôle de frimousse, comprit qu'il avait affaire au genre « loup de mer susceptible ». Il résolut de le mettre tout de suite à son aise et lui détacha une tape amicale sur l'épaule.

« Commandant, lui dit-il, avec une grande affectation de cordialité, c'est maintenant entre nous à la vie à la mort ! Vous avez été notre planche de salut. Le marquis du Touchais ne l'oubliera pas ! »

Et il lui secoua la main vigoureusement.

L'autre se laissa faire en roulant de gros petits yeux qui ne promettaient rien de bon et en murmurant en *a parte* :

« Oui, mon vieux, à la vie à la mort, tu l'as dit, bouffi ! »

Il voulut tout de suite conduire ces dames aux plus belles cabines dont il ordonna de déménager en cinq secs les occupants. Et, surmontant ses sentiments d'antipathie et de haine, il fut particulièrement aimable pour Robert Bourrelier et Maxime du Touchais.

Ces dames, en traversant le pont, avaient été particulièrement étonnées d'apercevoir sur ce bâtiment tant de matelots et de soldats éclopés et, sous les képis et les bérets, d'aussi rudes et décidés visages et qui les regardaient passer avec des yeux d'aussi ardente braise.

« Vous revenez donc de la bataille, commandant ? demanda la belle Mme d'Artigues à Chéri-Bibi.

– Vous ne sauriez mieux parler, belle dame, répondit Chéri-Bibi. De la bataille, en effet, nous revenons ! Nous avons eu une révolte à bord !

– Une révolte à bord ! s'écrièrent-elles toutes les trois en chœur... Oh ! racontez-nous ça ! Mais c'est épouvantable !

– Une révolte à bord d'un transport militaire ! fit le marquis. Est-ce possible ? Il n'y a donc plus de discipline dans notre marine ? Décidément, tout s'en va ! J'espère, commandant, que vous n'avez pas eu trop de mal à venir à bout des mutins ?

– Heu ! heu ! Il a fallu en fusiller pas mal et en pendre quelques-uns ! répliqua d'une façon assez vague le commandant.

– Mais c'est très amusant ce que vous nous racontez là, s'écria la charmante Carmen de Fontainebleau. Un naufrage ! une révolte à bord ! Que d'aventures !

– Eh bien ! ça n'est pas les sujets de conversation qui nous manqueront en rentrant en France, fit remarquer Mlle Nadège de Valrieu.

Toute la noblesse de France semblait s'être donné rendez-vous sur le *Bayard*.

« Nous n'y serons pas demain, madame, en France, crut annoncer Chéri-Bibi.

– Et où allons-nous donc comme ça ?

– Oui, à propos, firent-ils tous, où nous conduisez-vous, commandant ?

– A Cayenne, sieurs et dames ! Pour vous servir !

– A Cayenne ? Vous êtes à destination de Cayenne ?

– Mais zoui, marquis ! Avec un transport de condamnés, des faillis chiens de forçats qui nous ont donné du fil à retordre, allez !

– Des forçats ! Ah ! mon Dieu ! s'exclamèrent les dames de plus en plus intéressées. Et où sont-ils ? Ils ne peuvent pas nous faire de mal au moins ?

– Ayez pas peur, on les tient serrés, maintenant ! Ils ne sortent plus des cages ! Et le premier qui bouge, on lui brûle la g... ! Pardon, excuse, sauf votre respect !

– Bravo, commandant ! On est trop bon avec ce gibier-là, fit Maxime du Touchais. Est-ce qu'on devrait s'embarrasser de pareils misérables ? Je parie qu'il y en a la moitié, là-dedans, qui, sous un vrai gouvernement, auraient été guillotinés !

– La moitié au moins, concéda Chéri-Bibi. Sans compter que nous avons ce Chéri-Bibi !

– Comment ! Chéri-Bibi ! Chéri-Bibi est ici ! C'est vrai, commandant, vous avez Chéri-Bibi ? Ah ! quelle chance ! Montrez-nous-le tout de suite ! »

Comme il tournait la tête dans le moment que des hommes apportaient les bagages des naufragés, il se sentit comme brûlé par un regard et il aperçut la Comtesse qui venait d'arriver. D'abord, il ne la reconnut pas dans cette femme fine, élégante, souple, qui se cambrait dans un joli et très correct complet de voyage, sortant de chez le bon faiseur : un cadeau à lui, Chéri-Bibi, qu'il lui avait fait le matin même pour la remercier de ses bons services au moment de son évasion et, plus tard, au fort de la bataille.

Dans ses pérégrinations à travers les cales, Chéri-Bibi avait éventré, un jour, une énorme caisse destinée aux élégantes de Cayenne, aux « épouses » de MM. les administrateurs, et il était tombé sur un tas de falbalas, de robes, de dessous, de lingerie. Il avait donné tout ça à la Comtesse, d'un coup. « Comme ça, avait-il pensé, je suis quitte. Elle ne m'embêtera plus ! » Il se trompait. La Comtesse n'avait apprécié le cadeau de Chéri-Bibi que parce que ces fanfreluches allaient la faire plus belle aux yeux de Chéri-Bibi lui-même.

Encore une qui l'aimait, qui était folle de sa gloire, et qu'il avait dû chasser à coups de pied dans les ténèbres des soutes, pour qu'il lui fût loisible de dormir en paix, la nuit, comme un honnête homme !

Une attitude aussi puritaine n'était point faite pour étonner de la part de Chéri-Bibi qui, lui, avait une haute moralité amoureuse et qui était doué, à cause d'une laideur originelle, laquelle avait détourné de lui les regards des jeunes filles quand il était jeune homme, d'une extraordinaire, d'une farouche timidité : une timidité qui allait jusqu'au crime ! Pauvre Chéri-Bibi !

Donc, la Comtesse aimait Chéri-Bibi, d'autant plus que celui-ci, comme nous l'avons précisé pour l'histoire, l'avait repoussée à coups de pied (si elle avait insisté, il l'aurait repoussée à coups de couteau). Or, depuis que les naufragés avaient été signalés, elle n'avait pas perdu de vue Chéri-Bibi ; elle avait assisté à son émoi, à son inquiétude, et finalement à sa joie méchante intérieure.

Évidemment, Chéri-Bibi connaissait ces naufragés-là. D'abord, elle avait cru qu'il s'agissait des femmes et elle montra les dents, comme pour les manger. Mais elle s'était bientôt aperçue que tout l'intérêt de l'aventure allait au marquis du Touchais. Que pouvait-il y avoir entre ces deux hommes ? Elle se promit de le savoir avant qu'il fût longtemps.

« Mon cher commandant, fit la Comtesse d'une voix singulièrement harmonieuse que ne lui connaissait pas encore Chéri-Bibi, mon cher commandant, j'ai appris que vous donniez ma cabine à ces dames. Permettez-moi de vous faire tous mes compliments. C'est la meilleure du *Bayard*. »

Ces dames aussitôt se récrièrent. Était-il possible ? Jamais elles ne permettraient ! Comment avait-on pu penser ? Elles ne voulaient déranger personne. Et patati, et patata !

– Mesdames, je vous présente la Comtesse ! » dit Chéri-Bibi, gentleman.

Ces dames s'empressèrent de lui serrer la main. La Comtesse ! Il y avait une comtesse à bord ! La comtesse de quoi ? Elles n'osèrent point le demander. Elles trouvaient seulement la présentation un peu courte, et Maxime du Touchais et Robert Bourrelier, pour en sourire, se détournèrent de Chéri-Bibi. Ah ! ces vieux loups de mer, ça ne s'attardait point aux formules de politesse et ça se moquait un peu du protocole ! Voilà la comtesse ! Bonjour, bonsoir ! Ça vous suffit ? Et, ma foi, ça leur suffisait. Elle paraissait du reste très bien, cette comtesse. Chéri-Bibi crut devoir cependant ajouter, après un moment de réflexion, qu'elle allait rejoindre son mari au Brésil.

« Et vous avez vu la révolte des forçats, madame la comtesse ? demanda Carmen de Fontainebleau.

– Comme je vous vois, madame » , répondit la Comtesse sur un ton des plus « comme il faut ».

Et c'est elle qui voulut procéder à l'aménagement de ses nouvelles compagnes. Elle se montra d'une grâce, d'un charme et d'une obligeance qui les captivèrent sur-le-champ. Elle mit à leur disposition toute sa garde-robe. Ces dames, qui n'avaient pu emporter dans leur chaloupe que le strict nécessaire, ne lui cachèrent point leur satisfaction. Elles admirèrent combien la Comtesse était luxueusement montée en tout.

Elles s'habillèrent pour le déjeuner, qui avait été retardé d'une heure sur leur prière, et elles passèrent dans la salle à manger du commandant « parées de tous leurs avantages ».

Pendant ce temps, ces messieurs avaient pu faire un tour sur le pont et ils en revenaient avec une provision de remarques et d'étonnements qui devaient entretenir la conversation. Ce fut un déjeuner de gala magnifique présidé par Chéri-Bibi, auquel avait été convié l'état-major et auquel on avait été obligé de trouver des places pour les principaux de ces messieurs qui s'étaient distingués dans

Le repas des fauves

la dernière affaire.

Ils étaient venus supplier le commandant de leur accorder, pour cette fois, cet honneur. Ils n'avaient point tous l'uniforme d'officiers, mais ceux qui, comme Petit-Bon-Dieu, n'avaient que celui de matelot ou de quartier-maître, avaient été mis à part à des petites tables, « pour les récompenser de leur bonne conduite », avait expliqué Chéri-Bibi. Ils étaient satisfaits pourvu qu'ils pussent admirer ces dames et les entendre.

Le commandant, qui se rendait parfaitement compte de l'état dangereux dans lequel se trouvait son équipage depuis qu'il avait reçu ces élégantes à son bord, avait réussi à en calmer momentanément l'effervescence en faisant savoir à ses hommes que ces dames se rendraient à la fête qui se préparait pour le soir, et que si l'on se conduisait bien, il leur permettrait (à ces dames) de danser avec l'équipage. Il avait fait annoncer, par la même occasion, du reste, que si l'on se conduisait mal, on aurait directement affaire à lui, Chéri-Bibi.

La Ficelle avait lui-même veillé à la confection des plats et soigné particulièrement une morue à l'espagnole que Chéri-Bibi adorait. Boule-de-Gomme, qui avait une belle écriture, avait rédigé à plusieurs exemplaires le menu. Tout ce monde était de bonne humeur et avait grand appétit. Aussi fit-on d'abord grand honneur à un certain gîte à la noix qui embaumait.

Chéri-Bibi mangeait peu, veillant à ce que chacun eût sa ration et à ce que les vins coulassent en abondance. Et puis, il était un peu ému de son nouveau rôle de chef de maison qui reçoit et il n'eût pas voulu devant ses hommes, qui le regardaient avec curiosité, commettre des « impairs ». Il avait à ses côtés Mme d'Artigues et Nadège de Valrieu, et en face de lui la Comtesse. Un peu plus loin, sur la gauche, il avait fait placer Maxime du Touchais à côté de Mlle Carmen de Fontainebleau, de telle sorte qu'il fût obligé de se pencher pour l'apercevoir, ceci à seule fin que ne fut point gênée sa déglutition. Ainsi semblait-il remettre à son temps les affaires sérieuses touchant ce gentilhomme.

Tout jusqu'alors s'était passé fort convenablement. Boule-de-Gomme, de la cage des financiers, qui connaissait son monde pour l'avoir détroussé au profit des grands restaurants et des cabarets de nuit, veillait du reste à l'économie générale du repas, c'est-à-dire à sa bonne conduite.

« Cette viande est vraiment délicieuse, déclara Mlle Nadège de Valrieu.

– C'est du gîte à la noix, madame, expliqua Chéri-Bibi. Une excellente pièce d'estomac ! Je vous en prie, madame, il faut y retourner. »

Elle y retourna avec un tel empressement que Chéri-Bibi, offusqué de la gloutonnerie de cette demoiselle, finit par lui faire remarquer « que la table n'était pas louée ».

Et il se tourna vers Mme d'Artigues qui était, celle-là, une vraie femme du monde, ayant dû beaucoup souffrir pendant le voyage de la présence de ces demoiselles qui lui avait été imposée certainement par la fantaisie d'un marquis du Touchais. Et il s'aperçut que Mme d'Artigues faisait les yeux doux au marquis et que M. d'Artigues faisait, lui, celui qui ne s'en apercevait pas. Chéri-Bibi pensa que cette dame tendait à prendre dans le cœur de Maxime du Touchais une place laissée vacante par le trépas récent de la baronne de Proskof et que son mari ne serait point autrement fâché de céder son épouse à cet homme riche si celui-ci était dans la disposition de la payer le prix qu'il avait versé pour l'autre.

Toutes ces combinaisons mondaines au milieu desquelles Chéri-Bibi se voyait jeté de par sa fantasque destinée lui firent tenir en piètre estime « les gens de la haute », pour lesquels il n'avait du reste jusqu'alors montré qu'un respect relatif. Le champagne aidant, il voulut oublier les trames présentes pour courir, par-delà les mers, au-devant de la figure angélique de Cécily, chaste épouse, mère incomparable, attachée aux devoirs du foyer. Que n'eût-il donné, hélas ! pour l'avoir auprès de lui, en place de ces poupées parfumées qui ignoraient jusqu'au doux nom de la vertu.

« Et pendant ce temps-là, ta femme te fait c..., mon vieux ! »

Cette phrase éclata, comme une bombe dans le rêve de Chéri-Bibi. Elle avait été jetée avec un éclat de rire, à Maxime du Touchais, par la maîtresse de l'efflanqué Robert, qui pria aussitôt Mlle Nadège de Valrieu de ménager ses expressions.

Chéri-Bibi était devenu pâle comme un mort.

« Ça n'est pas vrai ! » dit-il.

D'abord, tout le monde regarda Chéri-Bibi, et puis on se regarda entre soi, et puis ce fut une explosion de joie.

La Comtesse alors prit la parole :

« Qu'est-ce que vous avez dit, mon ami ?

– Moi ? murmura la voix blanche de Chéri-Bibi. Moi ? Je n'ai rien dit du tout... »

Et il lui semblait, en effet, qu'il n'avait point parlé, que c'était un autre... un autre qui avait prononcé des mots qu'il avait entendus comme tout le monde... Et il ne s'expliqua point davantage ; il se tut farouchement, sentant très bien qu'il n'aurait point trop de tout son silence pour s'occuper à dompter la fureur qui grondait en lui contre tous ces misérables qui avaient osé insulter son idole, contre cet ignoble seigneur qui n'avait pas eu une indignation, pas même une protestation, très occupé qu'il était, sans doute, avec les mines de Mme d'Artigues, contre ce frère qui n'avait pas giflé cette donzelle qui avait parlé dans des termes tels de sa sœur.

La Comtesse prit la parole pour lui avec une adresse et un tact merveilleux, avec une souplesse de grande dame que rien ne déconcerte et qui trouve toujours le mot qu'il faut dans les situations les plus difficiles. Elle fit un grand compliment de Chéri-Bibi, de sa rude écorce et de son cœur d'or, de sa belle conscience et de toutes les qualités qui faisaient de lui « un véritable chevalier français ».

Jamais elle ne l'avait entendu mal parler des femmes, et il poussait si loin le point d'honneur qu'il ne permettait point qu'on en dît du mal devant lui. Vraiment, cette Comtesse était stupéfiante : elle avait étonné sa cage par sa science de l'argot, et « dans le monde » elle s'exprimait avec une élégance ! Hélas ! cette charmante intervention n'aboutit qu'à faire retourner la conversation des naufragés aux environs de la pauvre Cécily.

« Eh bien ! si tu ne l'es pas, méfie-toi, ça ne doit pas tarder ! »

Nadège et Carmen de Fontainebleau s'entendaient pour trouver les politesses de M. de Pont-Marie envers la marquise du Touchais des plus intéressées. Elles le connaissaient depuis longtemps, cet oiseau-là. Jamais il ne serait resté là-bas s'il n'avait trouvé à s'occuper.

« Eh bien ! entre nous, il en a un goût ! acheva Mlle de Valrieu qui, en sa qualité de maîtresse du frère de la sœur, ne pouvait souffrir la famille Bourrelier. La dernière fois que je l'ai aperçue à Dieppe, c'était en revenant des courses. Elle avait un chapeau... J'en retiens, s'il fait des petits ! »

Carmen surenchérit :

« Ça, c'est vrai, elle est rien moche !

– Répète ! dit le marquis. Tu es trop drôle en disant cela ! »

Et il riait !

Chéri-Bibi souffrait comme un damné qu'il était, mais jamais, depuis qu'il était au monde, il n'avait enduré un pareil supplice. Ses tortures de forçat n'avaient été que des caresses à son dur épiderme, à côté de la brûlure actuelle de son âme, de l'âme de Chéri-Bibi ! La Comtesse s'effrayait de le voir. Elle craignit un instant qu'il ne tombât raide mort, au milieu du magnifique dîner de gala. Et puis, peu à peu, les couleurs lui revinrent... lui revinrent avec le sourire.

« Tout à l'heure, avait pensé Chéri-Bibi, tout à l'heure Mlles Nadège de Valrieu et Carmen de Fontainebleau, vous qui n'êtes point moches, je vous donnerai en pâture à mes hommes. Et quant à toi, Maxime du Touchais... ah ! quant à toi... il faudra que je trouve quelque chose... quelque chose ! »

Ses yeux venaient de rencontrer ceux du Kanak, qui n'avait pas encore prononcé une parole, et il se rappela la légende sinistre qui courait les cages sur ce singulier personnage.

« Tout à l'heure, je te ferai manger par le Kanak ! »

Voilà pourquoi maintenant Chéri-Bibi avait le sourire.

X

LA PROMENADE AU JARDIN DES PLANTES

A partir de ce moment, il prit la direction de la conversation et lui donna un tour singulièrement enjoué. Il réussit, avec brio, un historique assez burlesque de la révolte des forçats et des extraordinaires aventures que l'équipage venait de traverser, à la suite de l'audacieuse évasion de Chéri-Bibi. Il raconta les événements par le détail, et si bien, ma foi, que Chéri-Bibi ne les eût pas mieux narrés lui-même. Tantôt il parvenait à des effets d'horreur qui faisaient frissonner ces dames, et tantôt à des effets de comique, que soulignait la formidable hilarité de son bruyant état-major et des hommes de l'équipage, « qui s'étaient particulièrement distingués dans la dernière affaire ». Si bien qu'entre l'évocation tragique du commandant et la joie inquiétante de la plupart des convives, les naufragés sentirent se glisser chez eux une angoisse encore mal définie, qui commença de les mettre mal à l'aise.

Le champagne coulait à flots, et la gaieté, à peu près générale, s'en accrut d'une façon assez grossière. C'est-à-dire que l'état-major, en particulier, commença d'oublier la retenue qui est toujours de mise sous notre uniforme national, et surtout devant les dames.

Il y avait là un certain lieutenant de vaisseau qui faisait beaucoup de bruit pour lui tout seul, et que l'on ne parvenait à calmer.

« Veux-tu bien fermer ton plomb, Gueule-de-Bois ! »

Ainsi ces messieurs avaient tous des surnoms étranges et se lançaient d'un bout de la table à l'autre des « Petit-Bon-Dieu ! » et des « Boule-de-Gomme ! » avec une familiarité que n'arrêtait nullement la différence des grades.

Le baron Proskof, la pensée toujours assombrie par la perte de sa très chère femme, était lui-même sorti de son état comateux pour exprimer à ses compagnons, par son regard ahuri, l'étonnement qu'il avait de découvrir un pareil relâchement dans les mœurs de la marine française.

Robert Bourrelier hocha lentement la tête et Maxime du Touchais toussa d'une façon qui fut comprise de M.

Le jardin d'acclimatation

d'Artigues, lequel ne put s'empêcher de murmurer, en sa qualité de journaliste qui a coutume de fréquenter les milieux officiels :

« On n'a pas idée de ça, rue Royale ! »

Ces divers mouvements furent parfaitement saisis de Chéri-Bibi, qui expliqua le ton général de cette petite fête avec une phrase bon enfant qui lui valut l'approbation de ces dames :

« A bord du *Bayard*, nous ne faisons qu'une seule et même famille.

– C'est même extraordinaire, fit Mme d'Artigues, comme il y a entre vous tous comme un air de ressemblance.

– Cet air-là tient sans doute, émit Mlle Nadège de Valrieu, à ce que vous avez tous la tête rasée comme des champignons.

– Ou comme des forçats » , ajouta Mlle Carmen de Fontainebleau, en riant de toutes ses dents à cause de ce qu'elle croyait être une excellente plaisanterie.

Or cette dernière réflexion jeta tout à coup, comme on dit, « un froid ».

Il y eut un silence pendant lequel tous ces hommes se regardèrent, et puis Petit-Bon-Dieu ayant déclaré, en se tapant sur la cuisse, « qu'elle était bien bonne » , un formidable éclat de rire emplit le carré du commandant.

Chéri-Bibi, avec sa présence d'esprit coutumière, répliqua que si ses officiers et ses hommes s'étaient fait raser la tête d'aussi près, « c'était justement pour montrer le bon exemple aux forçats ».

« Le commandant a beau avoir des galuches, cria le Rouquin, ça ne l'empêche pas d'être *un bon zig* !

– Oui ! oui ! s'exclamèrent-ils tous, un vrai bon zig ! »

Carmen de Fontainebleau approuva :

« Il en a l'air !

– Vous êtes un bon zig ! fit Mme d'Artigues, mais qu'est-ce donc que des galuches ?

– Des galuches ? répondit Chéri-Bibi sans s'émouvoir, c'est, dans l'argot militaire, des galons ! Et ne croyez point, sieurs et dames, crut-il devoir ajouter, que si je permets à mes hommes de me traiter comme leur père de famille, la discipline ait à s'en ressentir ! Je connais mon devoir et je suis terrible quand il le faut. Certes ! si je ne joignais pas aux qualités du cœur, continua Chéri-Bibi du ton le plus naturel du monde, celles du caractère, où en serais-je avec une cargaison pareille ? Je vous le demande. Et si vous me le permettez, je vais vous fournir la réponse :

A cette heure-ci, après la révolte de l'autre jour, c'est nous qui serions dans les cages ! »

Une triple salve d'applaudissements et de hourras accueillit cette audacieuse hypothèse du commandant du *Bayard*.

« Ça, c'est vrai, acquiesça Mlle Carmen de Fontainebleau, on ne doit pas tous les jours rire quand on a la charge de pareils bandits !

– Mais enfin, demanda Mme d'Artigues, pour se révolter, il fallait que ces misérables fussent d'accord ? Ils étaient dans des cages et surveillés. Comment ont-ils pu faire pour s'entendre ? »

Chéri-Bibi, vers qui tous les yeux étaient tournés et qui éprouvait une certaine satisfaction de l'intérêt que l'on semblait attacher à ses moindres propos, en profita pour faire à ces sieurs et dames un petit cours de bagne. Il semblait du reste que l'importance du sujet traité l'inspirât particulièrement, et sa phraséologie prenait, sans qu'il s'en doutât, un petit air professionnel propre aux conférenciers.

« Vous ne connaissez point ces hommes, dit-il avec emphase, sans quoi vous ne vous étonneriez de rien à ce point de vue. Rien ne vient trahir l'intimité qui s'établit entre eux. Couchés sur le même banc, aucun mouvement, aucun signe ne révèle qu'ils se connaissent si par hasard ils se sont déjà rencontrés dans la vie ou dans les prisons. Ils ont un langage à eux, incompris des autres.

« Dans la pose de leurs pieds, dans le mouvement naturel de leurs bras, dans la ligne du regard, il y a une parole, un dictionnaire, une langue complète. Cette causerie muette échappe à l'intelligence ou à la longue expérience du garde-chiourme, du surveillant militaire et du chef le plus habile lui-même, à la mienne pour tout dire. Cependant certains de mes hommes et votre serviteur ont pu surprendre quelques termes de ce langage mystérieux.

« Tenez ! nous allons faire une expérience. Avance ici, Petit-Bon-Dieu, et place-toi là, à l'autre bout de la salle, toi, le Rouquin (nous naviguons depuis si longtemps ensemble, que, vous voyez, je n'hésite pas à les appeler par leur petit nom). Allons ! commencez. Dites-vous quelque chose. Bien ! très bien ! c'est suffisant ! Allez-vous vous taire, tas de mal élevés !

– Mais ils n'ont pas bougé ! s'écria Mme d'Artigues.

– Vous croyez cela, madame, eh bien, vous vous trompez ! Par la manière dont le Rouquin a relevé les sourcils et mis ses mains dans ses poches, et par la position de sa lèvre inférieure ; d'autre part par la position des pieds de Petit-Bon-Dieu et par les trois directions successives de ses regards, il s'est établi entre ces deux hommes une conversation complète que je ne me permettrai pas de vous répéter.

– Ah ! si, si, si, mon petit commandant, dites-nous ce qu'ils ont dit !

– Vous le voulez ? fit Chéri-Bibi à Mme d'Artigues, qui se montrait la plus empressée. Soyez donc exaucée. Ils ont dit, en parlant de vous dans leur argot particulier : "Elle est gentille, la petite dame ; le gros (monsieur le marquis) lui fait les yeux doux, mais le maigre (votre mari) les a vus. Faudra profiter de la querelle tout à l'heure, pour lui déclarer notre amour ! "

– Bravo ! bravo ! c'est incroyable ! s'exclama Mlle de Valrieu.

– Mais c'est vrai ! affirma Carmen de Fontainebleau.

– Madame, je vous fais toutes mes excuses, exprima en beauté Chéri-Bibi tourné vers Mme d'Artigues, mais ces messieurs n'ont point l'usage du grand monde et s'étonnent assez facilement du moindre jeu de société.

– Je vous en prie, c'est très amusant, déclara en minaudant la belle Mme d'Artigues. Et votre conversation, mon cher commandant, est des plus instructives !

– Voilà tant d'années, madame, que je vis avec les forçats !

– Tout cela est parfait ! dit Robert Bourrelier, les misérables s'entendaient ! Mais comment ont-ils fait pour s'évader ? Votre Chéri-Bibi, nous avez-vous dit, était aux fers et surveillé par deux gardiens !

– Ah ! l'évasion de Chéri-Bibi ! fit le commandant. Je vous expliquerai cela tantôt sur les lieux mêmes. Les fers, les chaînes, ça n'est pas ce qui les arrête. Chéri-Bibi m'a révélé lui-même douze manières, vous entendez bien, pas une de moins, de rompre les chaînes ou de cacher les morsures que la lime ou le ciseau ont déjà faites. Et des limes et des ciseaux, ils en ont tant qu'ils en veulent ! Chéri-Bibi, pour le jour de ma fête, m'a fait cadeau d'un panier en paille dont chaque chalumeau cachait une scie presque imperceptible !

– Oh ! ce Chéri-Bibi ! parlez-nous encore de lui, commandant !

– Chéri-Bibi, déclara le commandant avec orgueil, ouvre toutes les serrures, tous les cadenas avec un simple fil d'archal.

– Et avant que la révolte n'éclatât, dit Maxime du Touchais, vous ne vous doutiez de rien ? Comment le secret a-t-il pu être si bien gardé ? Car enfin, c'est extraordinaire que parmi ces huit cents condamnés, il n'y en ait pas eu un, pas un seul, pour vendre les autres ? »

Le commandant avala un grand verre plein de champagne :

« Des renards et des moutons, c'est bien rare chez nous. »

Mais il comprit tout de suite, sur un signe du Kanak, qu'il venait de faire une gaffe. Il expliqua en « pataugeant » un peu :

« Je veux dire : dans notre monde, dans le monde que nous avons à surveiller, dans le monde des forçats, quoi ! Il y en a encore de temps en temps ! Mais cette espèce d'animal qui trahit son semblable tend de plus en plus à disparaître.

« C'est que la vendetta du bagne est terrible et expéditive. Si le mouton habite dans les cages, un matin on le trouve mort sans qu'il soit possible au plus habile médecin de découvrir la cause de ce brusque décès. Si c'est à Cayenne, tantôt un énorme entassement de bois s'écroule comme par l'effet de la maladresse des travailleurs, et, le terrain déblayé, on ramasse un cadavre.

« Tantôt, par un temps de forte mer, quand une grosse chaloupe de fatigue lutte contre les flots, un homme disparaît dans l'abîme. Est-ce un malheur dû à l'inexpérience ? Non ! C'est un châtiment infligé à la délation ! La chiourme, mesdames et messieurs, a ses tribunaux qui prononcent toujours avec justice ses arrêts, a des juges qui disposent, eux aussi, d'une échelle de peines ! Il peut y avoir des circonstances atténuantes si la faute entre camarades est légère, mais en tout cas, quand elle n'entraîne pas la mort, elle implique le mépris ! Le condamné perd l'estime de ses camarades.

« L'estime des siens, mesdames et messieurs, c'est la conquête la plus précieuse que puisse faire un condamné ! Cette estime a également ses degrés. Et Dieu sait à quelles conditions il faut satisfaire pour atteindre le point le plus élevé ! Mais s'il n'est pas donné à tous de se placer au sommet par des exploits brillants, fit entendre, avec un geste d'une ampleur cicéronienne, l'incroyable

Chéri-Bibi, chaque condamné a vraiment à cœur de prendre sa place et de la dignement conserver. Il sait que tout au bas de l'échelle, comme je vous le disais tout à l'heure, est écrit le mot « mépris », et plus d'un a prouvé qu'il préférait encore la mort à ce mot-là !

– Mais, mon commandant, il semble, fit remarquer avec un commencement d'effroi, la belle Mme d'Artigues, il semble, Dieu me pardonne, que vous les admirez !

– Moi ! les admirer ! protesta Chéri-Bibi avec la figure de l'innocence. Dites que je les plains, madame ! Chéri-Bibi lui-même, madame, est bien à plaindre, soyez-en assurée ! J'ai eu de longues conversations avec ce curieux personnage. Je puis vous affirmer que le malheureux garçon n'était point né pour épouvanter le monde. Les circonstances et les hommes s'en sont mêlés, comme en une sorte de jeu fatal. Ah ! c'est une chose commode quand on a le pied au-dehors de l'abîme des maux, de donner des leçons, de conseiller ceux qui sont malheureux ! Mais il ne faut pas oublier que la fatalité est là pour un coup, sieurs et dames ! Avoir de la veine ou ne pas en avoir ! Je ne dis pas que tout est là ; je dis que presque tout est là ! *To be or not to be* ! *Fatalitas* ! *Fatalitas* ! s'écria dans un vaste accès de lyrisme, où il mêlait l'anglais et le latin, l'étonnant Chéri-Bibi. O Fortune ! Fortune ! devais-tu associer cet homme juste aux plus scélérats des mortels ! En toute affaire il n'est rien de plus funeste que la société des méchants ; le fruit en est amer ! C'est un champ de misère où l'on moissonne la mort !

« Mesdames et messieurs, je vous demande bien pardon ! Je ne sais plus tout à fait ce que je dis, avoua l'amoureux de Cécily en essuyant les larmes qui coulaient de sa rude paupière. Je crois que j'ai pris un petit verre de champagne de trop ! Allons prendre l'air sur le pont ! Et nous irons faire un petit tour ensuite au Jardin des plantes ! »

Toute la société se leva, dans un singulier état d'esprit. L'émotion du commandant avait impressionné différemment les convives de cet extraordinaire repas de gala. Les forçats ne pouvaient s'empêcher de se rappeler que plusieurs d'entre eux avaient toujours prétendu que Chéri-

Trou de souris

Bibi avait été tout d'abord « une victime de son innocence ». Quant aux naufragés, ils s'expliquaient difficilement l'attendrissement de ce vieux loup de mer, en parlant de ce monstre de Chéri-Bibi.

« Mais il pleure ! dit tout bas Mme d'Artigues à son mari. Ne croirait-on pas qu'il l'aime ?

– Comme un frère ! répliqua Chéri-Bibi qui avait entendu.

– Hein ? qu'est-ce qu'il dit ?

– Rien, madame, vous voyez bien qu'il est saoul ! répliqua Gueule-de-Bois.

– Ce brave commandant,. il en a une « muffée » ! faisait Robert Bourrelier.

– Il n'est peut-être pas aussi pompette qu'il en a l'air, dit Mlle Carmen de Fontainebleau à Mlle Nadège de Valrieu. A ce qu'il paraît que ce Chéri-Bibi est tout à fait surprenant, et que malgré sa laideur il est doué d'un charme irrésistible. Il aura ensorcelé ce pauvre homme, qui n'a pas l'air d'avoir la tête trop solide.

– Moi, répliqua Mlle Nadège de Valrieu, il y a une chose qui m'a frappée dans tout ce qu'il a dit, c'est que les forçats ont dix manières de sortir de leurs cages. Ça n'est rassurant pour personne, et nous ne sommes pas tout à fait en sécurité ici.

– Tu pourrais bien avoir raison, répondit l'autre. Le malheur est que je ne vois pas où nous pourrions nous réfugier ! Mais tout de même, c'est vrai que je suis loin d'être tranquille. Tous ces gens-là me font peur avec leurs histoires de forçats. Et puis ça n'est pas pour dire, mais ils en ont des têtes ! Alors nous allons voir Chéri-Bibi, mon cher commandant ? demanda Carmen de Fontainebleau à celui-ci qui passait près d'elle en bousculant un peu son monde.

– Suivez-moi ! » ordonna-t-il.

Comme il passait près de l'échelle accotée aux cuisines, il arrêta la procession pour lui montrer la cambuse et toutes les traces du combat qu'y avait soutenu Chéri-Bibi. Il expliquait :

« Voyez, nous étions ici ; lui, il était là et il nous canardait, fallait voir ! Y a pas à dire, c'est un brave ! Nous étions plus de cent contre un ! Et il n'y avait pas moyen d'approcher. Il sautait d'une pièce dans l'autre comme s'il avait été en caoutchouc et malgré ça à l'épreuve de la balle. Enfin il se réfugia dans la cuisine et là il n'y avait pas d'issue. Fatalement il était pris. On s'est précipité. Plus personne ! Où était-il passé ? Mystère !

« Après avoir regardé partout, nous nous en allâmes. Eh bien, je peux vous le dire maintenant parce qu'il nous a tout raconté. Nous n'étions pas plus tôt partis qu'il sortait de la soupe qui commençait à chauffer, montrait sa tête au-dessus de la marmite, constatait qu'il était bien seul, quittait son bain culinaire et retournait se cacher dans la cambuse sous les provisions de légumes que nous avions tout à l'heure sondées pour constater qu'il n'y était pas ! Que voulez-vous, nous n'avions pas songé à regarder dans les marmites. Elles fumaient !

« Comment pouvions-nous supposer que Chéri-Bibi était caché dans la soupe, qui commençait à chauffer à petit feu ! Évidemment elle ne bouillait pas encore, mais il m'a dit que quand il est sorti il était temps, car le pauvre garçon n'a jamais pu supporter de bain au-dessus de 40° bien qu'il eût la peau assez dure ! Oh ! il avait plus d'un tour dans son flac ! Il faut bien dire aussi qu'il était singulièrement aidé par la complicité d'un de ses amis de La Rochelle qui avait réussi à se faire engager sur le *Bayard* au dernier moment avec quelques soutiers, pour remplacer des hommes qui nous faisaient défaut. Tout ça, c'est de la bande à Chéri-Bibi. Vous pensez s'ils travaillent pour lui !

« L'aide de cuisine qui avait la responsabilité de la nourriture des forçats s'était fait le commissionnaire des bagnes sans que la plupart des condamnés s'en fussent seulement doutés ! Lors de la distribution du fricot à la ficelle c'est lui qui trouvait le moyen (quand tout le monde était occupé autour des baquets ou quand il revenait lui-même chercher ses baquets vides, dans le moment que les hommes, sortis de cage, faisaient leur promenade sur le pont) de glisser dans les sacs des bouteilles de rhum dont ces messieurs se régalaient, et plus tard, des armes, des couteaux, des revolvers volés à la salle d'armes, ou directement aux gardechiourme. Ce mitron, sieurs et dames, était malin comme un singe et adroit comme un pickpocket.

– Est-ce que nous allons le voir aussi ? demanda Mlle Nadège.

– Non, madame, il est mort ! Nous l'avons perdu ! Et Chéri-Bibi en a eu bien du chagrin, car cet enfant (il était tout jeune, vingt-deux ans à peine et de grands yeux bleus) aimait Chéri-Bibi comme un chien aime son maître. Il l'avait toujours suivi partout, dans tous ses malheurs, et souvent l'avait empêché de mourir de faim, car il était plein d'imagination et de cœur.

« Pauvre petit mitron, victime de ce sentiment sacré entre tous qui s'appelle l'amitié ! Ne craignez rien, mesdames, je ne vais pas encore m'attendrir sur celui-là. Il nous a donné trop de tintouin. C'est lui qui avait tout préparé avec les soutiers. Depuis le départ de l'île de Ré, il travaillait avec eux dans les cales, trouant une cloison par-ci, un plancher par-là, se ménageant des chemins à travers le navire que nous ignorions totalement, et préparant à Chéri-Bibi dans des caisses que nous croyions pleines de marchandises, des refuges que nous n'aurions jamais soupçonnés, et quand Chéri-Bibi fut évadé, lui prêtant des costumes du bord qui permettaient quelquefois à celui-ci, en plein jour, de se promener dans les entreponts. Enfin ce furent ces hommes qui, au moment de la bataille, volèrent les fusils de mes braves artoupans pour les passer à la rébellion. Vous voyez, chers messieurs et dames, si nous étions propres ! »

Ayant dit, Chéri-Bibi fit signe que l'on pouvait maintenant monter sur le pont, tel le cicérone officiel d'un bâtiment public, dont le métier est de montrer et d'expliquer les curiosités dont il est le gardien fidèle.

Sur le pont, la caravane s'extasia. On se serait cru, ma foi, à la foire de Neuilly ! On avait mis des petits drapeaux partout et disposé des girandoles de lanternes vénitiennes. Le commandant expliqua qu'après les terribles drames qui venaient de se dérouler à bord, ses hommes avaient besoin de distraction et qu'il leur avait promis une petite fête où les uns chanteraient, les autres joueraient la comédie comme on a à l'accoutumée, à bord des vaisseaux de l'État, et où finalement tout le monde danserait au rythme d'un orchestre improvisé. Puis s'adressant particulièrement à Mmes de Valrieu et de Fontainebleau, Chéri-Bibi ajouta :

« Si vous étiez assez aimables, mesdames, pour ne point dédaigner les applaudissements de pauvres gens de mer comme nous, vous n'hésiteriez pas à nous faire la grande faveur d'un « numéro ». Je suis sûr que mes hommes en conserveraient un souvenir ineffaçable ! »

Comment refuser ? Et puis la proposition les amusait, et cette petite fête contribuerait sans doute à dissiper cet étrange sentiment de malaise qui continuait de les envelopper, sans qu'elles en pussent dire exactement la cause.

« Gueule-de-Bois ! appela le commandant (le second, immédiatement, se précipita). Tout est prêt dans les bagnes ?

– Tout est prêt, mon commandant. »

Et Chéri-Bibi ajouta, plus bas :

« Savent-ils qu'au moindre mot, je les fais fusiller à travers les grilles ?

– C'est entendu, mon commandant, ils le savent, et je crois qu'ils se le tiendront pour dit.

– Eh bien, en route pour le Jardin des plantes !

Les dames l'entourèrent ; elles voulaient être au premier rang. On descendit dans la batterie haute. Un silence de mort régnait dans les cages. Les visiteurs, très émus, n'osaient pas prononcer une parole. Et, pendant quelques instants, on se regarda, sans bouger, de chaque côté des barreaux.

Quand les yeux de ces dames se furent peu à peu habitués à la demi-obscurité qui régnait dans l'entrepont, elles commencèrent de distinguer les détails de l'aménagement sommaire des misérables qui étaient entassés là.

« Les pauvres gens ! » fit Mme d'Artigues.

Et les autres aussi s'apitoyèrent : « Les pauvres gens ! » Ils demandèrent des détails sur la façon dont ils se couchaient, dont ils mangeaient, et ils voulurent savoir s'ils étaient bien soignés.

« Ah ! pour sûr qu'on les soigne ! Et comment ! répliqua Chéri-Bibi. Est-ce pas que vous êtes bien soignés, vous autres ? Allons, répondez ! Y a-t-il quelqu'un qui se plaint ici ? Vous voyez, mesdames, ils ne répondent pas, personne ne se plaint ! Ils sont contents ! »

Et Chéri-Bibi exhiba ses hommes comme un maître de ménagerie fait l'énumération de ses bêtes, en s'étendant sur leurs redoutables qualités.

« Allons, avance à l'ordre, toi, Bigredouille ! Viens ici, Demiliard ! Et Boulatruelle, là-bas, qu'est-ce que tu as à geindre comme ça ! T'as des rhumatismes ?

– Qu'est-ce qu'il a fait celui-là ? demanda Mme d'Artigues.

– Il pleure sa pauvre femme, à laquelle il est arrivé z'un malheur.

– Et quoi donc, mon Dieu ?

– Il lui a versé du plomb fondu dans l'oreille.

– Ah ! le misérable ! on ne dirait jamais ça, à le voir ! Regardez, monsieur du Touchais, comme il a bonne figure !

– Pour sûr ! On lui donnerait le bon Dieu sans confession.

– Je me rappelle avoir lu ce procès-là, fit remarquer Robert Bourrelier.

Dérives

– C'est amusant de revoir ici tous ces héros de crimes dont les journaux ont rapporté le procès... Vous ne trouvez pas, marquis ?

– Mais certainement, madame.

– Tout de même, on se les représentait plus féroces, dit Mlle de Valrieu. C'est drôle, ils n'ont pas l'air méchant ceux-là !

– Cet animal n'est pas méchant ; quand on l'attaque, il se défend ! » gronda Chéri-Bibi en faisant glisser ses hôtes le long des autres cages.

Il avait un stick à la main et en fouettait les barreaux avec bruit, comme font les dompteurs pour exciter les animaux apathiques.

– Allons, debout dans les cages ! Pouvez pas vous lever, vous autres ! Vous voyez bien qu'il y a de la visite ! Honneur aux dames ! Allons, Laveuve ! Carmagnolet et Mardisoir !

– Comment dites-vous qu'il s'appelle, celui-là ?

– Mardi soir.

– Le drôle de nom ! Pourquoi ça ?

– Oh ! une histoire comme une autre. Probable que tous ses malheurs sont arrivés un mardi soir... Eh bien, et celui-là, savez-vous comment il s'appelle ? Il s'appelle Mangedentelle.

– Qu'est-ce qu'il a fait, celui-là ?

– Allons, réponds, qu'est-ce que tu as fait ?

– J'sais pas, mon commandant !

– Comment, tu ne sais pas ! Avec un nom pareil ? Tu mangeais de la dentelle, parbleu ! Encore une histoire de contrebande ! Debout, Trousse-Vaches ! Celui-là tient son nom de la ruelle Trousse-Vaches où il a commis son premier crime. Il a mangé le nez d'un agent qui en est mort. Pas vrai, Trousse-Vaches ?

– J'sais pas, mon commandant !

– Comment, tu ne sais pas ! »

Et Chéri-Bibi se tourna furieux du côté du sergent des garde-chiourme :

« C'est extraordinaire, sergent ! Vos hommes des cages ne savent rien de rien ! A quoi passez-vous donc votre temps ? Faudrait tout de même leur faire répéter ce qu'ils ont fait !

– Comment leur faire répéter ce qu'ils ont fait ? demanda Robert Bourrelier.

– Oui, à seule fin qu'ils ne l'oublient pas, et qu'ils soient dévorés par le remords !

– Ah ! celui-là, commandant, celui-là qui hausse les épaules ?

– Quelqu'un ici s'est permis de hausser les épaules ? éclata la voix de tonnerre de Chéri-Bibi. Sans doute une forte tête ! *Je ne permets pas aux fortes têtes de hausser les épaules* ! »

Et comme il y eut un léger ricanement à la suite de cette figure de rhétorique un peu risquée, Chéri-Bibi perdit tout à fait patience.

« Qu'est-ce que vous pouvez bien attendre d'une attitude pareille ? hurla-t-il, hors de lui. Vous voulez sans doute provoquer ma colère ? Mille millions de *Bayards* ! Tâchez à respecter ce qui est respectable, à vous respecter vous-mêmes si possible en respectant les personnes honnêtes avec lesquelles vous pouvez avoir l'honneur de vous trouver à bord ! Si vous continuez à vous conduire comme ça, qu'est-ce que vous voulez que pensent de vous messieurs et dames les naufragés ? En voilà assez pour la batterie haute ; descendons maintenant dans la batterie basse. Mais auparavant, je vais vous montrer le cachot de Chéri-Bibi. »

Et il fit descendre tout le monde dans le fameux couloir des cachots. D'abord il alla au cachot où avait été enfermée la Comtesse et il montra le trou par lequel elle s'était échappée avec le célèbre bandit. Ainsi le concierge du château d'If montre aux visiteurs le souterrain par lequel l'abbé Faria communiquait avec Edmond Dantès.

« Là était enfermée une misérable reléguée, que nous avons pendue depuis, dit-il, et qui avait demandé à accompagner son mari à Nouméa. Vous vous rappelez peut-être, mesdames et messieurs, l'histoire de ce médecin qui découpait des lanières de chair sur ses clients pour les manger ?

– Ah ! l'horreur ! s'exclama Mme d'Artigues.

– Oui, oui, firent les deux autres femmes, c'est encore une histoire qui a été dans tous les journaux ! Il est ici, ce médecin-là ? Nous voudrions bien le voir !

– Mesdames, nous l'avons pendu.

– Bon Dieu ! combien donc en avez-vous pendu, commandant ?

– Autant qu'il en fallait pour la sécurité de la société ! déclama Chéri-Bibi. Cette femme accompagnait donc son mari ; mais à bord elle eut l'occasion de voir Chéri-Bibi, et aussitôt elle fut prise pour lui d'un amour insensé. C'est elle qui aida surtout le dévoué mitron dont je vous parlais tout à l'heure, dans les projets qu'il avait formés pour l'évasion de Chéri-Bibi.

« Regardez, sieurs et dames, ce cachot, et maintenant considérez celui-ci. Pas de communication, hein ? C'est bien vu ? bien entendu ? Or c'est là qu'était Chéri-Bibi attaché à ses fers, et surveillé par deux artoupans. Comment a-t-il pu passer de son cachot dans celui de la dame pour s'enfuir de là par le trou ? De la façon la plus simple du monde. Regardez !

« La dame, qui s'était fait mettre au cachot exprès, sachant qu'il n'y avait plus que celui-là de libre, n'eut, quand elle fut enfermée, qu'à procéder à ce petit exercice. (Et Chéri-Bibi se met à dévisser très facilement les boulons qui retenaient une plaque de tôle entre les deux cachots.) Ne croyez pas, sieurs et dames, que ce petit ouvrage eût été préparé par quelque malheureux forçat à ses moments perdus ; nullement, il l'avait été par les soins des artoupans eux-mêmes (nous appelons « artoupans » , dans la marine, les garde-chiourme). Le déboulonnage de la tôle par une femme prisonnière qui connaissait déjà le truc pour en avoir usé ne devait pas étonner les deux hommes qui s'ennuyaient à côté dans la garde de Chéri-Bibi.

« Suivez-moi bien ! Les deux gardes se dirent : "Tiens, il y a du bon ! "quand la figure de leur petite amie se montra sous la tôle soulevée. Vous devinez certainement la suite. Le mitron dévoué était derrière le lit de camp de la condamnée. Et quand le premier garde-chiourme eut enjambé par ici pour venir jusque-là, à cet endroit que voici, la prisonnière lui jeta, en même temps que ses beaux bras, un petit lacet autour du cou, que serra avec entrain le dévoué mitron.

« Étonné de ne point voir revenir son compagnon, le second garde avait enjambé comme j'ai dit précédemment et avait eu immédiatement l'explication qu'il cherchait. Il comprit et mourut. Sur quoi le bon mitron, qui avait eu la précaution de prendre dans la poche du veston du commandant la clef du cadenas (on s'en serait passé si cela avait été nécessaire, croyez-le bien, sieurs et dames), n'eut plus qu'à délivrer Chéri-Bibi, refermer le cadenas, remettre les artoupans en place, reboulonner le panneau, reporter la clef dans la poche du commandant (je suis toujours si distrait et préoccupé), et le tour était joué ! Comment le trouvez-vous, sieurs et dames ?

– Admirable ! Ravissant ! Extraordinaire !

– C't'imbécile de commandant Barrachon n'en revenait pas ! ajouta Chéri-Bibi.

– Mais taisez-vous donc, mon petit commandant ! fit en riant Carmen de Fontainebleau, câline ; voulez-vous ne pas dire du mal du commandant Barrachon !

– C'est vrai, j'oubliais, grogna Chéri-Bibi. Je ne dois pas le débiner devant son équipage. Mais il y a des moments où je m'en veux, vous savez ! Avoir été joué comme ça, il y a de quoi vous tourner les sangs, comme dit ma concierge !

– Eh bien, maintenant, conduisez-nous à Chéri-Bibi ! C'est Chéri-Bibi qu'il nous faut ! »

Ils quittèrent le faux-pont pour remonter dans la batterie basse. Et là ils virent encore d'autres prisonniers. Les dames avouèrent que, cette fois, ils avaient bien d'abominables têtes de forçats.

« En voilà un, tenez, là-bas, montrait Nadège de Valrieu, que je ne voudrais pas rencontrer au coin d'un bois ! » (Et elle désignait de son doigt tendu le distingué M. de Vilène lui-même.)

Le brave officier de marine, héros de la plus colossale aventure du monde, faisait en vérité, sur le moment, la plus farouche mine. Obligé de contenir la fureur qui l'animait contre ce monstre de Chéri-Bibi, se disant que s'il n'arrivait pas à se dompter, que s'il laissait échapper un mot douteux sur l'étrange situation qui avait renversé leur rôle à tous, il donnerait peut-être le signal d'un massacre général, dont les naufragés qui les visitaient ne seraient pas les dernières victimes, tel était l'état de cet homme qu'il faut plaindre. Mais le prodigieux effort moral que cet état comportait se traduisait extérieurement par une figure des moins accueillantes et que Mlle Nadège avait remarquée tout de suite.

« Fi, le vilain ! » lui jeta encore Mlle Carmen de Fontainebleau.

Et elle demanda :

« Qu'est-ce qu'il a fait, celui-là ?

– Celui-là, répondit Chéri-Bibi, n'a pas fait grand-chose de mal, mais les jurés lui en ont tenu compte tout de même. Vingt ans de travaux forcés pour avoir tenté d'assassiner sa belle-mère ! Regardez-le, et croyez-moi, ce n'est ni l'orgueil, ni un obstiné dédain qui cause son silence ; mais il a le cœur rongé d'un cuisant chagrin, il regrette de l'avoir manquée !

– C'est vrai qu'ils ont tous l'air mauvais par ici !

– Mesdames, prononça Chéri-Bibi sentencieux, nous sommes dans le seul endroit de la terre où l'on peut vraiment juger les gens sur l'air qu'ils ont.

– Pourquoi donc, commandant ?

– Parce que le costume de forçat, madame, gronda la voix terrible de Chéri-Bibi, va merveilleusement bien à tout le monde. »

Et il ajouta, se tournant, formidable, du côté de Maxime du Touchais :

« Qui donc peut se vanter aujourd'hui que le costume de forçat ne lui irait pas ? Le costume de forçat est le seul qui donne à chacun l'air qu'il lui faut ! »

Et Chéri-Bibi, enchanté d'avoir produit son petit effet, passa à une autre cage.

« Mais il est tout à fait ivre, le pauvre homme ! murmura le marquis dans l'oreille de Mme d'Artigues.

– Je vous avoue, fit celle-ci, qu'il m'inquiète un peu... Avez-vous remarqué sa tête, ses yeux, quand il vous parle ? C'est singulier, il me semble que tout cela, qui n'est pas beau à voir, ne m'est pas inconnu ! Après tout, j'ai peut-être déjà vu sa figure dans les journaux... Commandant ! Commandant ! On a déjà publié votre portrait dans les journaux, n'est-ce pas ?

– Oui, répondit Chéri-Bibi, en tressaillant. On l'a publié à côté de celui de Chéri-Bibi quand on a su que c'était moi qui le conduisais à Cayenne ! Tenez, le voilà justement, votre Chéri-Bibi ! »

Il désignait, dans la cage des financiers, le commandant Barrachon lui-même. Pauvre, héroïque, excellent commandant qui aurait voulu mourir à la tête des derniers hommes qui lui restaient ! Tous ses officiers l'auraient suivi dans la mort : plutôt se faire massacrer sans espoir que de subir la loi d'un Chéri-Bibi ! Hélas ! sans munitions, il lui avait fallu cesser le combat et se rendre pour sauver la vie de l'équipage ! Chéri-Bibi lui avait dit :

« Vous vous êtes conduit comme un brave. Nous n'avons pas à nous plaindre de vous ! Vous avez fait pour nous tout ce que vous avez pu ! Vous resterez libre à votre bord ! »

Suprême injure ! Avoir mérité la reconnaissance d'un Chéri-Bibi ! Il avait réfléchi à sa faiblesse passée et se l'était reprochée comme un crime, tout au moins comme une complicité. Lui plus que tout autre méritait cette cage, où les méchants avaient fini par enfermer les bons, à la suite peut-être de sa pusillanimité, et il avait exigé qu'on l'y enfermât avec les autres. Et il pensait que si une brute galonnée, comme il avait coutume de dire au beau temps de son rêve humanitaire, eût, dès les premiers jours, cassé la figure de quelques-uns de ces forbans ou les eût envoyés naviguer au haut d'une vergue, le vaisseau de l'État n'aurait point certainement à cette heure changé de propriétaires !

Abîme sans fond d'une philosophie désemparée, dans laquelle le brave Barrachon pataugeait avec autant de difficultés que là-haut l'audacieux Chéri-Bibi, aux prises avec ses nouveaux devoirs, avait pataugé dans la hiérarchie, dans la discipline, dans les exigences d'un nouveau commandement, d'une nouvelle position en un mot, à laquelle la fortune, marâtre jusque-là, ne l'avait pas habitué. Mais quoi ! on se fait à tout ! Et peu à peu, les choses à bord reprenaient leur cours. Au fond des cages, les anciens hommes libres commençaient à prendre ces attitudes lasses et traînantes de l'esclavage, où la fierté de la race disparaît, et où reparaît l'animalité. Dans les couloirs, les ex-forçats devenus libres relevaient un front autoritaire, et, gardiens consciencieux des vaincus, apprenaient, sans difficulté, à se faire obéir.

Les heures s'écoulaient comme autrefois, dans les entreponts dont Chéri-Bibi, intelligent, avait fait le dernier refuge de la discipline. Sur le pont, dans les carrés, dans les postes d'équipage, partout où pénétrait la gaie lumière du jour, on pouvait rire et s'amuser, mais c'était à la condition que l'on n'eût rien à craindre d'en bas.

La société de Chéri-Bibi, comme toutes les autres qui ont dessein de vivre sans fâcheuse surprise, s'était assurée ses derrières. Le même programme qu'autrefois était exécuté avec la même ponctualité, mais avec plus de sévérité, à cause de l'expérience acquise. Aux mêmes « quarts » piqués par le timonier, Barrachon voyait apparaître les mêmes rondes d' « artoupans » , venant surveiller la « relingue ». Et il eût pu croire, le brave commandant, qu'il n'y avait rien de changé à bord si la relingue, cette fois, ce n'avait pas été lui !

« Alors, c'est celui-là, qu'est Chéri-Bibi ! Celui-là qui a l'air si truffe, là, dans le coin ! Eh bien, vrai, je ne me l'imaginais pas comme ça ! fit Carmen de Fontainebleau.

– Ni moi non plus ! dit Nadège de Valrieu. Il m'a l'air bien flapi. Vous ne lui donnez donc pas à manger, mon commandant ?

– Ce n'est pas possible que ce soit là le terrible Chéri-Bibi ! Il a l'air d'un notaire qui a mal tourné. »

La croisière s'amuse

Le pauvre commandant Barrachon ne tourna même pas la tête. Mais un homme de la cage s'avança jusqu'aux barreaux. Il avait la figure couverte de linges ensanglantés. Il dit d'une voix ferme :

« Moi, je m'appelle Pascaud, sergent des surveillants militaires, mis en cage, comme ses camarades, par les forçats qui se sont emparés du *Bayard*. Quant à celui-là, ajouta-t-il, en se tournant vers l'héroïque prisonnier, qui s'était levé en entendant Pascaud, quant à celui-là, il ne s'appelle pas Chéri-Bibi : il s'appelle le commandant Barrachon. Et Chéri-Bibi, le voici ! »

Et sa main, à travers la grille, montrait le vrai Chéri-Bibi, qui éclata de rire. Ce rire fut aussitôt couvert par une explosion de malédictions et d'injures, parties de toutes les cages. Les bagnes semblaient être entrés, en une seconde, en révolution. Des grappes humaines s'étaient lancées contre les barreaux, s'y suspendaient, gesticulaient, des poings menaçants passaient entre les grilles des bouches hurlaient : « Bandits ! assassins ! misérable chiourme ! Tuez-nous ! mais nous en avons assez ! ou débarquez-nous tout de suite ! nous ne voulons pas de votre pitié... » et autres exclamations, interjections, rugissements et fureurs.

La batterie basse, se doutant de ce qui se passait, mêlait ses colères retentissantes à la révolte d'en haut comme des animaux féroces dont la rage est décuplée de ce qu'elle se heurte à un rempart infranchissable, ils pantelaient, bavaient, se roulaient d'impuissance contre les grilles. Barrachon lui-même avait perdu tout sang-froid, toute dignité dans sa captivité. Ce n'était plus qu'une bête comme les autres, toutes les autres, qui eussent voulu déchirer les belluaires. Le spectacle était atroce et tragique et se répétait partout, a côté, derrière, dans toutes les cages.

Les visiteurs s'enfuirent épouvantés et Chéri-Bibi lui-même les suivit en se bouchant les oreilles. Ce fut une galopade vers le pont supérieur pendant que les nouveaux garde-chiourme, criant aussi fort que leurs anciens geôliers, imploraient l'ordre de Chéri-Bibi de tout massacrer.

Chéri-Bibi était arrivé sur le pont. Là il respira, revit avec joie la lumière, l'éclat du ciel et des eaux et sentit, comme il ne l'avait jamais éprouvé jusqu'alors, le bonheur de vivre.

« Les pauvres bougres ! donnez-leur double ration ! » fit-il.

XI

UNE PETITE FÊTE DE FAMILLE

Ces dames étaient arrivées sur le pont dans un état de frayeur dont elles furent quelque temps à se remettre.

« Oh ! souffla Mme d'Artigue, c'est épouvantable ! Les avez-vous entendus ? Les avez-vous vus ? J'ai cru qu'ils allaient nous dévorer !

– Et cette invention, dit Mlle de Valrieu, en se laissant tomber sur un banc, cette invention qu'ils ont trouvée de vouloir se faire passer à nos yeux pour...

– Ça, coupa court Carmen de Fontainebleau, ça c'est le plus extraordinaire de tout ! Si c'était vrai ?

– Ah çà ! est-ce que vous devenez folle, chère amie ? interrompit Robert Bourrelier.

– Dites donc, vous d'abord, tâchez d'être poli... En tout cas, vous prétendrez ce que vous voudrez, mais ce Chéri-Bibi-là, moi je ne le connais pas ! Vous l'avez reconnu, vous, mesdames ? Voyons ! sa tête a été dans tous les journaux... Est-ce que ça lui ressemble ?

– Ma foi, dit Mme d'Artigues, entre nous le commandant lui ressemble beaucoup plus !

– C'est exact, fit Mlle Valrieu en frissonnant. On dirait Chéri-Bibi tout craché.

– Ah ! je ne vous l'ai pas fait dire ! murmura Carmen de Fontainebleau... Mais, tenez, depuis le déjeuner, je me dis : "C'est étonnant comme ce commandant-là ressemble à Chéri-Bibi ! "Mon Dieu ! si c'était vrai ! si c'était vrai ! qu'est-ce que nous deviendrions ? »

Et elle était toute pâle et ses deux compagnons se mirent à trembler comme elle. Il fallut que Robert Bourrelier leur démontrât, leur fit toucher du doigt leur folie.

« Voilà bien les femmes ! disait-il... elles seront toujours victimes de leur imagination ! Le naufrage ne leur suffit pas, il leur faut encore des aventures avec des forçats ! Ah çà ! vraiment, est-ce que vous perdez la tête ? Voulez-vous nous faire une autre figure que ça ! Si le commandant arrivait, je ne manquerais pas de lui dire les causes de votre inquiétude pour qu'on s'amuse un peu ! La photographie dans les journaux !

« Voyons ! parlons sérieusement. Le commandant a dit lui-même que son portrait avait passé à côté de celui de Chéri-Bibi. Vous prenez l'un pour l'autre ! Vous confondez les deux physionomies. Il porte les cheveux ras comme beaucoup d'hommes de mer, et Chéri-Bibi aussi, et là-dessus vous voilà parties ! Si tous ceux qui se font raser les cheveux doivent aller au bagne ou en sortir, Paris, l'été, serait une succursale de Cayenne et l'on pourrait croire que dans la belle saison, on ouvre les portes de toutes les maisons centrales !

« Allons, mesdames, soyez raisonnables ! Regardez la belle discipline qui règne à bord ! Comme tout cet équipage est gai ! Rappelez-vous comme vous avez été reçues aimablement ! Mais si tous ces gens-là étaient ce que vous craignez qu'ils soient, je n'ose même pas vous dire ce qu'il serait advenu de vous, depuis que vous avez mis les pieds sur ce bâtiment hospitalier ! M'entendez-vous un peu ?

– Ça, c'est vrai ! dit Mme d'Artigues qui ne demandait pas mieux au fond que d'être convaincue. Nous sommes folles !

– Sûr que des forçats n'iraient pas par quatre chemins ! émit Nadège.

–... La journée n'est pas finie, crut devoir faire remarquer la tremblante Carmen.

– Elle ne fait que commencer, mesdames » , prononça une voix derrière elles.

Elles se retournèrent et se trouvèrent en face de trois officiers qui les saluaient le plus galamment du monde.

La « relingue » , en liberté, venait de leur envoyer la fleur des pois : un faux en écritures publiques, un empoisonnement distingué et une escroquerie compliquée d'abus de confiance au détriment d'une société bien-pensante.

Ces dames furent agréablement impressionnées par la correction de tenue, par les gants blancs, par le joli sourire mondain des trois canailles.

Celui qui avait déjà parlé, et dont la voix était charmante, continua :

« Oui, mesdames, la journée ne fait que commencer pour nous, puisque la fête va s'ouvrir sous vos gracieux auspices. La Comtesse vous attend pour ouvrir le bal. Si vous nous permettez cet honneur, nous aurons « celui » de danser ensemble le premier quadrille. »

La Comtesse ! Elles l'avaient oubliée ! Oui, oui, décidément elles étaient bien folles ! Si elles s'étaient rappelées une seconde la grâce et la distinction de cette grande dame, qui les avait prises sous sa protection à son bord, elles n'auraient certainement pas eu tant d'imagination. Et elles en rirent, et Robert Bourrelier voulut bien en rire avec elles ! A quoi songeaient-elles, mon Dieu ! Et ces jeunes gens, si braves et si polis, si corrects, et qui s'exprimaient si bien ! Elles étaient déjà toutes les trois debout. Et elles minaudèrent :

« La fête ! Ah ! messieurs, pardonnez-nous, mais nous l'avions oubliée ! Nous ne savons pas si nous osons... madame la comtesse a fait toilette certainement ! gémit l'exquise Carmen de Fontainebleau.

– Que non pas, mesdames, que non pas ! La Comtesse, comme toutes les grandes dames, adore la simplicité. Elle est venue telle qu'elle. Et puis, vous savez c'est une petite fête de famille. »

Ils offraient leur bras. Elles ne se firent point prier davantage, et tout à fait rassérénées, elles suivirent leurs cavaliers.

« On dit qu'il n'est point de meilleurs danseurs au monde que les marins ! » susurra la belle Mme d'Artigues.

Le faux en écritures publiques courba élégamment la tête et, modeste, protesta :

« Un poète a dit cela aussi, madame, des bouviers allemands. »

Et il scanda avec une science délicate les jolis vers.

« Du Musset ! Mais c'est du Musset ! Oh ! j'adore Musset !

– Comme ça tombe, madame. Moi, je le sais par cœur. »

On arriva au gaillard d'arrière, qui était fort joliment décoré et où une foule bien sage attendait les premières mesures de l'orchestre. La Comtesse vint au-devant de ces dames et leur fit de grands remerciements de leur bonne grâce et volonté. Devant l'orchestre, un espace assez vaste était libre, où l'on dansa le premier quadrille. On se serait cru dans un salon, ou plutôt dans un casino, au bord de la mer, naturellement.

Cependant, dès la première polka qui suivit, les nouveaux venus ne purent s'empêcher de remarquer la liberté un peu grande avec laquelle les hommes traitaient leurs danseuses, et aussi l'attitude peu convenable de ces femmes qui s'interpellaient dans un langage que les amies du marquis du Touchais ne comprenaient pas toujours. Elles demandèrent à la Comtesse et leurs cavaliers quelques explications, lesquelles leur furent fournies en abondance.

« L'élément féminin, leur dit-on, était surtout représenté par des femmes de surveillants militaires, qui accompagnaient leurs maris partout et qui avaient pris nécessairement, au contact de la chiourme, l'habitude d'un argot regrettable. De plus, les promiscuités du bord et l'entassement nécessaire dans l'entrepont avaient eu pour résultat de resserrer les liens de la grande famille, si bien que presque tout le monde, hommes et femmes, avait fini par se tutoyer. De fait, on était bien gai et on s'en lançait de raides, de couple à couple. »

Entre les danses, il y avait une débandade générale vers les buffets, qui étaient mis au pillage. Les naufragés constatèrent la générosité du commandant, qui faisait couler dans les verres les liquides et les liqueurs les plus variés. Certains buvaient à même les bouteilles. On commençait de se battre autour des paniers de champagne.

Puis la musique reprenait avec une rage nouvelle, et les couples se remettaient à danser avec des bondissements, des bousculades, des cris et des physionomies qui apparurent soudain, dans leur allégresse alcoolique, effrayantes. Enfin c'était cet extraordinaire mélange de tous les grades dans une fête qui tendait de plus en plus à devenir crapuleuse, qui « dépassait la compréhension » des nobles invitées. Depuis quelque temps déjà, elles eussent voulu partir ; mais on ne leur en laissait ni le loisir, ni le moyen. Elles étaient toujours ramenées vers le centre de cette foule en liesse dans le moment même qu'elles essayaient d'échapper à ces remous.

Et puis, c'étaient des invitations qu'elles n'osaient et ne pouvaient refuser. Et entraînées par des bras auxquels il était bien difficile de résister, elles reprenaient leur place dans le tourbillon. Gueule-de-Bois avait une façon de serrer sur son cœur Mme d'Artigues qui finit par épouvanter cette dernière. Carmen de Fontainebleau et Nadège de Valrieu qui avaient commencé par s'amuser comme deux petites folles, s'effaraient maintenant de certaines privautés.

Haletantes, elles demandèrent toutes trois qu'on leur permît de se retirer ; et elles ne comprenaient point que Mme la comtesse continuât de danser parmi cette tourbe, et consentît à recevoir les horions brutaux des couples en état d'ivresse manifeste, sans protester. Non ! cette comtesse était vraiment extraordinaire. Elle tournait, elle tournait, le sourire sur les lèvres, avec de gracieux petits coups de tête à l'adresse de ces dames quand le hasard des contredanses les faisaient glisser près d'elle. Elle ne voyait donc pas ces figures terribles autour d'elle ? Elle ne sentait donc pas que ça allait « finir dans le vilain » , cette histoire-là ?

Sur ces entrefaites, l'officier de marine « qui connaissait Musset par cœur » et qui avait commencé à réciter *Rolla* à Mme d'Artigues pendant la première valse, survint et apprit à ces dames qu'on ne les laisserait pas partir comme cela ; que leur grâce et leur élégance avaient conquis tous les cœurs et que la fête serait découronnée sans elles.

La Fleur-des-Pois s'exprimait toujours dans des termes si choisis que ces dames ne se sentaient point le courage de rien lui refuser. Cependant, cette fois, la cohue, le bruit, la rumeur bestiale prenaient autour d'elles des proportions telles qu'elles avouèrent à l'officier qu'elles n'osaient pas rester plus longtemps parce « qu'elles avaient peur ! » Oui, tous ces hommes leur faisaient peur ! Enfin, elles étaient fatiguées par les émotions du naufrage et l'on pouvait vraiment avoir un peu pitié d'elles !

Sur quoi le faux en écritures publiques s'inclina et leur dit :

« Il y aurait bien un moyen pour qu'ils vous laissent partir, c'est que ces dames (il montrait Carmen et Nadège) exécutent tout de suite le numéro qu'elles nous ont promis. Tant que vous n'aurez pas dansé sur l'estrade comme ils s'y attendent, ils ne voudront rien savoir ! Dansez tout de suite et vous pourrez disparaître après. Voulez-vous que je vous annonce ? »

Carmen et Nadège se consultèrent du regard. Leur parti était pris. Oui, elles allaient monter sur la scène et après on leur ficherait sans doute la paix !

« Moi, je leur dirai la *Grève des forgerons*, fit Nadège.

– Et moi, je leur danserai mes deux premières *Valses d'amour*, déclara Carmen.

– Et vous, madame, demanda la Fleur-des-Pois à Mme d'Artigues... nous ferez-vous l'honneur ?

– Oh ! monsieur, je ne suis pas une artiste !

– Enfin vous voudrez bien paraître sur l'estrade car ils y comptent bien !

– Mais votre équipage, monsieur, est vraiment extraordinaire !

– Oh ! vous savez, madame, à la bonne franquette, comme on dit... Évidemment, ils manquent un peu de délicatesse, mais ce sont de si braves gens, allez ! Ils sont seulement un peu méchants quand ils deviennent un peu saouls, voilà pourquoi je vous conseillerais de ne pas tarder à leur donner la comédie.

– Oui, finissons-en, dit Mme d'Artigues, et le plus tôt possible... C'est incroyable qu'on les laisse boire comme cela à bord d'un navire de l'État ! C'est inimaginable ! Tenez, regardez ces têtes ! Et la façon dont ils vous dévisagent ! C'est honteux !

– Venez avec moi, mesdames », ordonna la Fleur-des-Pois.

Et il les entraîna derrière l'orchestre, où la troupe de comédiens commençait de s'habiller et de se maquiller, pour on ne savait quelle extraordinaire farce. Un coin de tente dressé en coulisse fut mis à la disposition de ces dames, pour le cas où elles auraient besoin de se recueillir ou de s'embellir avant d'entrer en scène, laquelle venait d'être débarrassée de son orchestre. Les instrumentistes placés sous la rampe, ce fut Boule-de-Gomme qui annonça « que le théâtre allait commencer », et qu'on allait voir immédiatement Mlle Nadège de Valrieu, de l'Odéon de Paris, et Mlle Carmen de Fontainebleau, des Folies-Bergère, également de Paris, et aussi une dame du monde, amateur, dans leurs différents exercices.

Aussitôt, dans un profond silence, commença la *Grève des forgerons*.

L'équipage l'écouta jusqu'au bout, sans broncher, et, quand ce fut fini, le public, après avoir applaudi, cria à Mlle Nadège qu'il fallait danser. Évidemment « la salle » préférait la chorégraphie à la littérature. Pour sauver d'embarras Nadège, Carmen parut. Elle dansait à l'ordinaire son numéro à peu près nue et avec le seul secours d'un voile. Pour la circonstance, elle avait jeté à la hâte sur son costume un flottant peignoir que lui avait prêté la Comtesse.

Dès les premiers pas, elle fut applaudie et encouragée par de chaleureuses phrases d'argot qui vinrent fouetter son entrain naturel. Surtout, elle voulait se dépêcher. Elle n'en parut que plus ardente, et en vérité, prise une fois de plus par le démon de son art, elle se lança éperdument dans ses valses d'amour dont les airs populaires étaient repris en chœur par le public des forçats, sentimental.

Dans le désordre de sa danse païenne, elle montrait ses jambes qu'elle avait admirables, et son succès fut colossal. Elle ne s'arrêta qu'exténuée et se rejeta derrière la toile au milieu des cris et d'un enthousiasme presque farouche.

« Et maintenant, allons-nous-en, dit-elle. Il n'est que temps ! J'ai cru un moment qu'ils allaient bondir sur la scène et m'emporter !

– Oui, oui, fuyons ! dit en tremblant Mme d'Artigues. Savez-vous ce que j'ai entendu tout à l'heure, pendant que vous dansiez, Carmen ? Un de ces hommes, un de ces hommes-là, avec son abominable tête de forçat, disait à un autre, à une autre tête de forçat, car ils ont tous l'air de forçats, tous : "Elle allume, la petite ! *Des trois, c'est encore celle-ci que je voudrais qui me tombe au sort* !"

– Eh bien ?

– Eh bien, qu'est-ce que ça veut dire, une phrase pareille ? Moi je crains tout de ces hommes-là ! J'ai envoyé chercher le marquis... Pourquoi n'est-il pas ici ? Et M. Bourrelier ? Et mon mari ?

– C'est vrai, où sont-ils ? Pourquoi les hommes ne sont-ils pas avec nous ? demandèrent, de plus en plus anxieuses, les deux autres.

– Et le commandant, où est-il ? Si encore le commandant était là !

– Allons donc ! Le commandant me fait encore plus peur que les autres ! avoua Mme d'Artigues.

– Ah ! vous voilà de mon avis maintenant ! constata Carmen en achevant hâtivement de se rhabiller. Vite, vite, fichons le camp ! Rentrons nous enfermer dans nos cabines !

– Mais comment passer maintenant ? Écoutez-les ! c'est comme si nous étions assiégées ! »

En effet, on criait de plus en plus fort. On voulait revoir les artistes. Et Boule-de-Gomme et Petit-Bon-Dieu apparurent. Petit-Bon-Dieu dit :

« Ne sortez pas surtout ! Restez ici... si vous ne voulez pas qu'il vous arrive malheur ! Ils sont saouls, voyez-vous ! Ils veulent tous vous embrasser !

– Mais c'est horrible !

– Horrible, madame », ricana l'autre, sinistre.

A ce moment, elles entendirent la voix de l'officier Gueule-de-Bois qui faisait annoncer sur la scène :

« Camarades, ces dames sont fatiguées et vous prient de les excuser. (*Hurlements.*) Je vous en prie, soyez raisonnables. Encore un peu de patience. La troupe spéciale du

Anthropophagie

Bayard va continuer le spectacle, et la tombola sera tirée immédiatement après. »

A cette dernière partie de l'annonce, les trois femmes se regardèrent avec des yeux étranges. Elles n'osaient se communiquer autrement l'angoisse affreuse qui les étreignait. Cependant Mme d'Artigues, s'efforçant de paraître calme, demanda à un officier :

« Vous avez beaucoup de lots pour la tombola ?

– Non, madame, répondit l' « officier » nous n'en avons pas beaucoup, *mais ils sont magnifiques* ! »

XII

LE FOND DE L'ABIME

Chéri-Bibi, en sortant des bagnes, était rentré chez lui, très occupé de la nouvelle attitude de ses prisonniers et se rendant parfaitement compte que la petite comédie qu'il jouait vis-à-vis des naufragés touchait à sa fin. Prompt dans ses décisions comme il sied à un homme d'action, il manda Gueule-de-Bois et donna des ordres concernant les dames pour la fin de la petite fête, dont il entendait déjà, au-dessus de sa tête, les flonflons.

« Cela leur apprendra à mal parler de Cécily ! »

L'affaire réglée de ce côté, il renvoya Gueule-de-Bois en lui ordonnant de lui expédier la Ficelle.

Comme la Ficelle tardait à venir, il entrouvrit, impatient, la porte de son carré et aperçut deux hommes qui ne le virent point et qui, se croyant seuls dans cette partie de l'entrepont, devisaient ensemble de leurs petites affaires. C'étaient le baron Proskof et le marquis du Touchais. Il pensa qu'ils s'entretenaient de l'incident imprévu de la promenade au Jardin des plantes, et les inquiétantes réflexions que la révolte des prisonniers avait pu leur suggérer. Chéri-Bibi se trompait ; il ne connaissait point ces hommes. Ils parlaient « femmes ».

Nous avons eu déjà plusieurs fois l'occasion depuis l'arrivée des naufragés sur le *Bayard*, de faire remarquer la tristesse du baron Proskof. Cette attitude mélancolique était tout à l'honneur du brave gentilhomme polonais, puisqu'il n'y avait pas plus de deux ou trois jours que la baronne, sa précieuse épouse, était morte, ou du moins qu'il la croyait telle. Proskof paraissait inconsolable. C'est en vain que Maxime du Touchais lui-même avait tenté de le sortir de son chagrin en lui représentant que si quelqu'un, dans cette affaire, avait à se plaindre, c'était bien lui, du Touchais, qui faisait une perte sèche, tandis qu'il restait au moins au baron le million.

Dans le moment que leur conversation était surprise par Chéri-Bibi, le baron Proskof se répandait en éloges sur la défunte.

« C'était une femme d'une intelligence supérieure, que je ne remplacerai jamais, ni vous non plus, mon cher marquis, quoi que vous tentiez ! Cette petite d'Artigues me fait pitié ! La Belle Dieppoise, comme on disait, n'en eût point voulu pour dénouer les cordons de ses souliers !

– C'est bien mon avis, mon cher baron, mais que voulez-vous, il faut être raisonnable ! Je suis encore trop jeune pour faire une fin !

– Savez-vous ce que je ferais, moi, à votre place ?

– Dites toujours !

– Eh bien, je rentrerais le plus tôt possible auprès de ma femme et j'attendrais là bien tranquillement d'être sûr que la baronne est morte, car enfin, nous ne sommes sûrs de rien, absolument ! Voyons, marquis, votre femme est charmante, et je suis certain qu'elle sera enchantée de vous revoir !

– Ce n'est point ce que disent ces dames, vous les avez entendues à table !

– Comment ! Vous prenez note des discours de ces péronnelles ! N'êtes-vous point sûr des vertus de la marquise ?

– Sûr de quoi ? On ne sait jamais avec les saintes ! » ricana le marquis.

Le reste de la conversation fut perdu pour Chéri-Bibi : au surplus, il eût été incapable d'en entendre davantage. La Ficelle le trouva pâle comme un linge, affalé sur son divan.

« Tu es malade, Chéri-Bibi ? s'exclama le dévoué mitron. Veux-tu que j'aille chercher le Kanak ?

– Non ! sa femme d'abord ! fit entendre Chéri-Bibi dans un souffle.

– La comtesse ?

– Oui, la Comtesse ! Tout de suite ! »

Avertie immédiatement par la Ficelle, la Comtesse descendit entre deux « bostons ». Elle s'inquiéta tout de suite du mauvais état dans lequel elle trouvait son commandant.

« Ferme la porte ! dit Chéri-Bibi.

– Mais enfin, qu'y a-t-il ?

– Quelque chose ! »

Il se leva, se plongea la tête dans une cuvette et, s'étant ainsi rafraîchi les idées, il parut aller beaucoup mieux. La Comtesse le regardait se tamponner le front avec sa serviette et ne comprenait toujours point.

« Écoute ! fit l'autre brusquement en s'asseyant auprès d'elle et en lui prenant les deux mains. Écoute bien ! Je sais que tu m'aimes, la Comtesse !

– Oui, fit-elle simplement et tristement, mais toi tu ne m'aimes pas !

– Je vais te dire, la Comtesse ! Tu es arrivée trop tard, vois-tu, la place était prise !

– Je m'en suis toujours doutée. Ce sera le malheur de ma vie !

– Parlons peu, mais parlons bien, la Comtesse : puisque tu m'aimes, es-tu prête à faire quelque chose pour moi ?

– Tout ce que tu voudras !

– Oh ! oui, mais... quelque chose... quelque chose...

– Tout ce que tu voudras !

– Eh bien, d'abord, tu vas me dire ce que vous faisiez, le Kanak et toi, des lanières de chair que vous découpiez sur le client ?

– Oh ! ça ! » fit-elle.

Et elle lui glissa dans les mains... et elle se leva...

~ Ah ! tu vois bien qu'il y a des choses que tu ne peux pas faire pour moi ! »

Elle s'était réfugiée dans un coin comme si elle avait eu peur maintenant de Chéri-Bibi, et elle n'osait plus le rejoindre ; et elle dit d'une voix basse et sourde :

– Je sais bien ce qu'on raconte !

– C'est vrai ? Dis-le-moi, à moi ! à moi ! c'est vrai ? implora Chéri-Bibi. »

Elle secoua la tête, farouche et si brutalement que ses admirables cheveux se dénouèrent, roulèrent en flots noirs sur ses épaules...

~ Non ! non ! râla-t-elle... ce n'est pas vrai ! ce n'est pas vrai !

– Ça a été dit en cour d'assises !

– Ah ! ça non plus, ça n'est pas vrai ! grinça-t-elle. Non ! Non ! on n'a pas osé ! on n'a pas osé... Le gerbier a bien jacté un peu... mais il a fermé tout de suite son plomb ! Tout de suite ! Notre avocat lui a dit qu'on n'avait pas le droit de laisser même entendre de loin une chose pareille... quand on n'en était pas sûr... quand on n'avait pas de preuves ! Et ça a été fini... tout de suite ! Ah ! si tu avais vu la salle ! Il y avait des femmes qui se trouvaient mal, rien qu'à l'idée de ça ! Chéri-Bibi, je t'aime et je ne te mentirais pas ! Je te le dis encore à toi : nous n'avons pas fait ça ! »

Elle se laissa retomber sur le divan à côté de lui et voulut qu'il reprît ses mains dans les siennes, mais ce fut au tour de Chéri-Bibi de se lever. Il arpenta de long en large le salon, pensif, puis s'arrêta en face d'elle.

~ Tant pis ! fit-il.

– Comment ! tant pis ?

– Oui, tant pis ! *J'avais rêvé de vous donner quelqu'un à manger* !

– Je sais qui ! dit-elle en se levant et en s'accrochant à lui : c'est le marquis ! J'ai bien cru pendant le déjeuner que tu allais le buter !

– Ah ! non ! pas ça ! fit-il, c'est trop aimable ! Vois-tu, la Comtesse, quand je pense à lui, je deviens fou ! Je voudrais inventer des supplices... des supplices... Ah ! j'avais cru tout ce qu'on disait du Kanak ! J'avais pensé ! Enfin, n'en parlons plus, puisque ça n'est pas vrai... »

La Comtesse était devenue toute pensive...

« Qu'est-ce qu'il t'a fait cet homme-là ? demanda-t-elle.

– Il m'a arraché le cœur ! comprends-tu ?

– Ah ! oui !

– Et puis il est trop gras... trop fort... trop bien portant... trop heureux... tout lui réussit... Il désire une femme, il jette un million... tout lui appartient... C'est un monstre !

– Oui, oui, je te comprends... je te comprends ! Il est bien riche ?

– S'il est riche ? à millions... à millions... à millions... A quoi penses-tu ? Pourquoi détournes-tu la tête ? Pourquoi tes joues sont-elles si pâles et tes yeux si sombres ? Qu'est-ce que tu as ?

– Rien ! Rien !

– Je veux savoir à quoi tu penses ?

– A rien ! à rien, Chéri-Bibi...

– Mais si... Tu as une idée... je te dis que tu as une idée. J'en ai vu passer le frisson sur ton front obscur. La Comtesse, donne-moi ton idée !

– Jamais ! C'est trop terrible !

– Ah ! tu vois bien ! Je veux connaître ton idée !

– Jamais je n'oserai te la dire... Toi-même, tu la repousserais... Oui, toi-même, Chéri-Bibi, tu trouverais mon idée trop terrible... Et puis, ça n'est pas seulement mon idée... c'est encore, c'est surtout notre secret à Kanak et à moi ! un secret auquel nous tenons parce que, vois-tu, il y a l'échafaud au bout... Alors tu comprends maintenant que je ne puis rien te dire...

– Je vois que tu veux me faire languir. Tu joues avec ma soif. Tu ne m'aimes pas, la Comtesse !

– Plus que tu ne crois, Chéri-Bibi, et c'est justement parce que je t'aime que tu ne sauras rien...

– Alors, c'est plus terrible que ce que j'aurais pensé ?

– Plus terrible que quoi ?

– Plus terrible que les lanières de chair que l'on mange ? »

La Comtesse ne répondit pas tout d'abord. Son émoi était indescriptible. Elle fuyait le regard de Chéri-Bibi... Enfin, elle laissa échapper dans un souffle :

« Oui, oui ! *c'est pire que ça* ! Ah ! laisse-moi ! laisse-moi ! »

Chéri-Bibi la prit dans ses bras, et elle ne fut plus qu'une pauvre chose défaillante. Elle ne résistait plus à son désir de savoir. Elle le renvoyait seulement au Kanak.

« Moi, je veux bien. Écoute, mon Chéri-Bibi, je veux bien que tu saches ! Je ne m'opposerai pas à ce qu'il te dise l'affreuse chose devant laquelle tu reculeras, j'en suis sûre... Mais, si tu parles jamais, ChériBibi, tu feras tomber nos deux têtes... Je te donne la mienne... je te donne la mienne... Prends-la ! »

Et elle lui donnait sa tête belle et si pâle et ses lèvres si blêmes qu'elles ne l'eussent point été davantage si déjà le bourreau en avait pris tout le sang. Mais lui, qui ne songeait qu'à sa vengeance, ne voulut point s'apercevoir du cadeau qu'on lui faisait. Il dit :

« La Comtesse, va chercher le Kanak ! »

Elle roula sur le canapé, étendue dans une pose de désespoir, la tête échevelée dans ses mains réunies, comme une Madeleine qui pleure sa faute, et puis elle se redressa, regarda une fois encore Chéri-Bibi avec ses yeux hagards et dit :

« J'y vais ! »

Mais auparavant, elle s'arrêta devant une glace et remit de l'ordre dans sa coiffure. Puis elle quitta Chéri-Bibi en courant.

Cinq minutes plus tard, le Kanak faisait son entrée. Lui, il était jaune et il y avait du sang dans ses yeux. Il était seul.

« Où est la Comtesse ? demanda Chéri-Bibi.

– Elle est retournée à la danse, répondit le Kanak qui ne quittait pas des yeux Chéri-Bibi.

– Et nous, où en sommes-nous ?

– Nous repiquons sur le golfe de Guinée : tout est préparé pour cette nuit. Les épaves sont prêtes. On jettera ce qu'il faut par-dessus bord pour qu'on nous croie perdus corps et biens. Enfin, dès demain, à la première heure, on procédera au maquillage du navire.

– Crois-tu qu'il nous sera facile de refaire du charbon et des provisions sans danger, à Cape Town ?

– Tout ce qu'il y a de plus facile puisque nous avons le commandant, et que nous resterons sur rade seulement une nuit.

– Et ensuite quel drapeau arborerons-nous ?

– C'est à voir. Moi, j'opterais pour celui de la république Argentine. Nous sommes une quarantaine à bord qui parlons couramment l'espagnol. Et puis, comme nous ne nous arrêterons nulle part, on n'a pas à venir mettre le nez dans nos affaires. Une fois en Malaisie...

– Dis donc, le Kanak... qu'est-ce que tu as ? Tu me parais malade...

– La Comtesse m'a parlé, Chéri-Bibi...

– Eh bien ?

– Eh bien...

– Allons ! décide-toi... pouvez-vous faire quelque chose pour moi ?

– *Quelque chose de formidable*, Chéri-Bibi, mais c'est toi qui ne voudras pas !

– Dis toujours !

– Si tu as jamais la langue trop longue, Chéri-Bibi, nous sommes... la Comtesse et moi... fichus... dans le cas qu'il faut toujours prévoir où l'on retomberait dans la civilisation !

– Me prends-tu pour un « mouton » ?

– Non ! bien sûr ! mais il faut être prudent... Et puis, je vais te dire... *ça peut bien ne pas réussir* !

– Je ne te comprends pas bien, le Kanak, ou plutôt, je ne te saisis pas du tout... mais en tout cas, dis-moi, on souffre bien ?

– Ah ! si on souffre ! je te crois qu'on souffre ! Je suis même à peu près certain que tu trouveras que l'on souffre trop !

– Tu ne me connais pas encore, le Kanak ! Si tu savais combien j'ai besoin que l'on souffre... Va, je t'écoute. »

Mais l'autre s'en fut au bout du salon, se prit le front dans les mains et puis parut terriblement réfléchir. Chéri-Bibi ne le troubla pas. Enfin, le Kanak releva la tête. Sa figure était plus jaune que jamais et ses yeux roulaient du sang. Il était épouvantable à voir. On eût dit qu'il était déjà en proie à quelque surexcitation mi-cérébrale, mi-physiologique qui en faisait une bête, horriblement.

Il traversa tout le salon en titubant un peu, allongea les bras, prit Chéri-Bibi aux épaules, regarda à droite et à gauche si toutes les portes étaient bien fermées et se pencha tout près de l'oreille du bandit. Et lentement, lentement, avec des arrêts et des soupirs, des repos, des reprises, il lui versa dans l'oreille la liqueur démoniaque de son secret.

Chéri-Bibi, à son tour, semblait entrepris par une ivresse maladive. Ses épaules frissonnaient, ses mains tremblaient, ses yeux devenaient énormes. La sueur glissait en gouttes lourdes sur son front d'airain.

Enfin, l'autre se tut et recula en croisant les bras. Et Chéri-Bibi aussi croisa ses bras et ils restèrent ainsi dix minutes à se contempler en silence. Et puis Chéri-Bibi s'enfuit en refermant la porte sur le Kanak qui continua d'attendre, debout, les bras croisés, dans une immobilité de statue. Quant à Chéri-Bibi, il fut en quelques bonds, dignes d'un tigre, sur le pont.

Il avait besoin d'air... et besoin de réfléchir. Les flonflons, les chants, les cris et les danses du gaillard d'arrière le chassèrent sur le gaillard d'avant. Et là, seul, devant la mer et le ciel, il tourna sur lui-même et sur sa pensée. Il marchait en rond, haletant, et pensait en rond autour du secret du Kanak qu'il avait voulu connaître et qui le tentait maintenant comme l'empire du monde avait tenté le mauvais ange. Il leva les yeux au ciel comme il faisait souvent quand il s'adressait a la destinée, au *Fatum* qu'il sentait toujours suspendu sur sa tête, et pesant, de tout son irrésistible poids, sur ses épaules.

Son aventure était si prodigieuse qu'il la croyait, dans son orgueilleuse naïveté, la seule et grande préoccupation du temps et de l'espace. Il ne connaissait point de plus remarquable malheur héroïque que le sien et, dans son âme cruelle mais enfantine, il s'apparentait à ces maudits de l'histoire primitive des hommes, que l'on donnait jadis à lire dans les écoles et qui sont toujours en contact avec le Dieu tout-puissant, soit qu'ils essayent de l'atteindre en entassant montagnes sur montagnes, soit qu'ils essayent de le fléchir en lui offrant des sacrifices épouvantables.

« Pourquoi m'envoies-tu encore cette épreuve ? demanda-t-il tout haut à quelqu'un qu'il avait l'air de considérer comme son plus cruel ennemi. Tu sais bien que je n'y résisterais point ? *La pensée seule de la tenter me brûle comme une robe de flammes* ! »

Et il recommença sa course circulaire insensée pour l'arrêter quelques instants plus tard et reprendre son

Prise de bénéfices

extraordinaire monologue. Mais, cette fois, c'est au Kanak que s'adressait son ardente prosopée :

« Kanak, tes paroles se font bien entendre ! Un enfant même les comprendrait ! Mais une sanglante morsure déchire mon âme ! L'*espoir me tient désormais aux entrailles avec sa gueule de chien* ! »

Et il courut encore comme un échappé des Petites-Maisons. Puis il s'arrêta encore, rugissant, écumant. Chéri-Bibi ! Chéri-Bibi ! d'où viennent ces transports subits, ces angoisses sans objet apparent ? Pourquoi ce cri de terreur et d'horreur auquel tu donnes le doux nom d'espoir ? Sur ta dunette, entre le ciel et les eaux, tu apparais aussi formidable, aussi menaçant, mais aussi craintif que Satan sur la montagne avant qu'il eût tenté Jésus ; et puis, brusquement, tu dégringoles ! Tu te replonges, tête baissée, dans l'enfer où t'attend le Kanak, immobile.

Chéri-Bibi poussa la porte derrière laquelle était cette statue qui n'avait besoin que d'un mot pour s'animer. Et ce mot, il le lui jeta.

« *Allons* ! » dit-il.

Le Kanak décroisa aussitôt ses bras, tendit une main à Chéri-Bibi, qui la lui saisit avec fièvre.

Et ils se séparèrent sans plus.

En haut, la petite fête, comme on dit, « battait son plein ». Mmes d'Artigues, de Valrieu et de Fontainebleau, sous leur tente, étaient dans un état d'esprit qui voisinaient de plus en plus avec l'épouvante, car elles se rendaient compte qu'elles étaient parfaitement prisonnières, en dépit des étranges paroles de politesse que de plus étranges officiers de marine venaient, de temps à autre, leur prodiguer. Elles avaient, en vain, essayé de s'esquiver ; mais sous le prétexte que la surexcitation de l'équipage ne faisait que grandir, et qu'il eût été dangereux pour elles de tenter une sortie, on ne leur permettait plus un mouvement.

Des clameurs sauvages, des chants immondes venaient jusqu'à elles et les jetaient effrayées aux bras les unes des autres.

Elles avaient réclamé à grands cris le marquis et le baron, et Robert et M. d'Artigues. Enfin elles eurent le soulagement de voir apparaître Robert Bourrelier et M. d'Artigues. Mais leur joie fut courte.

Ceux-ci étaient aussi effrayés qu'elles par tout ce qu'ils avaient vu et entendu.

Après la révolte des cages, en bas, devant Chéri-Bibi, ils avaient résolu de se faire une idée un peu nette de leur situation, et dans ce but s'étaient glissés dans certaines parties du bâtiment dont il semblait qu'on les eût précédemment éloignés à dessein. Il leur avait été donné alors de voir des choses bien singulières.

D'abord un désordre incroyable, une indiscipline régnante, et surtout ils s'étaient heurtés à un cordon de garde-chiourme qui empêchaient de pénétrer dans des couloirs et des cabines d'où sortaient des cris et des gémissements de femmes et d'enfants : des enfants qui réclamaient leurs pères, des femmes qui réclamaient leurs maris.

Comme ils demandaient des explications, on les avait chassés et on avait ricané derrière eux d'une façon sinistre, et on leur avait conseillé, pour leur bien, de se montrer un peu moins curieux à l'avenir. Ces messieurs en étaient là de leurs tremblantes confidences quand le baron Proskof survint à son tour. Celui-ci paraissait si effaré qu'il ne put, tout d'abord, prononcer une parole. Enfin on entendit :

« Le marquis ! le marquis...

– Quoi ? Le marquis ? demanda, anxieuse plus qu'on ne saurait dire, la belle Mme d'Artigues.

– Eh bien, le marquis a disparu !

– Comment ! disparu ?

– Oh ! sous mes yeux... C'est inimaginable ! Je croyais qu'il était encore à mes côtés... Nous parlions de choses et d'autres, non loin de ma cabine, dans le couloir, car nous fuyions le pont et cette horrible fête, et puis tout à coup je me retourne... Il n'était plus près de moi. Je le cherche, j'entre dans les cabines ; je l'appelle. Il me répond. Mais sa voix était déjà lointaine, et il s'est tu tout à coup, comme s'il étouffait.

« Assurément, il était l'objet de quelque violence. Le malheur est que je ne parvenais point à me rendre compte exactement de l'endroit où il pouvait se trouver. Ce bateau me paraît machiné comme un décor de théâtre. Il se passe autour de nous des choses abominables.

« Au milieu de quelles gens sommes-nous tombés ? Ces garde-chiourme me paraissent aussi redoutables que les forçats eux-mêmes. Enfin ! où est le commandant ? On ne peut pas le voir. J'ai voulu parler aux officiers... Ils sont ivres. C'est à grand-peine que je suis parvenu jusqu'ici. Il faut partir d'ici, mesdames... C'est affreux ! »

A ce moment, la tente se souleva et deux des trois

matelots de la *Belle-Dieppoise* qui avaient abordé avec eux le *Bayard* se précipitèrent. Leur camarade venait d'être tué d'un coup de couteau en plein cœur par un des bandits du bord auquel il voulait prendre sa danseuse. Et comme ils avaient voulu venger leur camarade, les autres bandits s'étaient rués sur eux, leur apprenant tout. Le *Bayard* était aux mains des forçats *et celui qui les avait reçus en qualité de commandant n'était ni plus ni moins que Chéri-Bibi* ! Chéri-Bibi lui-même !

Mme d'Artigues s'évanouit. Carmen et Nadège poussèrent des cris de folles. Dans le moment, leur logement improvisé fut envahi par une tourbe hurlante qui les transporta toutes les trois sur l'estrade où elles furent exhibées à la curiosité et aux désirs féroces d'un équipage en délire. On allait tirer au sort !

Mais il ne faisait point de doute que le sort, pas plus que le reste, ne serait respecté dans cette affaire. Déjà des faces de damnés se penchaient sur les pauvres femmes, des poings les agrippaient, les arrachaient, se les disputaient.

La bande écumante des forçats qui n'avait pu monter sur l'estrade, voyant que ceux qui entouraient les femmes s'en emparaient sans autre forme de procès et ne parlaient plus de loterie, firent entendre des cris de rage et de protestation. Les malheureuses allaient disparaître sous le flot grossissant sans cesse des bandits et mourir étouffées quand une catastrophe se produisit qui les sauva.

Une trombe venait de passer sur cette foule. Sous une poussée terrible, les relingues tombèrent par grappes du haut de l'estrade, laissant un espace libre suffisant pour que pussent se mouvoir et se détendre, avec une force de catapultes, les poings énormes de Chéri-Bibi.

Ah ! il était toujours beau dans la bataille, l'affreux Chéri-Bibi ! Que de nez écrasés ! que d'oreilles décollées ! que d'yeux pochés ! que de sang, de cris, de malédictions ! Mais quel beau et rapide nettoyage ! On l'acclame ! Tous ceux qui n'avaient pu approcher de l'estrade et qui n'avaient conservé aucun espoir de prendre part à la curée lui font un triomphe ! Et les autres, qui se traînent, maintenant, sur le pont, éclopés, sont l'objet d'une risée générale. Ah ! la risée de la chiourme !

Chéri-Bibi réclame le silence. Il est là sur son estrade désencombrée devant les trois tremblantes femmes qui osent à peine bénir leur sauveur. Car enfin que va-t-il dire ? A quel nouveau supplice vont-elles être vouées ?

« Mes chers poteaux, dit Chéri-Bibi, j'ai réfléchi ! Puisque ces dames ne peuvent être à tout le monde, elles ne seront à personne ! (*Tonnerre d'applaudissements.*) Je les garde pour moi... (*Un froid*) à seule fin qu'il ne leur arrive point malheur... (*Attente glacée.*) Car je viens de m'engager à déposer sains et saufs, en un temps et en un lieu qui seront fixés dans un prochain conseil, les naufragés de la Belle-Dieppoise. (*Protestations menaçantes. Chéri-Bibi se croise les bras.*) Qui donc oserait élever la voix quand je me suis donné la parole ? (*Silence immédiat.*) Les imbéciles font bien de se taire, car j'ai des choses sérieuses à leur dire. Désormais, c'est fini de se mal conduire. Vous devez devenir des gens costauds, calmes et rangés, car vous êtes riches ! Le marquis du Touchais, que nous avons eu l'honneur d'accueillir à notre bord, veut bien, cédant à mon initiative, acheter la libération des naufragés de la *Belle-Dieppoise*, moyennant un prix de cinq millions. »

D'abord stupeur, presque une sensation d'effroi devant cet abîme entrouvert... cinq millions ! Vertige ! Et puis, on se ressaisit, on comprend, on éclate, on hurle, on trépigne, on danse, on devient fou ! On veut porter Chéri-Bibi en triomphe. Chéri-Bibi a la plus grande peine à placer un mot, un mot qui clouera la bouche aux derniers imbéciles, à ceux qui ne comprennent jamais rien.

« Mes poteaux, crie-t-il, un dernier mot. Il est bien entendu que nous ne lâcherons le marquis que contre les cinq millions. Ce sera cinq millions ou la mort ! (*Délire de l'équipage.*)

– Eh bien, la Ficelle, qu'est-ce que tu dis de ça ? demanda Petit-Bon-Dieu, en détachant une grande taloche amicale sur l'épaule fléchissante du dévoué mitron.

– Je connais mon Chéri-Bibi, répond avec un pâle sourire la Ficelle ; ce sera « cinq millions *et la mort* ! »

Privatisation

XIII

? ? ?

Les jours qui suivirent amenèrent un grand changement dans la vie générale du bord. L'ordre et la discipline régnèrent en souveraines maîtresses. Depuis qu'ils se savaient riches, les forçats acceptaient, presque avec joie, la nécessité de se plier à la règle.

Ils travaillaient avec entrain pour le bien-être et la sécurité de tous.

Le *Bayard* s'appelait maintenant *Estrella* (l'Étoile) et battait pavillon argentin. Désormais sûr de ses hommes, Chéri-Bibi se relâcha de la surveillance de tous les instants dont les familles de surveillants avaient été jusqu'alors l'objet. Les femmes et les enfants purent venir comme autrefois jouer et bavarder sur la plage arrière qui leur fut réservée pendant certaines heures du jour. Les prisonniers furent bien traités et on leur permit de temps à autre de sortir de leurs cages pour venir respirer un peu d'air frais sur le pont. Ceux qui avaient leur famille à bord eurent le droit de communiquer avec elle.

Il est vrai que le débarquement de tout le monde avait été renvoyé à une date encore lointaine et indéterminée. Ceci avait été décidé avec bien d'autres choses en un conseil qui avait duré de longues heures et où s'étaient trouvées réunies toutes les fortes têtes du bagne.

Il était en effet impossible de remettre qui que ce fût en liberté avant la rentrée des fameux cinq millions. C'eût été apprendre au monde qui le croyait perdu corps et biens que le *Bayard* naviguait toujours avec sa cargaison de forbans.

Plus tard, quand on serait en sécurité et que l'on serait riche, et tout à fait à l'abri dans les archipels de la Malaisie, on verrait à se débarrasser de ces encombrants colis humains qu'il fallait nourrir avec les ressources du bord. Heureusement celles-ci paraissaient inépuisables et elles pouvaient être facilement renouvelées, de force s'il le fallait, sur un des points sans défense de la côte d'Afrique où la civilisation européenne a établi ses comptoirs.

Le principal, pour le moment, était de débarquer au plus tôt le lieutenant de Chéri-Bibi, qui devait rapporter les millions.

Le choix s'était porté sur la Ficelle, qui avait fait preuve d'un dévouement sans bornes pour son chef et qui avait été l'artisan de la libération des forçats à bord du *Bayard*. Du reste, on lui avait fait entendre que la vengeance de ceux-ci ne se ferait pas longtemps attendre, en quelque point du monde qu'il se trouvât, s'il ne marchait pas droit et s'il ne se conduisait pas en honnête homme.

La Ficelle avait trop l'habitude de son monde pour ignorer qu'il était impossible d'échapper à la vindicte de la chiourme quand celle-ci avait prononcé son jugement. Enfin il n'aimait qu'une chose sur cette terre : c'était Chéri-Bibi.

Il aurait préféré qu'on ne l'en séparât point, mais celui-ci avait ordonné et il n'avait plus qu'à obéir.

Le marquis du Touchais avait tout arrangé pour que la mission de la Ficelle lui fut rendue facile. La Ficelle partirait avec les papiers et les indications nécessaires. Il verrait la marquise et certain notaire à Paris. Ceux-ci seraient prévenus par lui, la Ficelle, et par les déclarations écrites du marquis, que la moindre indiscrétion coûterait la vie aux prisonniers de Chéri-Bibi.

Si le chiffre de la rançon n'avait été fixé par Chéri-Bibi qu'à cinq millions, c'est qu'il était résulté des explications du marquis à ce sujet qu'il serait impossible à Cécily et au notaire de Paris de réaliser en banknotes une somme plus forte dans l'espace de temps assez restreint (quelques mois) que l'on donnait à la Ficelle pour terminer l'affaire. Les billets de banque devaient être, au fur et à mesure, changés par la Ficelle avant son retour, et par conséquent avant la libération du marquis, de telle sorte qu'on n'eût plus tard rien à craindre d'une opposition sur les numéros. Bref, ces messieurs croyaient bien avoir pensé à tout.

Un instant, ils avaient songé à charger la sœur de Chéri-Bibi, Marie-des-Anges, de la difficile commission, mais outre que la pauvre fille était dans un état de santé des plus alarmants, Cheri-Bibi s'était refusé à mêler la sainte fille à toutes ses « histoires d'assassin », comme il disait dans ses moments de neurasthénie.

On marchait donc à toute vapeur sur Cape Town, et la vie à bord était assez monotone, quand un événement extraordinaire vint jeter l'équipage, en général, et la Ficelle en particulier, dans un émoi indicible.

Il est bon de dire tout d'abord que personne n'avait revu le marquis, pas même ses amis ; qui étaient libres de vivre à bord comme ils l'entendaient, se faisant servir entre eux et adressant bien rarement la parole à ceux-là mêmes qui les servaient et qu'ils voyaient, du reste, toujours avec effroi ; mais il leur était défendu d'approcher de l'endroit où on leur avait dit que le marquis se trouvait. Nul, en dehors du Kanak, de la Comtesse et de Chéri-Bibi, n'avait ce droit-là. On disait le marquis relégué dans une grande cabine obscure attenant à l'infirmerie, mais que l'on avait isolée entièrement, par une cloison de fortune, de l'infirmerie elle-même.

Devant la porte de cette cabine, il y avait toujours un planton de garde qui avait mission de tirer sur toute personne qui tenterait de se diriger vers cette porte.

L'explication officielle de cet isolement avait été donnée par Chéri-Bibi. Le marquis était atteint d'une maladie contagieuse.

On avait pensé tout de suite au choléra, ou à la fièvre jaune, ou à quelque chose d'approchant, et puis, en voyant aller et venir, sans aucune précaution, le Kanak et la Comtesse qui soignaient ce malade si dangereux, et Chéri-Bibi qui lui rendait visite, l'équipage avait eu vite fait de s'imaginer qu'il n'y avait dans la cabine, en fait de malade, qu'un prisonnier représentant cinq millions, que l'on gardait avec tous les honneurs et toutes les précautions dus à son rang et à sa fortune.

L'idée de la réelle maladie possible du marquis, maladie pouvant entraîner la mort, n'avait point outre mesure agité les forçats, car ils savaient que Chéri-Bibi avait déjà par-devers lui tous les papiers et toutes les signatures du marquis, et que si le malheur voulait que celui-ci mourût, l'équipage n'en toucherait pas moins les cinq millions, en fût-il réduit à rendre, en échange, un cadavre. Mais la pensée, plus simple, qui leur vint par la suite, comme nous avons dit, d'une captivité soignée, les amusa. Et c'est avec des sourires qu'ils demandaient de temps à autre des nouvelles du marquis à Chéri-Bibi, qui, lui, ne souriait point.

Au contraire, on ne l'avait jamais vu aussi taciturne. Du reste, il ne se montrait guère, se faisait servir chez lui, répondait par monosyllabes aux interrogations inquiètes de la Ficelle et ne sortait de son carré que pour se rendre auprès du marquis ou pour faire visite à sa sœur.

Or un soir vint où la Ficelle qui le guettait, de plus en plus intrigué par son attitude étrange et ses airs de douloureuse préoccupation, le vit entrer chez le marquis avec le Kanak et la Comtesse et ne l'en vit point ressortir. La Ficelle était résolu, cette nuit-là, à poser des questions sérieuses, car il craignait que Chéri-Bibi ne tombât malade.

L'angoisse de la Ficelle ne fit que grandir quand, vers les quatre heures du matin, il vit descendre de la cabine la Comtesse, les manches retroussées jusqu'au coude et la figure toute chavirée. Il courut à elle, quitte à se laisser fusiller par le planton. La Comtesse le repoussa, courut à sa propre cabine, en revint avec un coffret qu'elle dissimulait sous un châle et pénétra à nouveau chez le marquis.

A huit heures du matin, personne ne s'était encore montré.

Enfin la Comtesse reparut suivie du Kanak, qui avait un visage bien étrange. Cependant ils paraissaient calmes tous deux. Aux questions de la Ficelle concernant Chéri-Bibi, ils répondirent que celui-ci se portait bien, qu'il était un peu fatigué par ses travaux avec le marquis, mais qu'il n'y avait aucunement lieu de s'alarmer.

« Vous devriez lui dire d'être raisonnable, de se reposer », gémit la Ficelle, pitoyable.

Mais le Kanak lui répondit d'une voix glacée :

« Chéri-Bibi est assez grand pour faire ce qu'il veut. »

Et il passa, sans plus.

La Ficelle resta en face de cette mystérieuse cabine dont le silence l'épouvantait. On n'entendait jamais rien là-dedans. Aucun bruit n'en venait jamais. Déjà, lorsque le marquis s'y trouvait tout seul, la Ficelle ne pouvait passer aux environs sans frissonner. Et maintenant une angoisse épouvantable l'étreignait à l'idée que Chéri-Bibi, comme le marquis, n'en sortirait plus. Quelques minutes plus tard, un second garde vint, par ordre supérieur, prier la Ficelle de s'éloigner.

La matinée du lendemain s'écoula dans des inquiétudes qui ne faisaient que croître. Le jeune homme questionna les gardes qui avaient été de service devant la petite porte, mais ceux-ci lui répondirent qu'ils n'avaient vu sortir ni entrer Chéri-Bibi. Où était Chéri-Bibi ? Toujours dans la cabine, évidemment ! Et qu'y faisait-il ? L'extraordinaire était que depuis vingt-quatre heures on ne portait plus à manger dans cette cabine-là. Les angoisses de la Ficelle gagnèrent peu à peu tout l'équipage. On ne voyait plus Chéri-Bibi. On voulait le voir. On aurait bien questionné le Kanak et la Comtesse, mais, enfermés eux-mêmes dans la cabine depuis des heures, ils restaient à leur tour aussi invisibles que le marquis et Chéri-Bibi.

L'émoi fut à son comble quand, tous les officiers réunis dans leur carré pour le déjeuner, Gueule-de-Bois décacheta et lut un pli que venait de lui faire remettre le garde de planton devant la fameuse cabine. Le papier contenait d'abord trois phrases brèves de Chéri-Bibi :

« Ordre d'obéir en tout au Kanak jusqu'à ce qu'on me revoie. Le Kanak ne fera que vous transmettre mes instructions. Obéir au Kanak, c'est obéir à Chéri-Bibi. "

Sous ces trois phrases la signature de Chéri-Bibi. Et puis ces lignes de la main du Kanak :

« La Comtesse et moi soignons Chéri-Bibi qui a attrapé, en le soignant, les fièvres du marquis. La vie de Chéri-Bibi n'est pas en danger, mais il nous est impossible de le quitter pour l'instant. Prière – Gueule-de-Bois et à tout l'état-major de rassurer l'équipage. »

Les bandits se regardèrent. La Ficelle, qui était venu aux nouvelles, lut et relut le papier. Tout cela paraissait tellement mystérieux que nul n'osait émettre une hypothèse. Du coup, tout l'équipage se trouva désemparé et une morne tristesse régna à bord. Chéri-Bibi était malade ! Il n'y avait pas un homme parmi ces forçats qui n'eût donné l'un de ses membres pour le sauver. Pour sûr, que le choléra était à bord ! Et eux qui avaient cru à la blague !

Les surveillants qui avaient été successivement de garde devant la porte de la cabine avaient échangé leurs réflexions et celles-ci maintenant couraient tout le bâtiment. Ce qui les avait étonnés par-dessus tout, c'était cet incroyable silence.

Quand le marquis et Chéri-Bibi se trouvaient seuls dans la cabine, les gardes n'entendaient aucun murmure, lequel serait fatalement venu jusqu'à leurs oreilles s'il y avait eu, derrière la porte, la moindre conversation. De même, lorsque la Comtesse et le Kanak pénétraient dans la cabine, cette entrée n'était suivie d'aucun échange de paroles dont on eût perçu l'écho.

Le service ménager était entièrement fait par la Comtesse, et ce service se réduisait à très peu de choses... Peu de nourriture venue du dehors, quelques bols de tisane, de bouillon et c'était tout, et encore pas tous les jours. On eût dit que cette cabine était habitée par de purs esprits.

Enfin tout de même, le dernier jour, un garde avait entendu d'effrayants soupirs. Il ne pouvait dire, naturellement, qui les avait poussés.

La sortie du Kanak et de la Comtesse fut attendue ce jour-là avec une impatience que l'on comprendra facilement. Or, on ne les revit ni l'un ni l'autre. On entendait seulement leurs pas de temps en temps.

La Ficelle, qui ne dormait point depuis plusieurs nuits, se laissa finalement aller au sommeil, bien qu'il s'en défendît. Il dormait comme une brute quand un camarade surveillant, qui venait de cesser sa garde près de la cabine, le réveilla.

Cette fois, le garde avait parfaitement entendu la voix de Chéri-Bibi, une voix très lasse qui grognait et qui disait (du moins le garde avait cru entendre cela), qui disait : « PAS LES MAINS ! PAS LES MAINS ! » La Ficelle fut debout immédiatement.

« Pour sûr, il est arrivé un malheur à Chéri-Bibi ! »

En même temps, puisqu'il était impossible d'approcher de la cabine, il pénétrerait dans l'infirmerie, sous n'importe quel prétexte, et là, en collant son oreille contre la nouvelle cloison, il pourrait peut-être entendre quelque chose.

Terriblement anxieux, quelques minutes plus tard, il était à son poste, et, en effet, là, il entendit... Le garde n'avait pas rêvé. Chéri-Bibi continuait de se plaindre, mais événement extraordinaire– ses plaintes, qui eussent en toute autre occasion, dénoncé une souffrance personnelle, plaignaient l'autre. Car il n'y avait pas d'erreur, il voulait qu'on laissât l'autre tranquille. Qu'est-ce qu'on lui faisait donc à l'autre ? La voix de Chéri-Bibi disait en gémissant : « C'est assez comme ça ! Laissez-lui ses mains ! Laissez-lui ses mains ! C'est atroce ! AH ! NON, PAS LES MAINS ! PAS LES MAINS ! » Et là-dessus Chéri-Bibi poussait un effroyable soupir. Quant à l'autre, on ne l'entendait pas. Il ne se plaignait pas. C'était à n'y rien comprendre.

Cependant la Ficelle était au courant de bien des choses. Depuis qu'il servait Chéri-Bibi, celui-ci lui avait fait bien des confidences. Et lorsque la Ficelle avait appris

Cris et chuchotements

à bord que l'un des naufragés était le marquis du Touchais, il avait frémi pour le riche gentilhomme. Que Chéri-Bibi se vengeât du mari de Cécily en le martyrisant ou en le faisant martyriser, c'était dans l'ordre des choses du bagne. Mais pourquoi, puisque c'était le marquis que l'on martyrisait, était-ce Chéri-Bibi qui gémissait, qui soupirait ?

Et quels soupirs !

La Ficelle avait froid dans les moelles.

Un moment, il reconnut la voix du Kanak qui disait sur un ton dur :

« Chéri-Bibi, tu sais bien que tu ne dois pas parler ! »

Et Chéri-Bibi répondit :

« C'est bien, je ne dirai plus un mot, mais c'est assez comme ça ! Laissez-le tranquille ! Je ne veux pas que vous touchiez à ses mains ! *Non ! non ! pas les mains* ! »

Deux infirmiers et une infirmière étaient venus rejoindre la Ficelle, et tout ce monde écoutait derrière la cloison, sans rien comprendre, mais avec la sensation qu'il se passait derrière ces planches quelque chose de bien abominable.

Ils auraient bien voulu se communiquer leurs réflexions, leurs affres ; mais, d'un signe de la main, la Ficelle les faisait taire, et ils se reprenaient à écouter.

Le silence s'était rétabli dans la cabine.

On n'entendait plus ni parole, ni grognement, ni soupir, ni rien. Un quart d'heure se passa et la Ficelle et ses compagnons se redressaient, fatigués de leur position d'attente, quand la voix de la Comtesse, qui ne s'était pas fait entendre jusqu'alors, leur arriva, et combien nettement !

« Si Chéri-Bibi était raisonnable, disait-elle, on en finirait tout de suite. »

Le Kanak répondit :

« Oui, mais il ne l'est pas ! tant pis pour lui ! »

Et la voix de Chéri-Bibi :

« Ah ! non ! *Laissez-lui ses mains, laissez-lui ses mains* ! *Vous voyez bien que je souffre trop* ! »

Ah çà ! mais qu'est-ce qu'on pouvait leur faire aux mains du marquis, et pourquoi les mains du marquis faisaient-elles souffrir Chéri-Bibi ?

Il y avait de quoi devenir fou, d'autant plus que Chéri-Bibi s'était remis à soupirer et à chaque soupir le cœur de la Ficelle se déchirait. Le pauvre garçon était prêt à tomber en défaillance. La suite de la conversation n'était point faite, du reste, pour le remettre.

Chéri-Bibi râlait :

« Ah ! les démons ! les démons ! les démons !

– Si tu parles encore, interrompit le Kanak, je serai obligé de t'appliquer le bâillon. La Comtesse, passe-moi le bâillon !

– Non, non, fit Chéri-Bibi, pas de bâillon ! Je ne parlerai plus, mais laissez-lui ses mains ! Ah ! il en a assez ! Que je souffre ! que je souffre ! que je souffre ! »

La Ficelle, qui tremblait de tous ses membres, n'y tint plus ; la voix sourde et toute changée de sa peur, il cria :

« Chéri-Bibi, c'est moi ! Veux-tu que je vienne ? »

Il y eut alors un grand silence à côté.

La Ficelle recommença son appel de plus en plus désespéré, de plus en plus suppliant :

« Chéri-Bibi, c'est moi, la Ficelle. »

Et il frappa des coups contre la cloison. Mais on lui frappait en même temps sur l'épaule. Gueule-de-Bois était derrière lui.

Le garde était venu trouver Gueule-de-Bois par ordre de Chéri-Bibi « pour qu'on mît la Ficelle aux fers » pendant vingt-quatre heures.

« C'est vrai que tu m'envoies aux fers, Chéri-Bibi ? Toi ! ça n'est pas possible ! Crie-leur que non et nous irons te délivrer ! Chéri-Bibi ! Chéri-Bibi ! »

Mais Chéri-Bibi ne répondait pas et on entraînait la Ficelle.

« Mon Dieu ! Mon Dieu ! Qu'est-ce qu'il peut bien se passer là-dedans ? » gémissait le malheureux garçon en suivant Gueule-de-Bois.

La Ficelle fit ses vingt-quatre heures de fers. Sa peine écoulée, il s'en fut aux renseignements. Rien de nouveau. Le Kanak n'était pas encore sorti de la cabine. La Comtesse seule l'avait quittée pendant quelques minutes, avait couru aux cuisines faire chauffer du bouillon dans lequel elle avait versé on ne sait quel ingrédient, et puis elle était retournée auprès du Kanak sans répondre un mot à tous ceux qui l'interrogeaient. Elle était alors enveloppée d'un manteau qui la couvrait tout entière, cachant une blouse blanche, dont on apercevait, par le bas, un coin ensanglanté, et elle avait des gants. Sa figure était, paraît-il, terrifiante à voir. Elle avait laissé entre les mains de Gueule-de-Bois un dernier ordre disant :

« Tout va bien ; le Kanak est mon homme. »

« *Signé* : Chéri-Bibi. »

« Ils lui font croire ce qu'ils veulent, ces brigands-là » , s'écria la Ficelle.

Et il demanda si l'on avait encore entendu des plaintes, des gémissements.

Rien, on n'avait plus rien entendu. Ah ! si ! la voix du Kanak disant au garde à travers la porte qu'on le verrait dans la journée et qu'on ne s'inquiète pas...

« Qu'on ne s'inquiète pas ! Il est bon, lui ! »

Et, naturellement, la Ficelle s'inquiétait.

Et soudain il disparut à son tour.

Il était allé fouiner dans la cabine particulière du Kanak et de la Comtesse, y avait trouvé, dans des coffres et dans des trousses, les instruments de chirurgie du précédent service chirurgical mort au champ d'honneur ; en somme, rien d'extraordinaire. Mais il ne quitta pas la cabine. Il pensa que tôt ou tard le Kanak et la Comtesse y reviendraient et qu'il ne serait pas fâché de surprendre leur conversation.

Dans ce dessein, il se dissimula sous une couchette et attendit là, patiemment, pendant trois ou quatre heures. Enfin le Kanak et la Comtesse parurent. Ils fermèrent la porte. Ils avaient des visages de fantômes qui viennent de subir les tortures de l'enfer ou de goûter à ses joies, et ils se débarrassèrent rapidement des vêtements qui les enveloppaient, ainsi que de leurs gants. Ils étaient couverts de sang. On eût pu croire qu'ils sortaient d'un bain de sang.

La Ficelle, qui était d'un tempérament un peu flasque, poussa un gémissement et commença de s'évanouir.

Le Kanak et la Comtesse se penchèrent aussitôt, découvrirent le pauvre jeune homme, le tirèrent de dessous la couchette et le remirent tant bien que mal sur ses pieds.

« Que fais-tu là ? » interrogea le Kanak dont la colère était terrible à contempler.

Ses yeux lançaient des éclairs et ses dents s'avançaient comme s'il allait mordre le malheureux la Ficelle.

Celui-ci flageolait, s'appuyait à la cloison pour ne pas tomber, mais il ne manqua pas de courage.

« Je voulais vous surprendre, assassin ! dit-il, mangeur de chair humaine ! »

Il reçut une gifle, lancée à tour de bras par la Comtesse.

« Laisse donc, Ketty ! fit le Kanak en retenant le bras de la Comtesse, qui était déjà parti pour un nouveau voyage. Laisse donc ce pauvre garçon, Chéri-Bibi se chargera bien de le corriger lui-même.

– Chéri-Bibi ! qu'en avez-vous fait, misérables ? continua le pauvre la Ficelle, en se frottant la joue qui brûlait. Est-ce que vous l'avez mangé aussi ? »

Cette fois, le Kanak lui sauta à la gorge et la Ficelle râla sous le poing crispé, pendant que l'autre lui crachait des mots furibonds :

« Demande pardon à la Comtesse ! Demande pardon à la Comtesse ! »

Mais la Ficelle ne pouvait rien demander du tout. Il étouffait. La langue lui sortait de la bouche et s'allongeait comme une langue de pendu.

« Heureusement pour toi, malheureux, que nous t'avons aperçu tout de suite. Si tu avais entendu seulement un mot de ce qui ne te regarde pas, ton affaire était bonne ! Allons, décanille ! »

Et il le rejeta dans le couloir. La Ficelle s'étala de tout son long et resta là quelques secondes avant de reprendre sa respiration. Gueule-de-Bois et le Rouquin, qui passaient, le ramassèrent et il leur confia sa mésaventure.

Il les suivit en maudissant le Kanak et sa compagne, en affirmant qu'il se passait à bord des choses qui n'étaient pas claires et que tout le monde « finirait par payer ! » Les « deux poteaux » n'osaient lui répondre, mais il les sentait de son avis.

Le mystère qui entourait l'inexplicable absence de Chéri-Bibi commençait à peser bien lourdement à bord ; il y avait des conciliabules dans tous les coins. Encore une fois on ne croyait plus à l'épidémie. Ce n'était pas en soignant les fièvres ou le choléra que le Kanak et la Comtesse, bien sûr, « s'étaient mis comme des bouchers ».

Bref on était d'avis que, coûte que coûte, il fallait être fixé sur le sort de Chéri-Bibi. Il fallait le voir et lui parler. Telles étaient les dispositions générales de l'équipage quand le Kanak fit savoir à l'état-major qu'il l'attendait au rapport dans le salon du commandant.

Ces messieurs s'y précipitèrent.

Le Kanak les reçut, assis tranquillement derrière la petite table-bureau et compulsant des papiers avec une apparente tranquillité d'esprit qui, dès l'abord, rassura tout le monde. Certes, le Kanak était pâle et paraissait fatigué ; toutefois il n'avait point la mine aux mauvaises nouvelles.

Il leur parla, pour commencer, de leurs divers services,

posa plusieurs questions relatives aux prisonniers, aux provisions, à la quantité de charbon dont on disposait encore dans les soutes. Le Kanak, parmi tous ces hommes, était le seul, peut-être, qui connût quelque chose à la navigation, assez, en tout cas, pour surveiller la route et commander aux hommes de l'ancien bord qui devaient continuer leur service, sous peine de mort. Aussi, généralement, était-il écouté et obéi.

Mais, cette fois, il avait affaire à des esprits distraits qui ne songeaient qu'à Chéri-Bibi. Ils étaient étonnés qu'il ne leur en parlât point, alors qu'il n'y avait que cette question-là qui les intéressât. Leur stupeur fut extrême quand ils reçurent l'ordre de se retirer.

Ils restèrent.

Et Gueule-de-Bois prit la parole.

« Capitaine, dit-il avec une affectation de grande politesse et de correction militaire, dans peu de jours nous serons à Cape Town.

– Oui ! eh bien ?

– Les plus graves résolutions devront être prises.

– Et après ?

– On ne pourra les prendre sans Chéri-Bibi. Capitaine, tous les hommes sont très inquiets, rapport à Chéri-Bibi. On ne peut pas rester plus longtemps sans savoir ce qu'il devient. Voilà ce que j'avais à dire. Nous voudrions voir Chéri-Bibi !

– Oui ! oui ! nous voulons le voir ! approuvèrent tous les autres.

– Impossible ! répondit laconiquement le Kanak.

– Bien sûr, fit Petit-Bon-Dieu, qu'il ne peut pas voir tout le monde, mais on pourrait lui déléguer l'un de nous. Tenez, nous ne demandons pas grand-chose : que la Ficelle aille le voir cinq minutes seulement ! Et puis après nous serons tranquilles.

– Ni la Ficelle, ni personne. Impossible ! répéta, têtu, le Kanak.

– Eh bien, alors, laissez-nous lui parler à travers la porte et qu'il nous réponde.

– Chéri-Bibi, en ce moment, ne peut rien dire.

– Et pourquoi donc ?

– Parce qu'il ne peut pas parler.

– Eh bien, qu'il écrive, mais qu'il nous dise ce qui lui arrive, qu'il nous rassure ! Si c'est quelque chose que tout le monde ne peut pas connaître, il n'y aura que deux de nous qui le liront et nous ne demanderons plus rien !

– Chéri-Bibi ne peut plus écrire.

– Ah çà ! le Kanak, tu t'offres nos bobinasses ! s'exclamèrent-ils, oubliant toute discipline et perdant la dignité qu'aurait dû leur conférer leur nouvelle situation. Tu ne sortiras pas d'ici sans nous avoir expliqué…

– Vous ferez ce que vous voudrez, mais moi je ne vous expliquerai rien du tout.

– Eh bien ! nous pénétrerons de force dans la cabine !

– Ce que vous voudrez, je vous dis. Seulement, après, ne venez pas réclamer les cinq millions.

– Ah ! c'est pour les cinq millions !

– Pourquoi donc voulez-vous que ce soit ! Laissez donc Chéri-Bibi travailler comme il l'entend avec le marquis. Il sera toujours temps de lui demander des explications quand il lui aura fait cracher le magot ! Et maintenant, messieurs, je ne vous retiens pas. »

Ils sortirent tous désemparés. La Ficelle ne disait rien. On lui demanda ce qu'il pensait de tout cela. Il secoua la tête en disant qu'il avait son idée.

L'équipage était de plus en plus effaré. Comment Chéri-Bibi pouvait-il « travailler aux cinq millions » , s'il ne pouvait ni parler ni écrire ?

Le lendemain, le Kanak et la Comtesse étaient enfermés depuis une demi-heure avec Chéri-Bibi et le marquis quand, tout à coup, s'éleva, venant de la cabine, un étrange hurlement. C'était comme un chien qui aboie à la mort. On s'entassait dans les couloirs et tous les yeux étaient fixés sur la porte derrière laquelle le hululement continuait de monter, de monter affreusement sinistre. Seuls, une bête ou un fou pouvaient faire entendre une voix pareille. Et, cette fois, on reconnaissait parfaitement la voix du marquis, surtout quand, à ce hululement, se mêlaient d'étranges syllabes douloureuses, dont il était impossible de comprendre le sens.

Et puis le hululement se changea en cris, en aboiements féroces, et puis en sanglots extravagants. Et puis, subitement, plus rien.

La foule des forçats resta là encore plus d'un quart d'heure, avec des yeux d'épouvante. Et, peu à peu, comme on n'entendait plus rien, ils s'en allèrent.

Dans la nuit, plus tard, on entendit encore quelques gémissements, et c'était encore le marquis. On n'entendait plus jamais Chéri-Bibi. Et cela devenait encore plus angoissant que lorsqu'il gémissait.

La Ficelle ne quittait plus le pont, sombre, farouche, ne

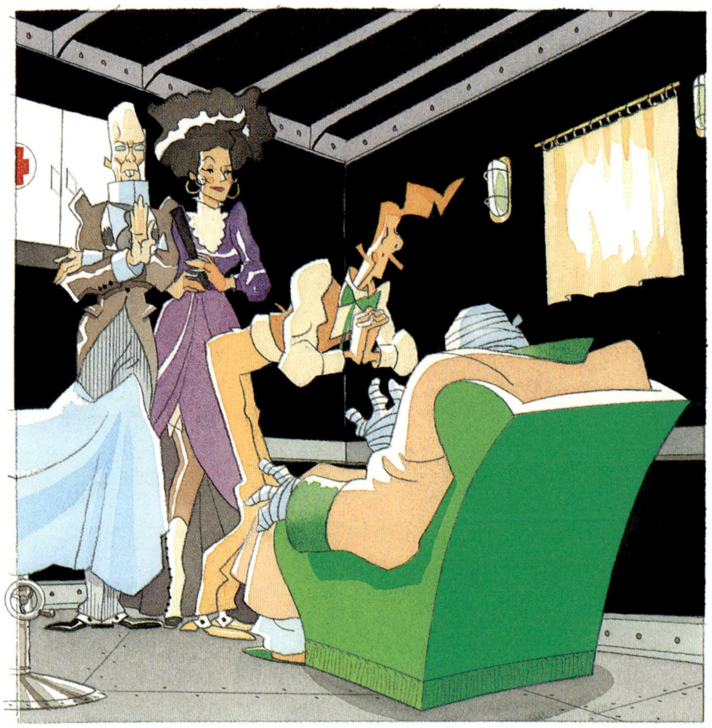

Honoraires

répondant à personne.

Un soir, la vigie cria : « Terre par bâbord avant ! » Alors la Ficelle, poussant un soupir, dit : « Enfin ! »

Quelques instants après, le Kanak venait au-devant de lui.

« La Ficelle, dit-il, voici la terre. Dans quelques heures nous serons à Cape Town. Tu sais que nous devons te débarquer un peu au-dessous de Malmesbury. Fais ton paquet, mon garçon. On te donnera tous les papiers qu'il faut et tu trouveras tout le plan de ton affaire, de la main même de Chéri-Bibi. Es-tu prêt ?

– Non ! répondit la Ficelle, qui avait son idée.

– Pourquoi ?

– Parce que je refuse de me charger de cette mission-là sans avoir vu une dernière fois Chéri-Bibi.

– C'est ton dernier mot ?

– C'est mon dernier mot !

– Je puis le répéter à Chéri-Bibi ?

– Je t'en prie, le Kanak ! »

Tout l'équipage fut bientôt au courant du différend et donna raison à la Ficelle. La fièvre était générale et certainement les plus exaltés allaient se porter à quelque extrémité quand le Kanak reparut et dit simplement :

« Chéri-Bibi recevra la Ficelle avant son départ. »

Alors il y eut des cris et des applaudissements.

Le jeune homme alla faire son paquet, ému plus qu'on ne saurait le dire. Il faisait nuit noire quand le Kanak vint le chercher. La Ficelle le suivit en tremblant. Enfin la porte de la cabine fut poussée pendant que Gueule-de-Bois, Petit-Bon-Dieu, Boule-de-Gomme et le Rouquin attendaient, dehors, le résultat de l'entrevue.

En pénétrant dans la cabine, la Ficelle, d'abord, ne distingua absolument rien. Il n'y avait aucune lumière là-dedans. Puis peu à peu ses yeux se firent à l'obscurité, et il aperçut, à la faible lueur tombée des hublots, d'abord la silhouette debout de la Comtesse, et puis, à sa droite et à sa gauche, deux corps étendus sur les couchettes, mais des ombres de corps immobiles dans les ténèbres.

Il n'eût pu dire où était le marquis, où était Chéri-Bibi.

La voix de celui-ci vint bientôt le fixer :

« Assieds-toi là, la Ficelle ! »

On lui poussa une chaise, sur laquelle il se laissa tomber en murmurant :

« Chéri-Bibi !

– Alors, tu as voulu me voir avant de partir, mon pauvre garçon ?

– Mon pauvre Chéri-Bibi ! Tu as été bien malade, alors ? Ça va-t'y mieux ? Passe-moi ta louche, mon poteau !

– Non ! Non ! fit entendre la voix du Kanak, resté derrière, il ne faut pas lui loucher la main ! Il ne faut pas le toucher !

– C'est défendu ! acquiesça Chéri-Bibi... Tu vois, paraît que j'ai la gale !

– On n'y voit seulement pas clair, là-dedans, gémit la Ficelle... Je voudrais bien voir ta figure... si t'as pas trop pâti...

– Pas de lumière ! C'est défendu pour le moment, fit encore le Kanak. Il ne faut pas fatiguer ses yeux.

– Mais que qu't'as eu, bon sang de bon sang ?

– Je te dirai ça plus tard, la Ficelle... Maintenant faut parler de choses sérieuses... et vite, vois-tu... car le Kanak, qui s'y connaît en médecine, ne veut pas nous donner plus de cinq minutes.

– Cinq minutes ! Comme ta voix est faible ! C'est à peine si je la reconnais ! Tu as dû bien souffrir, mon pauv'vieux !

– Il est faible, c'est vrai, faut pas le fatiguer, dit le Kanak.

Chèque au porteur

Finissons-en !

– A propos du Kanak, dit Chéri-Bibi, avec une certaine difficulté, comme s'il éprouvait du mal à remuer la mâchoire, comme s'il était trop fatigué pour bien articuler les mots, à propos du Kanak, faut dire à Gueule-de-Bois et aux autres qu'il m'a bien soigné, qu'il m'a sauvé et qu'il faut qu'ils lui obéissent en tout et pour tout... Et maintenant, écoute-moi bien ! Le Kanak m'a sauvé la vie ! Ça vaut bien quelque chose. Y aura un million pour lui !

– Les autres ne voudront jamais, dit la Ficelle.

– Tu ne leur diras pas, et ils ne le sauront pas ! Oui, le marquis, qui est généreux et que le Kanak a bien soigné aussi, est de mon avis : "Ça vaut un million." Tu verras tes papiers. C'est six millions qu'on te donnera, dont un pour le Kanak, en dehors de tous comptes. Écoute encore ce que je vais te dire. Quand tu reviendras, j'espère bien être guéri, mais si je ne l'étais pas... faut tout prévoir... si... j'étais mort...

– Ne dis pas ça ! Ne dis pas ça ! J'aimerais mieux rester ! gémit la Ficelle.

– Enfin, s'il était arrivé un malheur soit au marquis, soit à moi, soit à tous deux, t'accomplirais mes dernières volontés en donnant le million au Kanak, sans que personne ne sache rien. C'est entendu ?

– C'est entendu ! » obtempéra solennellement la Ficelle...

Et il se tourna vers l'autre corps étendu dans l'ombre, de l'autre côté ; mais le marquis ne bougeait pas plus que s'il avait été mort.

Chéri-Bibi reprit avec un soupir :

« T'es malin, t'es prudent. Si tu suis bien tout ce que je t'ai écrit, tu ne cours aucun danger et ça se passera aussi facilement que le jour de paye, quand on touche son dû. On va te débarquer cette nuit. Ne te montre pas avant deux jours, quand nous serons déjà loin. Si on te demande tes papiers, tu diras que tu avais quitté le bord de l'*Estrella* au moment où elle faisait du charbon, pour courir une bordée, et que tu n'as plus rien sur toi. On t'a saoulé, t'es français, tu demandes à ce qu'on te rapatrie... Enfin tu t'arrangeras.

– Oui, t'occupe pas de ça... je ne suis pas né d'hier... bien sûr... Tout se passera bien, aie pas peur !

– Je te connais, t'es débrouillard, mon vieux. Faudra pas languir... On te donne cinq mois jour pour jour. A partir de cinq mois, on t'attendra pendant vingt jours dans l'Australie du Nord, dans un petit pays que je connais bien et qui est tranquille comme tout, à Palmerston ! C'est là qu'en tout cas tu m'enverras tes lettres à l'adresse que tu trouveras dans les papiers, poste restante, bien entendu ! Pour le retour, tu prends donc la ligne de Chine et tu t'arrêtes à Batavia. Il y a un service de vapeurs de Batavia à Palmerston. C'est compris ?

– C'est compris. Dans cinq mois ! Ce sera long sans toi !

– Après, on ne se quittera plus, mon vieux la Ficelle !

– C'est fini ? demanda le Kanak.

– Oh ! encore un petit instant, quoi ! » supplia la Ficelle, qui se sentait des envies de pleurer.

Chéri-Bibi sembla faire un effort et il dit avec un gros soupir :

« Tu vas voir Cécily, tu as de la chance ! Enfin ! Regarde-la bien ! Embrasse-la bien pour moi avec tes yeux... et tu reviendras me dire si elle est toujours aussi belle. »

« Eh bien ! pensa la Ficelle, il ne se gêne pas, Chéri-Bibi, devant le marquis ! »

Et il se retourna à nouveau du côté du marquis... Mais l'autre faisait toujours le mort.

« Il me fait peur, celui-là ! continua-t-il en *aparté*... pour sûr, il est déjà crevé. Pourquoi qu'il ne remue pas ? »

Mais le Kanak interrompit ses réflexions et le fit lever.

« Adieu, la Ficelle !

– Adieu, Chéri-Bibi ! Je voudrais bien t'embrasser avant de partir, n'y aurait pas moyen ?

– Non ! fit le Kanak.

– C'est bien ! C'est bien. On s'en va ! Adieu, Chéri-Bibi ; adieu ! porte-toi mieux ! »

Et il se laissa mettre dehors en éclatant en sanglots.

La nuit même, l'*Estrella* stoppait. Une chaloupe se détachait du bord et déposait bientôt la Ficelle sur un roc désert de la côte.

« Bonne chance ! lui cria le Kanak qui l'avait accompagné jusque-là.

– Bonne chance ! Soigne bien Chéri-Bibi, le Kanak, et je t'aimerai ! »

La chaloupe faisait déjà force de rames pour rejoindre l'*Estrella* dont on apercevait les feux à quelques encablures.

« Un million ! fit la Ficelle en songeant au Kanak. Eh bien, voilà un marchand de mort subite qui ne soigne pas les pauvres pour rien ! Il coûte cher d'ordonnances ! »

Et il s'enfonça dans la brousse.